Heinz G. Konsalik

Il ne resta qu'une voile rouge

traduit de l'allemand par Gilberte MARCHEGAY

Éditions J'ai Lu

Ce roman a paru sous le titre original :

ES BLIEB NUR EIN ROTES SEGEL

1

C'était une radieuse journée tout ensoleillée, au ciel d'azur sans nuages, avec un froid sec plutôt agréable, ce 15 octobre 1893. Une journée si belle que tout habitant de Saint-Pétersbourg tant soit peu amoureux de sa ville avait envie de lever les yeux au ciel pour dire : Dieu tout-puissant, grâces te soient rendues de nous voir ainsi bénis!

La neige était tombée dix jours plus tôt, un peu en avance cette année-là, mais elle clôturait la saison des pluies qui embourbaient les rues, vous laissant les pieds éternellement humides et les vêtements ruisselants qui dégageaient ensuite en séchant dans les pièces surchauffées une odeur corrosive.

Les paysans qui pénétraient dans la ville, perchés sur leurs véhicules aux grandes roues, ne ressemblaient plus à des gnomes en terre cuite lorsqu'ils dételaient leurs chevaux ou se libéraient eux-mêmes de leurs harnais de trait.

Des flocons saupoudraient la ville d'une croûte de sucre étincelant, telle une blanche couverture. Il ne faisait pas encore assez froid pour geler la Neva, la Moïka, la Fontanka et les nombreux canaux de Saint-Pétersbourg. Aussi bleus que le ciel au-dessus d'eux, ils luisaient entre les palais et les maisons. Qui aurait pu voler comme un petit oiseau – quel rêve, mes amis! – et contempler de haut la cité aurait pleuré de ravissement à la vue de tant de beautés réunies en ce seul point de la terre!

Les larges perspectives, les forteresses et les palais, les canaux, les ponts aux courbes élégantes, les coupoles et les tours, la cathédrale et les églises, les îles, les parcs immenses, la mer scintillante enfin, quel hymne sublime et multicolore... C'était une bénédiction de vivre dans ce Saint-Pétersbourg, bien qu'il faille trimer à en avoir le dos rond et les mains en sang, car bien sûr on ne fait pas partie de ces personnages de haut rang qui caracolent sur de nobles montures ou passent dans les rues, emportés dans leurs étincelantes calèches, et qu'il faut saluer bien bas, le bonnet à la main.

Une grande agitation régnait ce jour-là dans le corps de ballet de l'Académie impériale de danse : un messager de la cour avait annoncé une visite extrêmement flatteuse... Ce devait être une surprise, il est vrai, mais les fonctionnaires de la cour avaient estimé qu'il était plus prudent de distribuer à l'avance quelques mises en garde.

– Il agira à la manière de Harou al-Rachid! expliqua l'envoyé d'un air important. Vous le verrez soudain surgir parmi vous et il déclarera : « Je ne m'attendais pas à autre chose! Rien n'est comme il conviendrait! » Alors le sang vous montera aux joues et vous tremblerez pour votre situation!

– Tout dans mon école est toujours comme il convient! lança Tamara Iegorovna d'un ton fier. Je dirige depuis neuf ans le ballet impérial et en tout ce temps, pas une seule plainte ne nous est parvenue!

Et après ces paroles, elle s'essuya le front.

Dans la grande salle de répétition on entendait un pianotage assourdi : études françaises. Le corps V, qui groupait des enfants de sept à dix ans, s'exerçait à la longue barre contre la paroi de miroir. La voix autoritaire d'une répétitrice hachait les sons. Les postures classiques étaient répétées pendant des mois, des années, b, a, ba des danseurs jusqu'à ce que la moindre note puisse être traduite en mouvement.

– Qui doit venir? demanda Tamara Iegorovna.

– Nicolas Alexandrovitch, le tsarévitch...

Tamara passait pour être à peu près inaccessible aux émotions de ce bas monde. Lorsque, neuf ans auparavant, elle avait quitté le corps de ballet de l'Opéra impérial pour prendre la direction de l'Ecole de danse, elle était précédée par la réputation d'une femme aux nerfs solides.

C'était une singularité dans un monde où les jolies femmes bien nées soignaient leurs migraines, s'évanouissaient facilement, caquetaient en se plaignant de maux à la fois légers et séduisants et enrichissaient les médecins courtisans. Aussi les salons grouillaient-ils de docteurs, de mages, de charlatans, et d'illuminés itinérants que l'on appelait « staretz ». Ne manquaient point non plus les moines bénisseurs, les alchimistes avec leurs drogues extraites des simples, ni les conjurateurs de maladies, et les pauvres épileptiques que l'on qualifiait de « saints idiots ». Si, en proie à une crise subite, ils se roulaient écumants sur le sol, on les entourait respectueusement dans l'espoir de quelque révélation d'un rayon céleste, guérisseur de tous les maux.

Au sein de ce monde étrange, Tamara faisait figure d'une créature relativement équilibrée, admirée pour son art de la danse et sa beauté gracile. Les hommes tourbillonnaient autour d'elle comme un essaim à l'attaque d'un pot de miel. Les femmes enviaient la liberté de sa conduite.

Vers 1880, par un été particulièrement torride, elle avait osé se baigner nue dans la mer de Finlande, au sud de l'île Krestovski. C'était une côte sauvage, couverte de hautes fougères, d'épaisses broussailles, et d'impénétrables sous-bois, mais le comte Cyrille Arkadjevitch Plesskov l'avait suivie secrètement à cheval et avait tout vu.

Ce qu'il en conta – naturellement dans un cercle restreint – fut bientôt connu et éblouit : « C'est Vénus née de l'écume des flots! s'écria-t-il, les yeux pleins de ravissement. Lorsqu'elle sortit de la mer, le soleil s'éclaircit, les vagues s'aplanirent, le vent se tut. La nature retenait son souffle tant elle était belle! »

Nager dans la mer était déjà inhabituel, mais qu'une femme se fît porter toute nue par les vagues, cela était vraiment inouï et consolida la réputation de Tamara! Elle ne suscitait pas de scandales comme les autres étoiles du corps de ballet plus fragiles. Elle ignorait les drames d'amour, les dépressions; elle n'était l'enjeu d'aucun duel. Tamara dansait, infatigable, légère comme une plume.

Lorsqu'elle avança en âge, elle déclara calmement : « Je sens que mes pirouettes sont moins vives et mes sauts moins hauts. A quarante-six ans, on devrait pouvoir s'arrêter! »

C'est alors qu'on la nomma directrice de l'Ecole impériale de ballet de Saint-Pétersbourg, l'institut de danse le plus célèbre du monde et qui envoyait ses meilleurs sujets aux opéras de Paris, Vienne, Berlin, Dresde et Londres. Ils étaient les émissaires fêtés d'une Russie dont la manière de vivre passait encore pour incompréhensible, mystérieuse, mais très excitante.

Bismarck disait : Ne réveillons pas l'ours qui dort! Et ce conseil était généralement suivi. Ce qui pouvait exister dans les pays de l'Est aux étendues gigantesques semblait, en quelque sorte, fabuleux au reste de l'univers. Sans doute, des architectes français et italiens avaient bâti de magnifiques demeures et des maisons nobles; l'esprit de la Révolution française avait aussi laissé ses traces en Russie, où l'on pouvait se permettre cette fantaisie : on y éleva les enfants d'abord avec des maîtres allemands, puis avec des précepteurs français. Mais il restait tout de même un halo de mystère autour de ce pays incommensurable.

Un reflet de Versailles brillait encore dans les palais russes. Les sociétés élégantes parlaient un russe truffé de vocables français et pour être considéré dans le monde un homme devait se rendre au moins une fois à Paris afin de pouvoir parler des extraordinaires Parisiennes!

Mais revenons à Tamara Iegorovna qui était un professeur sévère. Les résultats qu'elle avait autrefois exigés d'elle-même, elle espérait bien les obtenir de ses élèves, garçons et filles : seul est danseur celui dont l'âme coule dans ses veines! disait-elle volontiers. N'importe qui peut lever les bras mais, le petit doigt tendu, savoir mimer un cri – c'est une autre affaire! Tout le reste n'est que jeu de muscles...

Au cours de ces neuf années où elle avait été à la tête de l'Ecole impériale de ballet une nouvelle génération de danseurs s'était formée. La main autoritaire de Tamara se devinait en toute chose. Il n'y avait pas d'amourette entre ses jeunes danseuses et les élégants blancs becs de la société qui étaient revenus de Paris avec ce principe : « Si l'on est quelque chose, on dispose d'une demoiselle du corps de ballet! »

– Tant que vous serez avec moi, déclarait Tamara, la musique sera votre seule amante. Si cela ne vous convient pas, vous pouvez aller danser dans les foires comme les ours bateleurs!

Il n'y avait chez Tamara Iegorovna que le travail, les torrents de sueur, les douleurs musculaires, l'épuisement et le silencieux désespoir, les pieds brûlants, le souffle précipité. Mais quelle était la récompense de tant de peines? Un jour, chacun des sujets de cette école verrait un monde s'ouvrir devant lui... l'Opéra impérial de Saint-Pétersbourg ou le théâtre Bolchoï de Moscou et, de là, on prendrait son essor vers ces pays de rêve dont on avait lu tant de merveilles : la France, l'Empire allemand, l'Angleterre, Rome la Ville éternelle, Dresde la prodigue, l'opulente Amsterdam, Madrid l'altière, Lisbonne, portique ouvert sur les océans de l'univers... il n'y avait alors pas de frontières pour un danseur russe...

– Le tsarévitch? s'étonna la Iegorovna. (Assise dans son bureau sur un lit de repos français, elle posait un regard surpris sur l'envoyé de la cour.) Je croyais qu'il s'occupait de la construction du chemin de fer de Sibérie?

– Qui sait ce qui occupe les altesses impériales?

Le messager s'inclina devant Tamara. Cette femme méritait des hommages, même si sa naissance à ce qu'on racontait était obscure. Son père avait eu à Novgorod une petite fabrique où l'on broyait le malt.

– Que ferez-vous, Tamara Iegorovna? reprit-il.

– Rien!

Réponse nette et claire. L'envoyé ébahi songea : C'est bien d'elle! Qui ne craint pas le diable n'a pas peur du tsarévitch.

– C'est un peu..., commença le fonctionnaire hésitant.

– Les cours se poursuivront comme d'habitude. (La Iegorovna se leva pour s'approcher de sa table à écrire. Elle feuilleta des documents et parcourut brièvement l'emploi du temps des divers corps de ballet.) Je ne vois pas pourquoi j'y changerais quoi que ce soit! Quand viendra Son Altesse Impériale?

– A 3 heures de l'après-midi. Dans quatre heures exactement. Le temps de mettre bon ordre à certains détails et d'en changer d'autres.

– Le tsarévitch veut probablement voir un ballet en répétition et non une exposition de demoiselles plongeant dans des révérences de cour et de jeunes gens au garde-à-vous! A 3 heures, toutes les classes seront au travail, de la gymnastique des petites à l'épreuve Tchaïkovski des grandes élèves. Le tsarévitch sera content. (Elle se tourna vers le messager avec cette grâce qu'elle avait jadis à Paris dans le pas de deux pour faire face à son partenaire.) Vous avez peur, n'est-ce pas? Pourquoi, au fait? Toutes ces altesses ne sont après tout que des hommes...

– Mais doués d'une perfidie particulière, répliqua l'envoyé de la cour. Vous vivez dans un tout autre monde, Tamara Iegorovna, et on vous laisse en paix. Vous faites partie des privilégiés... Mais la vie est autre chose que la danse!

Il fit un geste qui mettait fin à la conversation, prit son couvre-chef orné de plumes et essaya un triste sourire :

– Oubliez ces paroles, n'est-ce pas? Savez-vous que le prince Sassanov a presque tué un paysan à coups de cravache, parce qu'en toussant il avait effrayé un de ses chevaux? L'homme est à l'hôpital avec la peau éclatée partout et les médecins lui font encore des reproches parce qu'il a toussé devant le cheval du prince. (Le messager se coiffa de son chapeau et s'en fut vers la porte :) Ce n'est qu'une goutte dans la mer quotidienne de l'éternelle douleur, Tamara Iegorovna.

– Comment avez-vous appris cela? demanda-t-elle d'une voix anxieuse, et soudain changée.

– Je me trouvais non loin de là... (Le messager tourna le bouton de la porte.) Et tous deux, reprit-il, le cheval comme le prince, avaient l'écume aux lèvres lorsqu'ils sont passés devant moi. Mais j'ai fait comme tous les autres : je me suis découvert en saluant bien bas. Le tsarévitch n'est pas ainsi. Nicolas Alexandrovitch passe pour être un homme paisible.

Tamara attendit le début de l'après-midi pour annoncer la grande nouvelle. Elle le fit sur un ton léger, allant d'une classe à l'autre :

– A 3 heures, nous recevrons une visite! Le tsarévitch. Aucune raison de vous affoler, les enfants! Il prendra plaisir à vous voir.

Au bataillon des grandes élèves, elle dit :

– Vous danserez du Delibes devant le tsarévitch. *Coppélia!* Nous l'avons souvent répété. Préparez-vous. Toutes en tutu. Mais nous répéterons encore auparavant le second tableau. Dans la grande salle...

Les jeunes filles l'écoutaient, un peu inquiètes. Le tsarévitch allait venir! Comment ça? On le connaissait à peine à Saint-Pétersbourg. Il ne se montrait presque jamais au peuple. Même à la cour, on ne le voyait que rarement. Un jeune homme timide, disait-on, qui préférait habiter Tsarskoïe Selo, en dehors de la ville, au palais Alexandre entouré de vastes jardins, de lacs, où il lisait beaucoup et s'intéressait au plus ambitieux des projets : le Transsibérien.

Et voilà tout à coup qu'il vient à Saint-Pétersbourg et va inspecter le ballet impérial! Qu'est-ce que cela signifie? Va-t-il à présent s'intéresser à l'art russe, par pur ennui?

Tamara Iegorovna devina ces questions inexprimées :

– Ce sera une visite unique, dit-elle, rassurante. Caprice de prince! Dansez comme d'habitude, les enfants! (Elle battit des mains : c'était le signal rappelant que le moi n'existait plus, que le monde n'était désormais que sons et mouvement.) Dans un quart d'heure, nous commençons! lança-t-elle.

Les jeunes filles quittèrent en courant la petite salle d'exercice comme si on les en avait chassées. Se changer, passer le tutu immatériel, boucler les chaussons de danse, un peu de fard au visage. Somme toute, le tsarévitch... Comme un quart d'heure est vite passé! Seule l'inexactitude réussissait à tirer Tamara Iegorovna de son calme exemplaire.

Le fondement de l'art, c'est la discipline! enseignait-elle. Quiconque l'ignore sera toujours vacillant et finira par s'effondrer un jour.

La voix de la maîtresse du corps de ballet couvrit les caquetages des jeunes filles qui s'en allaient en courant :

– Matilda! cria-t-elle. Reste ici!

Une fille moulée dans un maillot de coton noir, les mollets gainés de bas de laine, surgit sur le seuil où elle resta en attente jusqu'à ce que tout le monde eût quitté la salle. D'un large ruban rouge, elle avait noué en catogan ses longs cheveux noirs.

Matilda était de taille moyenne, élancée, avec de longues jambes, des hanches étroites; ses seins fermes pointaient sous son tricot. On remarquait tout de suite son visage à l'ovale angélique, digne du pinceau de Botticelli. Mais cette harmonie était rompue par de fortes pommettes et surtout par des yeux fendus en biais qui évoquaient les infinis asiatiques. Leur couleur gris-brun indéfinissable prenait, en certaines occasions, une teinte presque noire.

Ainsi qu'il convenait, lorsqu'on se présentait devant la maîtresse de ballet, Matilda esquissa un bref plongeon en manière de révérence, puis elle attendit sans un mot, debout dans l'embrasure de la porte.

– Viens! lança Tamara d'une voix engageante : ce n'était pas un ordre.

La jeune fille se rapprocha de ce pas ailé des ballerines, posant chaque pied devant l'autre comme si son corps restait prisonnier de la danse. Glissement silencieux, tandis que l'on voyait jouer les muscles de ses jambes.

Elle s'arrêta devant Tamara et lui adressa un regard interrogateur de ses yeux pleins de mystère.

– Tu auras aujourd'hui ton « avant-première », dit doucement la Iegorovna. Je vais te présenter au tsarévitch. Ne va pas t'imaginer Dieu sait quoi : cette présentation est nécessaire car, à Noël, tu danseras un solo à l'Opéra pour la première fois et tu n'ignores pas qu'il te reste à vaincre de nombreuses « faiblesses »?

– Je le sais, maman, répondit humblement la jeune fille.

Toutes les élèves de l'école de danse appelaient Tamara *maman*. Elles étaient ses enfants et devraient à elle seule ce qu'elles deviendraient un jour.

– Le jeté passé me donne encore du mal, reprit Matilda.

– Pas seulement ça! Ne sois pas si présomptueuse, Matilda! Viens, nous allons encore répéter jusqu'à 3 heures tous les sauts, le tsarévitch comprendra quelle magie peut naître de l'harmonie des gestes!

Dans la grande salle, le corps de ballet répéta le second tableau de *Coppélia*, accompagné par un vieux petit pianiste souffreteux, de méchante humeur. Il était irrité de devoir, pour le salaire de deux kopecks, faire deux heures supplémentaires, alors qu'ensuite, quand viendrait le tsarévitch, le pianiste français Pierre Lacombe s'exhiberait : pitre prétentieux qui racontait partout qu'il avait été l'élève de Liszt, ce qui évidemment était un mensonge.

A l'écart, séparée du corps de ballet par deux parois de glace, Matilda tournait et sautait au commandement de Tamara, exécutant une suite de figures compliquées. Son corps n'était plus que muscles aux réflexes d'une foudroyante rapidité.

– Encore une fois! ordonna la maîtresse de ballet en frappant des mains. Fredonne donc tout bas la mélodie, Matilda... Cambré... passé... fouetté... pirouette... trop lourd tout ça! Sois légère comme une plume au vent! Encore : jeté... passé... grand jeté en tournant... cabriole... Halte!

Haletante, Matilda s'immobilisa contre la paroi de miroir, le visage ruisselant, les mollets frémissants, et ses étroites cuisses palpitantes.

Dans la grande salle, le corps de ballet s'exerçait

sous la surveillance de deux assistants. Matilda n'entendait plus le son du piano, mais seulement les commandements de la Iegorovna et la mélodie intérieure sur laquelle elle tournait et bondissait. Ses poumons se dilataient, son cœur martelait leur rythme. Mais cela ne dura que l'espace d'un clin d'œil. Habitué à ces efforts par des années de répétitions, son corps ignorait les faiblesses aussi longtemps qu'on lui ordonnait de danser et se détendait rapidement après ces exercices; seules, ses lèvres se crispaient encore un peu.

– C'était bien! reconnut Tamara. Le tsarévitch y prendra plaisir! Seule, ta cabriole manque de nerf : il faut que tes jambes planent dans l'air, tendues, toutes droites horizontalement, Matilda! Va te laver et te changer. Le prince sera ici dans vingt minutes. Tu peux encore te reposer un instant.

– Je répéterai encore ma cabriole, maman, répondit Matilda. Je sais qu'elle n'est pas parfaite, mais j'y parviendrai!

Elle recommença son plongeon de cour, fit demi-tour et en courant quitta la salle.

En silence, la Iegorovna la suivit du regard : elle y parviendra! pensa-t-elle. Sinon, qui en serait capable? C'est le sujet le plus doué qui se soit exercé sur ce podium depuis vingt ans. Le monde entier parlera d'elle un jour... son nom signifiera pour tous la danse élevée au sublime. Matilda Felixovna Bondarev... Bientôt, dans aucun pays du monde, on n'ignorera ce nom. Elle ne s'en doute pas, il lui faut encore s'exercer sans relâche, comme le soldat d'un bataillon disciplinaire, mais elle aura la prémonition de ce qui l'attend lorsque, à Noël, elle dansera pour la première fois seule sur la scène de l'Opéra impérial. Mais elle n'en sera pas plus hautaine ou orgueilleuse, seule son ambition en sera encouragée et l'élèvera vers les sommets pour lesquels elle est née. Matilda restera modeste et toujours humble au sujet de son talent, car sa vie appartient à la danse! C'est une possédée de son art. Seulement, elle l'ignore encore.

Tamara Iegorovna se tourna vers le corps de ballet et interrompit le jeu du hargneux pianiste.

– Cela suffit! Allez vous rafraîchir, les filles! Le tsarévitch ne va pas tarder : ne soyez pas impressionnées, il ne peut pas danser aussi bien que vous!

Les élèves s'éloignèrent comme un vol de rieuses colombes. Par la porte opposée, le pianiste Pierre Lacombe surgit, très digne, vêtu d'une redingote de cérémonie.

– Madame, dit-il avec une politesse affectée et sans accorder un regard au petit homme qui se levait du piano à queue en rassemblant ses partitions. Vous m'avez demandé. C'est un honneur pour moi de me produire aujourd'hui; d'ailleurs, Son Altesse Impériale m'a déjà honoré de sa confiance en me demandant d'interpréter quelques « caprices » dans le goût italien. Aujourd'hui, il s'agit donc de *Coppélia*?

– Asseyez-vous et travaillez votre accompagnement! répondit sans aménité Tamara. Il me serait pénible que vous soyez la seule « faiblesse » de notre représentation!

M. Lacombe sursauta comme s'il avait reçu un coup de pied, mais s'interdit toute réplique. Il était inutile de s'opposer à la Iegorovna. Pas la moindre chance de succès! Il inclina seulement la tête en silence tandis qu'elle passait devant lui et claquait la porte derrière elle.

L'arrivée du tsarévitch Nicolas Alexandrovitch fut annoncée par un laquais. A 3 heures exactement s'arrêtait devant l'école de ballet la calèche portant les armoiries du tsar et des enjolivures dorées. Douze cavaliers de la garde l'entouraient. Les valets de pied ouvrirent la portière et un être que l'on ne pouvait regarder sans effroi apparut.

Sur un corps malingre, minuscule, porté par de petites jambes semblables à des pattes d'araignée, une tête énorme oscillait. La bouche était large, le nez long et charnu, seuls les yeux paraissaient vaguement humains. Leur regard inquisiteur se posait sans trêve sur l'entourage.

Cette créature informe était revêtue d'une sorte de robe orientale, costume de fantaisie auquel étaient suspendues par des galons dorés d'innombrables clochettes. A chacun de ses pas, elles faisaient retentir une harmonieuse sonnerie. L'énorme tête du monstre était coiffée d'un turban rouge dans lequel on avait serti, au-dessus du front, un miroir rond.

Quiconque regardait l'affreux gnome voyait du même regard sa propre image et se faisait aussitôt la réflexion que l'être humain peut prendre les aspects les plus singuliers.

Tamara Iegorovna, en attente sur le seuil, près de l'administrateur de l'Ecole de ballet et de quelques fonctionnaires, aspira bruyamment l'air par ses narines dilatées.

– Mon Dieu, ce n'est tout de même pas le tsarévitch! s'exclama-t-elle.

– Remettez-vous, Tamara Iegorovna, murmura près d'elle l'administrateur d'une voix enrouée, ce n'est que le fou du tsarévitch, le nain idiot Urasalin. Comment avez-vous pu croire l'héritier du trône aussi effrayant?

Lorsque le nain eut regardé de tous côtés et qu'un lieutenant de la garde fut à son tour descendu de la calèche, prêt à accompagner son prince, parut enfin Nicolas Alexandrovitch. Il mit pied à terre, vêtu du simple uniforme de colonel. Un homme aux membres fins, presque fragiles, aux yeux rêveurs, portant une courte barbe. Son visage mélancolique était d'une surprenante beauté. Jusqu'à présent on ne le connaissait – la Iegorovna elle-même – que par l'image et les photos. Les peintres et dessinateurs le glorifiaient sans réserve comme le type du héros. Les photographies le montraient au cours des parades où il paraissait planté droit sur sa monture, chamarré d'ordres, d'épaulettes, de fourrures, parfait héritier du trône dont la Russie pouvait être fière.

Etonnant contraste avec son père, le tsar Alexandre III, qui lui était un vrai ours, un robuste gaillard aux muscles de bûcheron.

A présent, la Iegorovna le voyait dans sa réelle fragilité, le regard de ses yeux constamment tristes la frappa et elle tomba à genoux dans une profonde révérence de cour, comme elle l'avait fait si souvent quand elle était ballerine et qu'un membre de la famille impériale venait jusqu'à elle sur la scène afin de lui exprimer son admiration.

Nicolas s'arrêta, se pencha en avant et releva Tamara en la prenant aux épaules.

– Je suis heureux, madame, d'avoir la possibilité de voir le ballet impérial, dit-il.

Sa voix était agréable et d'une chaude résonance; elle s'accordait à ses yeux et à toute sa personne. C'était la voix d'un esprit supérieur, d'un être d'élite, et non celle d'un homme qui devait hériter de l'empire le plus étendu de l'univers.

– Je vous ai vue danser il y a douze ans de cela,

madame, reprit-il. Je n'avais alors que treize ans et cela vous prouve à quel point vous m'avez impressionné...

A présent, les laquais ouvraient les grandes portes blanches de l'Ecole de ballet. Le tsarévitch pénétra à l'intérieur. Aussitôt, les cavaliers de la garde barrèrent l'entrée, tandis que des policiers dispersaient les curieux, les éloignant des alentours de l'Académie de danse. La peur d'un attentat était perceptible partout, après l'incident provoqué par ces groupes d'extrémistes qui avaient traité le tsar de buveur de sang et ne cessaient de rêver à un soulèvement des masses. Mois après mois, de longues colonnes de condamnés prenaient le chemin de l'infinie Sibérie, marchant vers un exil qui, le plus souvent, était sans retour.

Tamara Iegorovna avançait en tête, conduisant le tsarévitch de salle en salle chez les rats qui ne savaient encore ni lire ni écrire, mais pour qui déjà le développé croisé derrière n'avait plus de mystère. Des enfants à la gravité d'adultes qui assouplissaient leur corps à la barre et répétaient leurs attitudes devant le miroir. Puis suivaient les classes intermédiaires qui savaient déjà exécuter quelques sauts difficiles et qui seraient autorisées à poursuivre leurs classes quand Tamara l'aurait décidé.

– A présent, Altesse Impériale, voici les élèves et la classe des maîtres de ballet, dit-elle dès que les laquais eurent poussé les battants de la plus grande salle de danse.

Un peu intimidé, d'un pas hésitant, Nicolas entra dans la salle. Au fond était groupé le corps de ballet, les filles en tutu, les garçons en maillot. Comme au commandement, le nuage de dentelle s'abaissa en un profond plongeon, tandis que les garçons baissaient la tête et que l'accompagnateur Pierre

Lacombe s'inclinait à en perdre l'équilibre, menaçant de s'effondrer sur le parquet miroitant. Des domestiques apportèrent des sièges recouverts de brocart et disparurent aussitôt dans un glissement. Les portes se fermèrent. Ils se trouvaient subitement seuls... le tsarévitch, Tamara Iegorovna, un jeune lieutenant de la garde et le gnome.

Nicolas regarda autour de lui et s'aperçut dans la grande glace murale, ce qui l'irrita. Il se mit à tirailler son uniforme, tambourina nerveusement sur ses galons et attendit. Mais tout resta figé. Les jeunes filles avaient les yeux baissés, abîmées dans leur grande révérence, et les hommes n'osaient relever la tête.

Que vais-je leur dire? pensait le prince. Je vous salue, mesdemoiselles et messieurs? Serait-ce trop familier? Ou vais-je seulement les saluer d'un geste? Leur dirai-je : Je suis venu ici, en proie à une vive impatience de vous voir : qu'allez-vous me montrer? Ou encore, vais-je m'asseoir simplement, avec un petit signe de tête à l'adresse de Mme Iegorovna?

En cet instant d'hésitation, il surprit un regard dans la glace. Une danseuse, dans la première rangée du corps de ballet, avait un peu levé la tête pour le regarder de ses grands yeux bruns luisants. Elle était la seule... Gardant l'attitude soumise d'une profonde révérence, elle était assez hardie pour rejeter la tête en arrière en montrant à demi son visage. La crispation de son front trahissait l'effort que lui coûtait ce regard du coin de l'œil.

Regard qui troubla davantage encore Nicolas. Sa vieille maladie, la timidité, s'empara de lui à nouveau. Il se détourna aussitôt du miroir pour éviter le regard de la ballerine, s'en voulut de sa timidité et alla s'asseoir d'un pas appuyé dans le fauteuil recouvert de brocart. Le jeune lieutenant et l'abominable gnome se placèrent derrière lui.

Tamara frappa dans ses mains. Le prince sursauta comme si l'on venait de tirer un coup de feu près de lui. Le corps de ballet se redressa. Au piano, Pierre Lacombe étira ses doigts à la manière d'un grand virtuose; on entendit presque craquer ses phalanges.

– Si Son Altesse le permet, nous danserons le second tableau de *Coppélia*! lança la Iegorovna d'une voix sereine. Votre Altesse Impériale sera sûrement satisfaite du niveau atteint par les élèves.

– Certainement! articula péniblement Nicolas. Je suis très désireux...

Pierre Lacombe s'empara du clavier. Si désagréablement imbu de sa personne qu'il pût être, il jouait sans conteste avec un talent merveilleux. Le piano parut se transformer en un orchestre au grand complet.

Le corps de ballet se groupa.

Nicolas s'installa commodément dans son fauteuil. Son regard cherchait la petite danseuse qui l'avait regardé à la dérobée. Elle se tenait à l'écart, absorbée en elle-même, prête à danser son solo.

Elle est jolie, songea le tsarévitch, elle est ravissante! C'est un elfe...

Tandis que Matilda se disait : Qu'il est timide! Quels yeux de velours il a! Que leur regard est rêveur... Il est bien plus beau que sur ses portraits! Dire que je vais danser pour lui!

Elle fut envahie par un sentiment de bonheur qui la libérait de toute pesanteur avant même de glisser ses premiers pas de danse.

2

Au palais d'Hiver, où le tsar Alexandre III ne séjournait guère, parce qu'il lui préférait le palais Anitchkov au bord de la Fontanka – il y avait vécu si heureux comme héritier du trône –, se rassemblaient ce même jour, dans le cabinet de travail du tsar, tapissé littéralement de tableaux, les membres du cercle le plus intime entourant Sa Majesté. Celui-ci stigmatisait le goût déréglé de ses prédécesseurs pour les ornements pompeux et qualifiait de folie leur manie de singer les grandeurs de Versailles.

Son frère, Nicolas Nicolaïevitch, était venu lui aussi, ce personnage si maigre qu'on l'appelait la plus longue perche à ramer les pois de Russie. Il était l'époux de la plus jolie femme de l'empire, la grande-duchesse Stana. Les hommes la lui enviaient, ce que le grand-duc Nicolas ne comprenait pas, car chacun ne voyait que sa beauté et ignorait qu'elle préférait les ouvrages traitant de mystique et les sottes incantations des sorciers aux empressements conjugaux de son époux.

Dans ses salons se côtoyaient les guérisseurs, les moines vagabonds, les devins vendeurs de drogues de la Chine et du Tibet qui avaient, en tout et pour tout, réussi à guérir deux chiens malades de la grande-duchesse.

Après quelques dures années de cohabitation avec Stana, le grand-duc Nicolas s'était résigné : il épousa l'armée qui devint sa raison de vivre, car la grande guerre qui donnerait à la Russie la suprématie sur le monde était son rêve d'avenir.

Il y avait là aussi Constantin Pétrovitch Pobedonoszev, sénateur et conseiller d'Etat, premier procureur du synode, le plus haut représentant de l'Eglise, ainsi que le rédacteur Mikhaïl Nikiforovitch Katkov, qui n'occupait pas une charge d'Etat mais que l'on savait plus puissant que n'importe quel ministre : il était l'ami du tsar.

Depuis 1882, il dirigeait l'éducation du tsarévitch. Mais Pobedonoszev, qui lui avait été adjoint plus tard, avait gagné la confiance de l'héritier du trône par ses savantes discussions sur Dieu, l'humanité, les philosophies de l'Etat. Aujourd'hui encore, ces deux hommes instruisaient le tsarévitch; ils étaient du nombre de ces rares élus avec lesquels Nicolas Alexandrovitch aimait s'entretenir de longues heures au palais Anitchkov ou au palais Alexandre de Tsarskoïe Selo.

Des serviteurs – uniquement de petits Maures en culotte bouffante, court boléro de soie et gros turban – présentaient du thé et des beignets, tandis qu'au grand-duc Nicolas, ils servaient le cognac français qu'il appréciait tant. Puis ils fermèrent les portes.

– Je veux n'être dérangé que si le monde s'engloutit! ordonna le tsar.

Les quatre messieurs importants buvaient leur thé, grignotaient des pâtisseries. Le grand-duc Nicolas savourait son cognac chauffé dans sa paume.

Tous se taisaient par habitude, car le tsar ouvrait toujours le débat.

– Le tsarévitch m'inquiète! commença-t-il enfin, tandis que le grand-duc Nicolas allumait une cigarette. Il a déjà vingt-cinq ans! Dieu me pardonne, quel gaillard j'étais au même âge! Mais lui? Si je vais le surprendre dans son bureau du Transsibérien, je le trouve entouré de plans, les joues en feu, lisant... Voltaire! Où allons-nous?

Le tsar adressa à son frère un regard pénétrant : il était le seul dans ce milieu à se comporter en homme du monde dédaigneux de certains principes de morale. Si le tsar Alexandre était peut-être l'unique potentat russe à n'avoir jamais eu de maîtresse, à n'avoir jamais manqué de fidélité à la tsarine et à considérer la chasteté comme l'une des vertus les plus nobles, le grand-duc Nicolas, au contraire, ne comptait plus ses conquêtes amoureuses. On murmurait même que sa maigreur résultait de la mutation de chaque gramme de sa graisse en énergie amoureuse.

– Mon fils a-t-il une maîtresse? demanda Alexandre III.

– Comment serait-ce possible? (Le grand-duc eut un sourire sarcastique. Son visage barbu exprimait une raillerie sans retenue :) Il rougit lorsqu'une fille le regarde, pourtant les dames ne manquent pas à la cour qui trousseraient aussitôt leurs jupes... mais il ne les regarde même pas!

– Il faut le fiancer! (Puis se tournant vers Katkov :) Nikiforovitch, reprit le tsar, il faudrait une femme énergique, ambitieuse! Quand je pense combien de femmes remarquables la Russie nous a données! Avez-vous une proposition à me faire?

– Je n'y ai pas encore songé.

Katkov loucha vers Pobedonoszev.

L'homme influent et premier fonctionnaire du ministère des Cultes tournait une petite cuiller dans une tasse de thé en avançant une lippe dubitative. Cette inquiétude du tsar n'était pas nouvelle pour lui, beaucoup moins que pour tout autre dans ce cercle intime : le tsarévitch était par trop pusillanime pour régner un jour sur cet empire gigantesque. Sans doute il partageait les mêmes opinions que son père : pouvoir absolu du tsar, caractère inattaquable de la personne sacrée de l'empereur. Mais on craignait qu'en certaines situations critiques il ne se montre hésitant, demande conseil et cherche si longtemps une solution qu'il ne puisse plus imposer sa volonté qu'en répandant le sang. C'est ce qu'attendaient en secret les groupes extrémistes clandestins, qui rêvaient de la révolution et d'un gouvernement populaire. L'anarchie se fortifiait en secret. Le tsarévitch ne serait pas le tsar qui les briserait.

– Dis-moi ce que tu en penses, Constantin Petrovitch! insista le tsar. C'est à peine si je puis encore dormir tant je suis anxieux à ce sujet! Les conversations avec mon fils se terminent toujours sur l'impression qu'il ne m'écoute pas mais prête l'oreille à une inaudible musique!

– Il faut patienter, répondit Pobedonoszev. (Et il but le fond de sa tasse de thé.) Le tsarévitch a de bonnes dispositions.

– Qu'elles éclatent enfin au grand jour! lança le tsar. Il m'arrive de souhaiter prendre à l'égard de mon fils les mesures préconisées par mes ancêtres : l'envoyer chasser l'ours avec une lance pour seule arme! Cela vous faisait un homme!

– Le tsarévitch dirige très bien le comité pour la construction du Transsibérien! intervint Katkov sur un ton encourageant. Il est aimé partout!

– Nous y voilà! (Le tsar éleva son poing qu'il assena sur la table :) Il ne faut pas que l'on aime le tsar! Il doit être craint! Le peuple russe ne supporte pas les cajoleries, il ne reconnaît que la force! C'est ce que l'histoire nous enseigne. La Russie n'a survécu au cours des siècles qu'en vertu de ces trois points : d'abord subir, puis se sacrifier au moment où il le fallait, troisièmement frapper à l'instant voulu. C'est un peuple grandiose comme la nature où il vit. Il me faut un bon successeur pour mener un tel peuple! Mes chers amis, aidez-moi à faire de Nicolas, que vous affublez de ce surnom puéril de Niki, un grand empereur Nicolas. Il est temps encore... Il n'a que vingt-cinq ans! (Le tsar attendit que le grand-duc Nicolas eût absorbé son troisième cognac, puis il ajouta :) Il lui faut une épouse de caractère! Intelligente, courageuse. Nous devrions nous en occuper, Nikolaï Nikolaïevitch.

– Il y a assez d'héritières! (Le grand-duc eut un rire gloussant.) Mais sa timidité leur déplaira.

– Il faut donc qu'il comprenne ce qu'il doit à la Russie! (Alexandre III se leva brusquement :) Nicolas sera-t-il le dernier des Romanov?

Il ne se doutait pas qu'il exprimait là une cruelle prédiction.

Le second tableau de *Coppélia* prenait fin. Le corps de ballet se retirait au fond de la scène. Pierre Lacombe suait comme un cheval de labour, mais il n'osait pas s'éponger le front avec son mouchoir.

Le tsarévitch se leva, applaudit, mais s'interrompit presque aussitôt, comme s'il était honteux d'avoir montré son émotion.

– Très joli, marmonna-t-il. Vraiment très joli.

C'était une révélation pour lui.

– Puis-je présenter les premiers sujets à Votre Altesse Impériale? demanda la Iegorovna.

Elle aussi était heureuse. Elle avait cru jusqu'alors connaître parfaitement Matilda, chacun de ses mouvements, chacun de ses pas, tous ses sauts. C'était une erreur. Aujourd'hui, une autre Matilda avait dansé. Une créature entièrement inconnue, irréelle de grâce dans sa légèreté, dans chacun de ses mouvements, dans tout son corps. Comme le tsarévitch, elle l'avait fixée en contenant son souffle, et avait cru mourir, tant son cœur battait fort dans sa poitrine.

Enfin, tout s'apaisait. Le bonheur la submergea. Elle se sentait la mère aimante de chacun de ces danseurs.

Nicolas fit un geste d'approbation, puis il croisa les jambes et eut un petit salut condescendant lorsque Tamara Iegorovna lui présenta les solistes, la blonde petite Tonia qui tremblait d'émotion; la grande Vera de Kazan, mince et brune, qui glissait devant le tsarévitch à la manière du cygne mourant; Borja, un gars musclé venu des forêts de Smolensk; Iegor, le demi-Asiate qui réussissait comme personne le saut en tourbillon et le grand jeté en tournant; Tichon, le fils au sombre regard d'un chasseur de la taïga qui avait appris la souplesse avant de téter, semblait-il; Elisabetha, une beauté rousse, qui ne serait jamais ballerine parce que, sitôt libérée de la discipline de la Iegorovna, elle coucherait avec tous les hommes et finirait par épouser un riche commerçant.

Le tsarévitch saluait de la tête, complimentait chacun, mais son regard cherchait secrètement la fille qui avait dansé les grands soli. Matilda, tout contre le grand miroir, ajustait son tutu.

– Et enfin, Votre Altesse, reprit la Iegorovna, je

voudrais vous présenter l'étoile de notre école de ballet. Elle débutera lors de la première à Noël, à l'Opéra de la cour impériale : Matilda Felixovna.

Il se passa alors quelque chose d'inattendu.

Le tsarévitch Nicolas se leva, fit trois pas vers Matilda et lorsqu'elle s'inclina à ses pieds dans une révérence, il se pencha vers elle, lui prit la main et la releva.

– Mademoiselle... (Sa voix était basse, contenue, mais chaude comme un rayon de soleil...) Serai-je invité à votre première?

Pas de réponse. Le visage baissé, Matilda dissimulait la tempête qui avait éclaté en elle. Ses jambes, dans la position classique, frémissaient de tous leurs muscles. Son attitude devint mal assurée et, toujours muette, elle fit un petit signe de tête.

Elle éprouvait le contact de sa main qui étreignait la sienne comme un acier brûlant dont l'incandescence la consumait, anéantissant toute autre sensation, hormis la conscience d'une grande solitude dans laquelle résonnait une musique brutale qui l'enveloppait. Lorsqu'il me lâchera, je m'effondrerai, pensait-elle, je ne serai que cendres... Pourquoi m'a-t-il touchée? Le futur tsar tient ma main, la main de la pauvre Matilda Felixovna, qui n'a pas de père parce que sa mère Rosalia Antonovna n'a jamais pu dire lequel, parmi les fils de paysans de son village qui avaient couché avec elle, était le père de son enfant.

– Je viendrai, murmura le tsarévitch. Mademoiselle Matilda, j'aurai bien du mal à attendre sans impatience cette soirée...

Il éleva sa main, s'inclina et la baisa.

Matilda, ravie à toute sensation terrestre, sentit les lèvres du prince sur sa main. Et, consciente de la ferveur de ce geste, elle tomba en arrière et eut l'impression de s'enfuir, emportée dans l'infini.

Le futur tsar, le lieutenant de la garde et Tamara, ayant relevé la danseuse évanouie, la portèrent jusqu'à un fauteuil. Pierre Lacombe, abandonnant son piano, se précipita, un flacon de sels à la main, car il en avait toujours sur lui afin de se délivrer de l'odeur du peuple dans la rue.

Matilda, comme suspendue au dossier du vaste fauteuil, était très pâle, très jolie et semblait loin, très loin de ce monde.

Le tsarévitch maintenait le flacon de sels sous ses narines et lui caressait les joues avec une douceur surprenante.

– Que Votre Altesse Impériale lui pardonne, balbutia Tamara. Que c'est stupide! stupide! c'est la première fois... je me demande comment cela a pu lui arriver...

A l'arrière-plan, contre le mur, le nain Urasalin tiraillait l'uniforme du jeune lieutenant de la garde :

– Petit frère, murmurait-il. (Contrastant avec son aspect repoussant, sa voix était normale, un peu chantante.) Te plaît-elle?

– Qu'est-ce que cela signifie? répondit le lieutenant d'un ton bref.

– Occupe-toi d'elle, petit frère. Nicolas Alexandrovitch m'inquiète. Je lis dans ses yeux comme dans un livre et il vient justement d'y inscrire : Je l'aime! Il ne faut pas que cela soit, petit frère. Nicolas Alexandrovitch, c'est la Russie...

3

Les environs de la place du Fourrage – Sennaïa Ploschtschad – et les rues et ruelles adjacentes passaient pour la région la plus sombre et la plus redoutable de Saint-Pétersbourg. Ici, dans les venelles pleines de recoins qui évoquaient des entrées de caverne bâillant sur des gouffres, avec leurs arrière-cours, leurs marchés couverts et leurs étalages de friperie, grouillaient manchots, unijambistes, borgnes et de nombreux visages couturés de cicatrices. Pour quelques-uns, ces infirmités étaient de naissance; pour la plupart, elles témoignaient de furieuses rixes, d'actes de banditisme, de fuites aventureuses dans la nature sauvage et inconnue de la Sibérie, ou encore de maladies mal soignées. Où aurait-on trouvé l'argent pour payer le médecin?

On était né Dieu sait quand, dans un lit sale, sur une paillasse. On avait grandi au petit bonheur parmi les détritus puants, les chats errants à l'affût des rats, les montagnes d'ordures, d'excréments. On s'était débrouillé par de sordides moyens : vols, escroqueries, mendicité, et l'on était devenu ce que l'on resterait enfin pour toute la vie : la lie de l'humanité. On continuait de végéter et, comme les chiens sauvages, on se nourrissait de rebuts laissés par des humains plus chanceux.

Ici, dans ce quartier des « âmes mortes », des asiles de nuit, des meurtres nocturnes, des maisons de filles, des tripots, des receleurs, des refuges de cambrioleurs, le célèbre auteur russe Fiodor Mikhaïlovitch Dostoïevski avait écrit, voici des années, son roman *Crime et Châtiment.* Il avait vécu dans cette rue Stoliorny et logé son héros, Rodin Raskolnikov, au numéro 14. Ici aussi dans l'étroite ruelle Krasnogary, près du quartier juif Zabalkanski, au premier étage au-dessus de la puante boutique de revendeur du respectable Tichon Benjaminovitch Minajev, habitait, redoutée de tous, Rosalia Antonovna Bondareva.

Tous la craignaient vraiment, cette mégère marchande de légumes au marché couvert de Sennaïa Ploschtschad, derrière un petit éventaire d'oignons, de cornichons et de carottes dont elle avait fait sa spécialité. Elle était grande avec des hanches larges, une poitrine énorme et des cheveux blonds crêpelés qui s'argentaient de fils blancs. Lorsqu'elle était ainsi assise sur son tabouret de bois, les jambes écartées, portant sous son tablier trois longues jupes et une casaque de laine par tous les temps, son fichu repoussé vers la nuque, ses mains rouges appuyées sur ses cuisses, tout chaland s'approchant de son éventaire savait qu'il convenait de se montrer prudent.

Plusieurs fois, il y avait eu des prises de bec, mais seulement les premières années. Un individu marqué de petite vérole s'était permis des gestes obscènes en brandissant un de ses superbes cornichons. Rosalia l'avait couché sur le sol d'un coup de gourdin, si bien qu'il fallut emporter Piotr qui resta quatre semaines la tête bandée, titubant, souffrant de graves troubles de l'équilibre.

Elle subit aussi triomphalement une attaque dirigée contre sa bourse. Trois jeunes malandrins l'assaillirent tandis qu'elle rentrait chez elle. Qu'ils auraient été bien inspirés de s'abstenir! Le premier fut éliminé par le poing de Rosalia qui était d'une force incroyable, le second reçut un coup de pied dans le ventre et le troisième, avant même d'avoir saisi le sac de cuir contenant les chers petits roubles que la Bondareva portait à sa ceinture sous sa volumineuse poitrine, reçut une ruade en plein visage, à croire qu'un taureau furieux s'était chargé du travail.

Au fil des années, Rosalia était devenue une personnalité respectée dans ce sombre quartier. Même la police impériale refusait d'intervenir lorsqu'on se plaignait d'elle, par exemple lorsqu'elle glissait adroitement à ses clients des concombres pourris restés au fond de ses paniers, et cela non sans leur frapper sur les doigts à l'aide d'une planchette s'ils élevaient des protestations par trop véhémentes : Ah! cette femme est la honte de ce marché! La police entendait ces plaintes depuis des années. Elle consolait les clients lésés, envoyait de temps à autre un policier au marché, mais celui-ci se gardait de faire des reproches à la Bondareva; il prenait même plaisir à boire en sa compagnie un petit verre de vodka derrière le rideau de toile tendu au fond de son étalage, ou encore de l'alcool de bouleau qu'elle fabriquait elle-même selon une recette de sa campagne natale.

L'origine de Rosalia Antonovna restait obscure. Dix-huit ans auparavant elle avait surgi à Saint-Pétersbourg enceinte jusqu'aux yeux. Elle n'avait pour bagage qu'un sac fait de morceaux de toile de diverses couleurs et contenant son linge, un livre pieux aux pages jaunies, une icône de voyage toute rayée à deux volets, un petit sac de millet, un paquet de sucre, un morceau de lard fumé, un couteau bien affilé, une petite hache, une corde de chanvre, enfin un papier du staroste de Tatchenovo certifiant qu'elle était bien Rosalia Antonovna et s'appelait Bondareva parce qu'elle était enceinte et qu'un certain Bondarev devait être le père de l'enfant attendu.

Tatchenovo se trouve près du lac Ladoga, au sein d'immenses forêts, parsemées de carrés de choux, de champs de blé, de marécages où l'on récolte des joncs et des tiges d'osier dont on fait des paniers, des plateaux, des nattes, des sièges et même des dessus de table.

En ce temps-là, Rosalia était une jolie fille. Elle travaillait comme servante dans le domaine du comte Seratzky. Elle était grande avec des seins fermes, des jambes massives. Sa chevelure était aussi dorée que le blé mûr en été.

Tant de beauté était chose rare, même sur les bords du lac Ladoga; ainsi s'accomplit ce qui devait arriver : d'abord le vieux comte Seratzky se rafraîchit au contact de la jeunesse vigoureuse de Rosalia, puis ce fut le tour de son neveu, mais lorsque l'aîné des fils du comte vint lui aussi tasser le foin avec elle, une grande querelle éclata.

Rosalia fut bannie, envoyée au jardin potager du domaine maraîcher. Mais une fille comme elle, qui avait beaucoup goûté le contact du mâle, ne devait pas rester longtemps seule. Quelle vie! Pas précisément édifiante – à quatre reprises, le pope la fit venir pour la raisonner. Puis il recueillit sa confession et lui décrivit d'une voix assourdie les horreurs de l'enfer. Enfin il récita avec elle toutes les litanies des pécheurs. Mais lorsque, pour la cinquième fois, le corsage de Rosalia s'entrebâilla, lorsque ses beaux seins se dénudèrent et qu'elle montra au pope la grosse cicatrice ronde que la morsure du garde-chasse du comte lui avait laissée sur un sein, là-bas, au fond de l'épais bois de bouleaux, le petit père n'y tint plus : il voila dans sa petite chambre derrière l'autel l'icône du Crucifié et Rosalia resta encore un moment.

Pour chasser le démon, il faut s'en prendre à la racine du mal.

Personne ne s'étonna lorsque Rosalia fut enceinte. Seulement les suppositions commencèrent au sujet du père de l'enfant.

Parmi les nombreuses possibilités évoquées, on aurait pu citer ce dicton russe que se renvoyaient les blagueurs : « Une fois toi, encore une fois toi, la vache pleine est à toi... » Mais cela ne résolvait pas la question. Le petit père Ifanasy, le pope, fut le seul qui se déclara hors course. Il expliqua que, bientôt sexagénaire, il était insoupçonnable.

Rosalia se décida à accepter comme père putatif un certain Bondarev. Felix Jevsejevitch avait vécu, pendant la période critique, sur le domaine du comte. Il était représentant en machines agricoles, venait de Novgorod et avait présenté dans le domaine maraîcher une machine à arracher les betteraves. Il était resté huit jours, naturellement dans les bras amoureux mais puissants de Rosalia, et lorsqu'il repartit pour Novgorod, Rosalia, pour la première fois, pleura pour un homme.

Peu après, elle constatait sa grossesse. La sage-femme de Tatchenovo l'examina et conclut gentiment :

– Enfin! Nous attendions tous cette conclusion! Voyons, quand te maries-tu?

Mais il n'en était pas question. Rosalia décida, uniquement à cause de son enfant, de changer de vie et de devenir autre chose qu'une servante sur un domaine féodal. Elle demanda la bénédiction du petit père Ifanasy et, quittant les rives du lac Ladoga, traversa les contrées qui la séparaient de Saint-Pétersbourg. Il était écrit qu'elle échouerait dans le quartier de Sennaïa Ploschtschod, y louerait une chambrette, dans une masure moisie avec les quelques roubles qu'elle avait économisés et, le 27 mai 1875, y mettrait au monde nuitamment, à 1 h 40, une fille sur un sac bourré de paille.

La femme du brocanteur, Tichon Minajev, encore en vie à cette époque, une tuberculeuse toussant sans cesse, l'aida à accoucher. Comment payer une sage-femme ou même un médecin? On se débrouillait entre soi pour ces choses-là, on langeait le nouveau-né dans des hardes en espérant que l'enfant resterait vivant les premiers mois de son existence.

Rosalia appela sa fille Matilda Felixovna.

Matilda, pour avoir entendu d'un conteur ambulant l'histoire de « Matilda et la femelle de l'élan », triste légende venue de la taïga et dans laquelle un « prince des glaces » joue le rôle principal.

Rosalia avait beaucoup pleuré en l'écoutant et ne l'avait jamais oubliée. C'était l'une de ses grandes révélations sentimentales. Elle ne savait ni lire ni écrire, mais avait l'art d'écouter, de regarder, de parler.

Elle appela son enfant Felixovna, parce qu'elle avait les cheveux noirs comme le représentant en machines agricoles. Pour elle, c'était la preuve qu'il était le père. Et lorsqu'elle regardait longuement Matilda, elle croyait voir au fond des yeux de ce Bondarev.

Rosalia eut la vie dure à Saint-Pétersbourg. Les premières années furent un seul et même combat, car les emplacements de vente sur le marché étaient tous occupés, et l'on ne tolérait pas les nouveaux éventaires. D'ailleurs, quiconque était vendeur ici ne recueillait qu'à peine le nécessaire pour survivre. Afin d'échapper à la famine avec son enfant, Rosalia balaya l'été les chemins du cimetière de Tichvinski situé à la sortie du couvent Alexandre Nevski.

En ce lieu se trouvaient inhumées d'importantes personnalités, mais comment supposer que Rosalia les connaissait? Elle emmenait toujours Matilda sur son dos, ficelée dans une pièce de toile. Elle la déposait entre deux pierres tombales pour dormir ou, si elle criait, elle lui donnait le sein. Le plus souvent elle se livrait à cette occupation sur la tombe du compositeur Glinka, non en hommage à sa musique sublime, mais parce qu'un banc de pierre se trouvait à proximité, sur lequel elle pouvait se reposer et nourrir commodément le bébé.

En hiver, elle pelletait la neige accumulée sur les escaliers des vastes perspectives et avec un pic frappait la glace recouvrant la chaussée des ponts carrossables. C'était un rude travail très mal payé. Pourtant Rosalia ne l'avait obtenu que pour avoir permis à un chef des gardes du parc impérial de se reposer parfois sur son vaste sein.

En 1879, la veuve Marouta Diogenovna mourut. Elle avait une petite échoppe de marchande de légumes au grand marché couvert près de la place au Foin et elle s'était prise d'une grande tendresse de vieille femme pour Matilda, âgée alors de quatre ans. Rosalia achetait à Marouta ses concombres et ses oignons et lorsque celle-ci avait aussi des pommes elle en ajoutait en supplément gratuit une très grosse bien rouge sur l'amoncellement des concombres.

Par un froid matin, la veuve Marouta tomba soudain contre son éventaire, les yeux révulsés. On la transporta dans la boutique la plus proche – c'était celle de l'épicier Pjotjijeff – où elle fut déposée dans un coin près du sac de farine de maïs, puis on prévint un certain Sulchov dont on disait qu'il avait été médecin, mais qu'une maîtresse lui avait donné le goût de l'alcool qui provoqua sa déchéance. Il logeait à présent dans une ruelle puante du voisinage et on ne l'appelait que dans les cas où les « moyens du bord » se révélaient insuffisants.

Sulchov diagnostiqua une attaque et conseilla de la laisser mourir en paix près du sac de farine de maïs.

Mais Marouta vécut encore assez pour appeler Rosalia à son chevet et la nommer héritière de son échoppe avec l'inventaire complet de son commerce. Celui-ci consistait en une table de bois, une toile de tente avec ses quatre perches, un petit fourneau de fer rond et son tuyau, deux tabourets de bois, une charrette à bras avec de hautes roues de fer. Marouta ajouta encore ce conseil important : Adresse-toi toujours au surveillant du marché, Stepan Mironovitch! Il te viendra en aide; dis-lui seulement que tu sais par moi que c'est le pire coquin qui soit car il se remplit les poches au détriment de la direction!

Puis elle mourut, entourée de quatre cierges que l'épicier Pjotjijeff avait plantés autour d'elle sur le plancher. On pria avec ferveur, et on l'emporta. Rosalia ne sut jamais si on l'avait enterrée ou si l'on s'était contenté de la jeter dans la Neva. Cela n'avait pas tant d'importance...

D'un jour à l'autre, si Rosalia n'était pas devenue

riche, elle était du moins indépendante. Déjà, dès l'aube grise du lendemain, elle poussait sa voiture à bras héritée de la pauvre Marouta vers la halle où les paysans livraient leurs produits et où les lourdes voitures venues des domaines des nobles déchargeaient les provisions destinées aux habitants de la ville de Saint-Pétersbourg.

Dès ce jour, on comprit que Rosalia était une personne avec qui il fallait compter. Elle marchandait et chicanait, insultait les pourvoyeurs, les traitait de « têtes de choux », de « pots rouillés », n'étant jamais à court d'appellations désobligeantes, puis elle tapait sur les doigts des clients rieurs qui osaient pincer ses seins épanouis; enfin, elle proposait toujours sur le marché de Sennaïa Ploschtschad les meilleurs légumes. C'étaient de ces produits qu'on ne voit que dans les cuisines seigneuriales : sans une tache de moisissure, bien frais et croquants. Un enchantement pour les yeux!

Pour la peine, Rosalia montait ses prix d'un demi-kopeck.

La jalousie fit rage dans le marché. Le bruit courait que si elle avait une aussi belle marchandise, c'est qu'elle avait accepté d'être espionne aux gages de la police secrète impériale, la fameuse Okhrana qui l'avait envoyée en mission dans ce quartier suspect. D'ailleurs, la veuve Marouta ne lui avait pas remis son héritage, car c'était elle, Rosalia, qui avait convaincu la mourante de lui léguer sa boutique de légumes.

Il est vrai que le témoin Pjotjijeff démentait énergiquement ces assertions. Mais après avoir été rossé nuitamment par deux inconnus, au point qu'il eut du mal à respirer pendant quatre jours, il perdit tout à coup la mémoire et s'abstint de saluer Rosalia lorsqu'elle passait près de lui.

Mais on ne connaissait pas encore Rosalia!

Avec un orgueil tout maternel, elle surveillait le développement de sa petite fille. Malgré sa rusticité native, elle remarqua un jour, avec surprise, que cette enfant était douée d'un sens musical peu commun et d'une grâce émouvante. A la moindre note de musique, elle réagissait. Le plus souvent il s'agissait de quelques sons tirés d'une flûte ou d'une guitare par un musicien ambulant. Aussitôt Matilda virevoltait, gracieuse, coquette; elle dansa même un jour au son d'un accordéon, levant ses petites jambes, agitant ses bras comme des pétales de lis dans le vent, et sautant sur la pointe des pieds, ce que personne ne lui avait appris.

Rosalia s'épanouissait de fierté et d'admiration. Elle décida de faire danser Matilda les jours de grande foire – les mercredis et samedis – devant son éventaire.

Quel succès!

Tandis que les clients entouraient l'étalage de Rosalia et regardaient évoluer le farfadet aux boucles noires accompagné par les harmonies plaintives d'une flûte, dont le propriétaire était un ivrogne au regard louche qui tirait journellement de Rosalia dix kopecks qu'il allait boire aussitôt, les autres marchands appelaient à grands cris la police et se plaignaient de cette importunité.

Mais ils se découragèrent. Aucun article du règlement n'interdisait de danser, même si cela attirait les chalands. D'ailleurs, les policiers prenaient plaisir à regarder l'enfant qu'ils gratifiaient parfois d'un kopeck pour s'acheter des bonbons.

A six ans Matilda dansait comme une romanichelle. Rosalia diversifia désormais ses activités : une heure consacrée à la vente des légumes... une demi-heure d'exhibition chorégraphique; elle faisait alors passer dans la foule une sébille de plomb, et souvent les gracieuses pirouettes de Matilda rapportaient davantage que les concombres, les oignons et les carottes de sa mère.

A neuf ans, par un jour d'été de 1884, elle rencontra Tamara Iegorovna. Ce fut pur hasard que ce jour-là fût un jour de danse, ensuite que la Iegorovna se trouvât en compagnie de deux officiers des hussards impériaux dans ce quartier mal famé, poussée par la curiosité d'y contempler le spectacle sans fard de la misère humaine. A trois reprises, la calèche de Tamara reçut des ordures. Des prostituées au visage maquillé de couleurs violentes crièrent des obscénités sur le passage de la ballerine, et seule l'intervention de quatre policiers empêcha qu'on passe à tabac les occupants de la calèche.

Avec ébahissement, la Iegorovna regarda danser la poupée aux longues boucles brunes.

– C'est un prodige! déclara-t-elle. Un prodige danse sur ce marché comme un ours dressé! Voyez ces gestes, Cyrille Ivanovitch! Les positions de ses mains : de la musique jusqu'au bout des doigts! Comme cette petite pose ses pieds! Ciel, comme elle sait déjà sauter! Et la pauvre enfant dépérit dans cet enfer? On jette ici une perle aux pourceaux!

Accompagné de deux policiers, le capitaine de hussards, le prince Cyrille Ivanovitch Troubetzkoï, traversa la foule des badauds, tandis que l'autre officier et deux policiers restaient en arrière pour protéger la calèche. La Iegorovna s'était assise sur le siège à côté du cocher, afin d'assister par-dessus la foule à la danse de la petite Matilda.

– A qui veut-elle parler? demanda Rosalia sur un ton grossier. (Elle jaugea du regard le prince Troubetzkoï avec un évident mépris, puis se tourna vers les policiers qu'elle connaissait :) N'avez-vous pas honte? leur cria-t-elle. Ma petite fille n'a que neuf ans, et vous voulez déjà la prostituer? En faire une putain? Quels salauds vous êtes! Si un élégant petit monsieur la désire, faut-il que la police se transforme en maquerelle? Je vais défoncer la gueule de ce barine!

– C'est le prince Troubetzkoï! l'interrompit le sergent de police dans un murmure d'effroi en rougissant très fort. (Il avait honte qu'un vrai prince eût à voir et à entendre tant d'infamies.) Rosalia Antonovna, écoutez d'abord...

– Serait-il le tsar... elle n'est qu'une enfant...

– Mais il est chargé d'un message de la part de la Iegorovna! lança le policier de plus en plus brûlant de honte.

– Qui est cette Iegorovna? rugit Rosalia en se dandinant, les mains appuyées sur ses hanches qui étaient devenues très rondes. Qui connaît ici le bordel de la Iegorovna? La chienne qui va par les rues ramasser les enfants pour le plaisir des beaux messieurs!

– Allons-nous-en! dit Troubetzkoï avec dégoût. Quelle infamie! Comment des êtres humains peuvent-ils descendre si bas?

Au même instant, Tamara surgit dans le cercle formé autour de la jeune danseuse. Avec son grand chapeau couronné de plumes, sa longue robe de soie brodée, elle se planta devant Matilda dans la fange de la rue et son regard s'attacha au mince visage ruisselant de sueur. De grands yeux bruns répondirent à son regard, des yeux pleins de gravité, qui avaient bien plus de neuf ans et qui scrutaient le lointain avenir, ce grand inconnu.

La Iegorovna fut conquise par ce regard. Elle sortit de son décolleté un fin mouchoir de dentelle et essuya le visage de l'enfant. La petite se raidit comme si quelqu'un voulait la renverser et lorsque la Iegorovna éloigna sa main, elle lui dit :

– Ce que ça pue! Tu aimes ça?

– Laissez mon enfant en paix! brailla de nouveau Rosalia. Viens ici, mon petit cygne! Viens donc! Oui, elle pue, elle pue l'odeur des exploiteurs!

– Comment t'appelles-tu? demanda Tamara tranquillement.

Elle restait plantée devant l'enfant, tout en se félicitant intérieurement de voir que les policiers placés entre elle et la mère de Matilda formaient un mur vivant.

Un grondement hostile s'élevait de la foule. Elle n'osait pas regarder autour d'elle. C'était une scène infernale.

– Matilda Felixovna, répondit la petite fille. Et toi?

– Tamara Iegorovna, je suis danseuse.

– Tu danses? Dans quel marché vas-tu danser?

– Je danse à l'Opéra.

– C'est quoi, l'Opéra?

– Une grande maison de fête avec une scène et un orchestre, de nombreux musiciens. Quand on danse, on met de magnifiques costumes, et le tsar est assis dans la loge impériale avec la tsarine, tous les grands-ducs et les grandes-duchesses, les princes, les comtes, les officiers, les ministres... Mille chandelles sont allumées, et lorsque tu as terminé ta danse, ils te saluent avec des cris, t'apportent de gros bouquets de fleurs, t'invitent à souper, et l'on boit des vins fins et du champagne glacé...

– Je ne connais rien de tout ça, répondit Matilda. Me donneras-tu un kopeck?

– Un rouble d'or, Matilda.

– Je n'en ai encore jamais vu...

– Je veux garder mon enfant! la lumière de mes yeux! brailla alors Rosalia, la mère. Personne ne me défendra donc? Tas de lâches! Vous regardez tranquillement empoisonner le cœur d'un enfant avec de l'or! Comme Satan au désert tenta Notre-Seigneur Jésus, vous venez ici pour me l'enlever. Aidez-moi donc, petits frères!

Ce lamento dura encore un moment, jusqu'à ce que la Bondareva eût roulé sa toile de tente. Sa journée de marché était terminée. Elle chargea concombres et légumes sur sa voiture à bras aux grandes roues de fer, s'attela entre les brancards au moyen d'un solide harnais de cuir et se planta sur ses grosses jambes.

– C'est bon, dit-elle à la Iegorovna qui, devant les officiers effarés, l'avait même aidée à charger son éventaire. Suivez-moi, Votre Grâce, j'habite à Krasnogary une belle chambre bien propre au-dessus de la boutique du brocanteur Minajev et vous constaterez que l'on peut vivre dans la crotte et rester propre. Si votre nez peut le supporter, venez!

Ainsi, ce jour de l'été 1884, Tamara Iegorovna franchit pour la première fois le seuil de la petite chambre dans laquelle Matilda était née. Seule, car les deux officiers étaient restés dans la voiture dont ils avaient tiré les rideaux sur les vitres afin de discuter à leur aise de cette question : pourquoi ne brûlait-on pas cet effroyable quartier pour y construire de plus jolies maisons? On peut déplacer cette populace! s'écriait le prince Troubetzkoï scandalisé. Oui, la transporter quelque part aux confins de la ville. Les rats s'acclimatent partout où l'ordure s'accumule!

Cependant les policiers barraient la rue, car le danger devenait évident. Des groupes d'individus déguenillés aux mines menaçantes s'étaient réunis, armés de gourdins et de haches. Le bruit s'était vite répandu qu'il fallait délivrer la chère Rosalia Antonovna des seigneuries venues lui rendre visite.

– Tu sais ce que c'est que l'Opéra? demandait au même moment la Iegorovna.

Rosalia répondit par un petit signe de tête tout en posant deux verres sur la table et une bouteille emplie d'un liquide vert.

– Tous les ans, je casse au pic la glace qui s'est formée devant, afin que leurs seigneuries ne glissent pas et ne se rompent pas les os. L'hiver, le marché est presque mort et je n'ai jamais voulu que Matilda danse lorsqu'il gèle. Aussi j'enlève la glace sur les perspectives et les ponts. (Elle versa un peu de breuvage et poussa un verre vers Tamara.) Voulez-vous boire?

– Qu'est-ce que c'est? demanda Tamara prudente.

– Croyez-vous que je boive du poison? Ma liqueur de bouleau est... J'ai la recette de ma mère : sève de bouleau et miel; elle me l'avait donnée avant que la foudre ne la fasse passer de vie à trépas à l'abri d'un bouleau précisément. Aussi...

Elles burent. La liqueur avait une saveur douce-amère agréable qui rappelait le parfum des prairies en fleurs.

– Je veux emmener Matilda! déclara Tamara sans transition.

Rosalia hocha la tête et désigna la hache qu'elle avait apportée neuf ans auparavant dans son sac de voyage et qui était toujours prête à servir, placée sur un escabeau près de la porte.

– Je vous tuerai avant : raide morte!

– Depuis deux mois, je dirige l'Ecole de ballet impériale, Rosalia Antonovna. Je veux enseigner la danse à Matilda, elle deviendra une grande danseuse, peut-être l'une des plus grandes que la Russie ait produites. L'étincelle divine est dans ton enfant... Un don unique! Le sais-tu? Où est son père?

– Il s'appelait Bondarev et vendait des machines à arracher les betteraves. (Rosalia emplit à nouveau les verres...) C'est vrai que je l'ai beaucoup aimé; lorsqu'il est parti, j'ai pleuré pendant des jours, depuis je n'ai plus de larmes, car je n'ai plus eu le temps de pleurer, il fallait que je me batte pour Matilda. Je ne vis que pour elle et vous voulez à présent me l'ôter?

– Elle restera chez toi! On viendra la chercher le matin et on la ramènera le soir.

– En voiture?

– Oui. Dans une voiture de l'Opéra impérial.

– Vous voulez qu'on me lapide, c'est ça? (Rosalia vida son verre comme un charretier en rejetant la tête en arrière pour mieux faire couler l'eau-de-vie.) Pas de ça! lança-t-elle enfin.

– Matilda aura un jour l'univers à ses pieds, conclut la Iegorovna. Son nom volera autour du globe terrestre : le prodige de la danse de Saint-Pétersbourg. Tu ne peux pas empêcher ça!

– Si! Tant que je vivrai, personne ne me contrariera!

– Elle est encore trop jeune, mais lorsqu'elle aura quatorze ou seize ans, lorsqu'elle comprendra quel don elle a, alors elle s'échappera. Tu ne pourras pas la retenir. Faut-il qu'elle pourrisse ici à Sennaïa Ploschtschod?

– Elle ne sera jamais la putain d'un beau monsieur!

– Tu ne connais pas autre chose?

– Y a-t-il autre chose, lorsqu'une pauvre fille est prise au piège d'un grand seigneur? Je peux parler, j'ai connu ça. Je sais ce que c'est que de dormir dans le lit d'un comte et comment vous chatouille le linge de soie...

– Matilda sera vêtue et nourrie, reprit la Iegorovna d'un ton assuré. Elle ne souffrira plus de privations, et la cassette des ballets impériaux t'enverra toutes les semaines cinq roubles...

– En voilà des folies! jeta Rosalia en s'essuyant les yeux. (Puis elle porta la bouteille à ses lèvres et but un long trait de sa liqueur de bouleau.) Toutes les semaïnes cinq petits roubles? Avec ça, on t'offrira des vêtements et tu pourras manger ce que tu voudras et puis ils viendront te chercher et te ramèneront, tout ça parce que tu sais sautiller comme une puce bien dressée. Cinq roubles la semaine? N'est-ce pas fou, Tildoucha?

– Je ne veux pas!

Matilda, assise contre la fenêtre, regardait dans la rue et observait l'étincelante calèche vernie attelée de deux chevaux, le cocher en livrée, coiffé d'un chapeau haut de forme orné d'une plume, assis sur le siège, et elle se sentait mal à l'aise.

Aux extrémités de la rue, la populace s'amassait, armée de gourdins.

– Elle a dit qu'il faut que je boive du champagne. Qu'est-ce que c'est que ça?

– Un vin qui pique le nez! (Rosalia eut un geste de refus.) Les personnes distinguées en boivent, elles dédaignent l'eau-de-vie! Hein, pourquoi voulez-vous lui faire boire du champagne?

– Matilda comptera un jour parmi les personnes distinguées, répondit la Iegorovna. Elle sera reine!

– A présent la voilà devenue folle! s'écria Rosalia Antonovna et, se plaçant devant sa fille, protectrice et hostile, elle avança le menton dans un mouvement de défi. Allez-vous-en, Tamara Iegorovna, vite! dit-elle d'une voix claironnante. Pour cinq roubles la semaine, je ne livrerai pas mon petit cygne à une maison de fous...

Trois jours plus tard, pour la première fois, une calèche d'aspect anonyme, traînée par une rossinante efflanquée, s'arrêtait devant la maison du brocanteur Minajev. Matilda se glissa dans l'entrebâillement de la porte et sauta dans le véhicule dont elle claqua le portière comme si elle craignait qu'on ne la retienne...

Debout dans le sombre couloir d'entrée de sa maison, Rosalia pleurait à chaudes larmes. Son vaste sein agité par les sanglots, elle appuyait son chiffon de toile sur ses yeux rougis et pesait contre le chétif Minajev qui se trouva bientôt écrasé contre le mur.

– C'est le commencement d'une nouvelle vie! sanglotait Rosalia sur un ton déchirant. Tichon Benjaminovitch, tiens-moi bien fort : mon petit cygne s'en va rejoindre le Ballet impérial! Bientôt elle ne nous comprendra plus, elle aura honte de sa mère, elle froncera le nez lorsqu'elle reviendra le soir, elle fera des manières, parlera comme les belles dames et puera les eaux de toilette françaises! Je l'ai perdue...

– Lorsqu'elle reviendra, il faudra la fouetter, conseilla Minajev sombrement, ça rend des services excellents depuis des centaines d'années, une bonne lanière sur les fesses! Rien de plus convaincant, mieux que mille paroles... Mais je la crois bonne fille, elle n'oubliera jamais ce que sa mère a fait pour elle.

– Je vais prier pour Matilda. (Rosalia joignit ses

mains. Dehors, la calèche s'ébranla et le claquement paresseux des sabots du cheval s'éloigna lentement.) Dieu m'écoutera-t-il si je lui dis : Veille sur elle! Tu lui as accordé le don de la danse, à présent protège-la... M'écoutera-t-il, Tichon?

– Sûrement! (Le vieux Minajev se libéra du contact pesant de Rosalia.) Les prières des mères atteignent toujours ses oreilles...

Ainsi débuta la carrière de Matilda Felixovna qui passa de la fange de la rue Krasnogary au soleil de la gloire artistique. Un rude chemin fait de sueur, de larmes, de discipline, de reniement de soi-même, de résignation, de doute, de révoltes, d'amour sans limite pour la danse.

– Moi aussi j'ai été une enfant pauvre, avait dit en conclusion à Rosalia la Iegorovna en ce jour de l'été 1884. On dit généralement que mon père était meunier à Novgorod, et je ne l'ai jamais démenti. Devais-je révéler que mon père était un serf qui ne devint qu'en 1861 un homme libre, c'est-à-dire autre chose qu'un animal à visage humain? Sois fière d'avoir été la servante d'un comte! Dans mon enfance je ne valais pas plus que la mise-bas d'une chienne, et que suis-je devenue?

Après cette révélation, quelque chose fondit dans le cœur de Rosalia. Elle répondit d'un petit signe de tête, puis elle attira Matilda contre elle en disant très gravement :

– C'est bon. Elle ira au Ballet impérial. Mais je vous hacherai tout menu si elle devient la maîtresse de l'un de ces beaux messieurs.

On comprendra donc que Rosalia fut prise d'une panique folle lorsque, le 15 octobre, on ramena Matilda dans une voiture de la cour, pâle, très désemparée, incapable de dire un mot, les yeux rivés au loin et lorsqu'un jeune lieutenant de la garde soutenant sa fille la mena jusque dans sa chambre et expliqua : « Il lui faut un repos absolu, madame! » Rosalia sursauta. C'était la première fois qu'on l'appelait « madame » et elle ne savait trop s'il lui fallait le prendre comme un honneur ou une insulte.

– Mademoiselle s'est évanouie : le tsarévitch lui avait baisé la main...

Il s'en fallut de peu que Rosalia ne tombe à son tour en pâmoison. Elle se cramponnait au bord de la table, regardait sa fille s'étendre sur le vrai lit récemment acheté, puis fermer les yeux comme une mourante... Elle dit d'une voix altérée :

– Le tsarévitch? Il l'a embrassée? Le ciel nous tombe sur la tête! Et qui êtes-vous, Votre Seigneurie?

– Boris Davidovitch de Soerenberg, lieutenant de la garde. (Le jeune lieutenant ôta son bonnet :) Puis-je rester auprès de mademoiselle jusqu'à ce qu'elle ait retrouvé son calme?

Rosalia accepta d'un petit signe, sans un mot. Dans son gosier, un bloc dur restait suspendu, comme le jour où elle avait constaté qu'elle était enceinte. Elle ne savait qui était le père de l'enfant.

– Que voulez-vous? demanda-t-elle, désemparée.

– J'ai été chargé par Son Altesse Impériale de veiller sur mademoiselle Matilda. (Boris Davidovitch s'assit au bord de la chaise, le regard rivé à Matilda qui restait étendue sur le lit, indiciblement belle et respirant à peine.) Je vous en prie, madame, disposez de moi...

Ce fut l'instant où Rosalia Antonovna eut

conscience que sa vie elle aussi avait changé. Il lui devenait impossible de vendre encore des concombres et des oignons sur le marché de Sennaïa Ploschtschad, alors que l'héritier du trône de Russie avait baisé la main de sa fille.

4

Dans ce rassemblement de culs-de-jatte, de voleurs, de gueules tordues et de déguenillés, on ne remarqua pas un nain hydrocéphale trottinant à la recherche de la rue Krasnogary. Il s'accordait si parfaitement avec ces rebuts de l'humanité que même les enfants jouant dans la crotte à édifier des forteresses avec de la neige sale ne le suivaient pas du regard, ni ne s'étonnaient de ses jambes frêles d'araignée.

Devant la maison du brocanteur Minajev, le nain s'arrêta, leva les yeux, observa le mur et hocha la tête plusieurs fois. Minajev, assis derrière son comptoir, sentit ses cheveux se dresser sur sa tête comme un chien qui éventre un chat, puis il s'élança à travers son étroite boutique, bondit en direction de la rue aussi vite que le lui permettait sa goutte et saisit au collet le petit monstre alors que celui-ci ouvrait la porte.

Il poussa le nain en arrière en criant :

– Où vas-tu, crevure? Tu te trompes : ce n'est pas ici l'entrée de l'enfer!

– Je ne me trompe jamais, répondit poliment le petit personnage. Lâche-moi, ver de noisette, fainéant, c'est ici qu'habite Mme Bondareva...

– Quelle madame? (Minajev ouvrit une grande bouche, lâcha le gnome et d'une chiquenaude emmêla sa chevelure grise.) Va-t'en sautiller loin d'ici, déchet! Avant que je ne t'écrase comme une punaise!

– Pourquoi le commun des mortels est-il si bête? demanda le nain.

Il éleva son petit bras droit, ses doigts devinrent des serres qui s'enfoncèrent dans l'épaule de Minajev. Le vieux jeta un cri écœuré, tituba en reculant et avant même qu'il eût songé à risposter, le petit monstre avait pénétré dans la maison et montait en trottinant l'escalier de bois.

On ne pouvait accuser Rosalia de poltronnerie, car elle était capable de traverser de nuit une épaisse forêt, et les fantômes s'enfuiraient à son approche plutôt qu'elle ne consente à faire un pas en arrière. Le nain frappa discrètement contre le battant et quand celui-ci s'ouvrit pour le laisser pénétrer à l'intérieur, un poing gigantesque s'abattit sur le cœur de Rosalia.

Elle ouvrit toute grande la bouche, recula jusqu'au mur, fit plusieurs fois le signe de la croix et tomba à genoux en criant :

– Pardonne, Seigneur! Je sais que je suis une pécheresse! Seigneur, accueille-moi dans ta miséricorde!

Le nain s'arrêta sur le seuil :

– Madame, dit-il, courtois, et d'une voix étrangement mélodieuse.

Des brouillards houleux enveloppaient la conscience de Rosalia : le diable l'appelait madame? Parle-t-on aussi le français chez le diable? Elle osa ouvrir les yeux et, pour plus de prudence, fit encore un signe de croix.

– Que veut Votre Seigneurie? balbutia-t-elle.

– Je suis le nain du grand-duc Nicolas, le tsarévitch. Mon nom est Mustin Fedorovitch Urasalin. Calmez-vous et levez-vous, madame! Je ne suis pas offensé de ne pas vous plaire et pas davantage de ce que vous ayez un aspect normal. Etes-vous en état de m'entendre à présent?

– Comme vous voudrez... (Rosalia se releva, mais resta prudemment debout contre le mur.) Vous... êtes vraiment un fou de cour?

– N'en ai-je pas la tournure? (Mustin sauta sur une chaise, et il ressembla aussitôt à une gigantesque araignée à la tête démesurément grosse.) Je sais aussi être amusant, faire des galipettes, imiter les cris des animaux, siffler avec un brin d'herbe et aussi me tordre en convulsions et prédire l'avenir... Je sais faire tout ce qu'un idiot doit connaître pour plaire à Leurs Seigneuries par ses sottises. C'est alors un plaisir de constater combien de personnes *normales* deviennent idiotes! (Il adressa un petit signe d'intelligence à Rosalia, et frotta sa large trogne rougie par le froid.) Je viens vous trouver parce que je suis inquiet...

– Que voulez-vous que je comprenne? balbutia la Bondareva.

Elle s'écarta du mur et s'approcha de la table qui était assez large pour servir de rempart entre elle et Mustin.

– Je suis le seul au monde à lire dans le cœur du tsarévitch, dit-il de sa voix mélodieuse. Et que vois-je? Un ouragan y fait rage, une tornade brûlante de passion pour Matilda Felixovna.

– Dieu veuille m'être secourable! s'écria Rosalia qui s'assit lourdement sur son escabeau. Longue vie au tsar!

– Il faut que nous en parlions tous les deux avant que la tempête ne souffle sur sa raison... (Mustin se pencha par-dessus la table :) Rosalia Antonovna, que pouvons-nous faire? Nicolas a été comme frappé par la foudre lorsqu'il a vu Matilda, il faut que vous m'aidiez!

Pour une femme qui a servi toute sa vie et qui a dû faire son chemin avec ses dents, ses bras, ses jambes, il est difficile de penser clairement lorsque quelqu'un vient du palais impérial – fût-ce un vilain gnome – pour lui dire : aide-moi!

Que répondre? C'est un peu comme si saint Vladimir lui-même se plantait devant elle en la suppliant : Rafraîchis mes blessures! Alors on ne peut faire autrement que de tomber à genoux et prier...

Mais Rosalia n'était pas femme à se contenter de prières. Elle avait survécu deux décennies dans le quartier le plus sinistre de Saint-Pétersbourg, triomphé de tous les obstacles, il était donc inévitable qu'elle réagisse comme elle le fit. Aussi, après un moment de silence pensif, elle répondit à Mustin :

– Ce n'est que ça? Laissons-la rentrer à la maison, elle recevra de moi une raclée avec le balai! Je m'en suis doutée; tout le monde dit qu'il n'y a rien du tout, mais voilà le tsarévitch qui visite l'Ecole de ballet et baise la main de ma fille parce qu'elle danse le mieux. Bon! ce sont les manières des beaux messieurs, je connais ça. Au temps où j'étais encore servante dans le Nord, il est venu un comte en visite chez mes maîtres. Un joli garçon, avec une moustache blonde, des yeux bleus étincelants, la plus jolie taille... et que fait-il, après m'avoir observée en cachette dans la grange? Il me baise d'abord la main, puis empoigne ma blouse!

– Le tsarévitch n'a rien fait de tel! répondit Mustin, rassurant.

– Mais il le fera si nous ne poussons pas un verrou entre lui et ma fille!

– Je le crains. (Le nain balançait ses jambes maigrelettes, et ressemblait à quelque insecte tâtant le sol pour s'y poser.)

– Connaissez-vous un meilleur remède?

Rosalia s'en fut vers un placard, en sortit son fameux élixir de bouleau, posa la bouteille sur la table et essuya deux verres avec un torchon.

Mustin considéra l'alcool inconnu comme quelqu'un que l'on va empoisonner.

– Il est venu ici un jeune officier... poursuivit-elle.

– Le lieutenant de Soerenberg?

– C'est son nom! Boris Davidovitch, n'est-ce pas? Cet officier me dit : J'ai ordre de veiller sur mademoiselle et il s'en occupe, en effet, car que fait-il lorsque cette sotte s'évanouit de nouveau? Il s'assied à son chevet, tient sa main dans la sienne et fait une grimace à croire qu'il s'est oublié dans ses chausses! Depuis, il est revenu trois fois alors qu'elle rentrait de l'Ecole de ballet. Il chevauchait à côté de la calèche, comme s'il accompagnait une grande dame. C'est effrayant! Au marché, ils m'interpellent : Où en êtes-vous? Pourquoi viens-tu encore vendre ici? Tu ne livres pas encore ta marchandise à la cour? Fais donc peindre l'aigle impériale sur tes concombres!... C'est à se demander s'il ne faut pas quitter Saint-Pétersbourg...

– Ce serait certes une solution! lança Mustin, jouant l'étonné. (En clignant de l'œil, il regardait Rosalia verser son nectar et en boire un long trait comme pour le rassurer et lui montrer qu'il s'agissait d'une boisson sans danger.) Moscou est une bonne ville, ou encore Odessa..., dit le gnome songeur.

– Mais le ballet...

– Il y a une très bonne école de danse à Moscou et à Odessa. Le plus bel opéra de Russie s'y trouve... Que dis-je? Le plus bel opéra du monde!

– Mais Tamara Iegorovna n'y est pas!

– Matilda sera bientôt plus célèbre que la Iegorovna!

– Alors on la ramènera à Saint-Pétersbourg au Ballet impérial! Nous pouvons nous épargner ce voyage.

La liqueur de bouleau avait dû, au bout du troisième petit verre, éclairer singulièrement la logique de Rosalia. Mustin trempa ses lèvres dans l'eau-de-vie et toussa aussitôt. Il était habitué au champagne. Cette seule gorgée brûlait son gosier comme s'il était à vif.

– Comment supportez-vous ce feu, Rosalia Antonovna?

– Quoi?

– Ce breuvage.

– On s'y habitue, Mustin Fedorovitch : l'eau-de-vie dilate le cœur et fouette le sang, et tout en ce monde devient clair. Croyez-vous que sans cette liqueur j'aurais supporté cette vie? Je me couchais avec dans mon lit... c'était plus réconfortant qu'un homme et ne posait aucun problème. (Elle se versa un quatrième verre et se gratta la racine des cheveux :) Mustin... quel nom étrange.

– Je suis originaire de l'Azerbaïdjan.

– Tiens, c'est où?

– Loin au sud, déjà chez les mahométans.

– Ciel! Vous en êtes donc un?

– Oui. (Mustin avala encore une prudente gorgée. La seconde fois il sentit moins sa brûlure et distingua même la saveur du miel.) ... Voici cinq ans, reprit-il, je suis arrivé à Saint-Pétersbourg. Je vivais auparavant dans la région de Chemacha où je gardais les moutons de mon oncle Ibrahim et nourrissais les vers à soie. Nous avons une soie merveilleuse! Les soieries de Gizan sont vendues dans le monde entier. Un jour, un détachement militaire monté s'en vient caracoler sur nos prairies, un colonel m'aperçoit, arrête son cheval comme s'il arrivait devant un précipice et me dit : Viens donc ici, crapaud! Et comme je lui réponds : Crapaud toi-même! il me fait prendre et me traîne jusqu'à la ville. Là, on me photographie sur toutes les faces, on me donne un rouble d'or et on me laisse partir. Mais après deux mois, ils reviennent, les cavaliers, et je comprends qu'ils me cherchent. Alors je me suis sauvé, d'abord dans mes grottes, mais ils avaient des chiens avec eux, puis plus loin, dans les montagnes. Ils m'ont livré une chasse sans merci comme à un gibier rare, et au bout de trois semaines, j'étais si faible que je m'étais caché dans une caverne pour y mourir. Les chiens de chasse m'ont trouvé sans peine. On me ligota, on me traîna à Chirvan, où l'on m'enchaîna, puis on m'emmena à Saint-Pétersbourg dans une voiture fermée à claire-voie comme une cage.

» C'est là que je me suis trouvé un jour devant un grand seigneur en uniforme brodé qui me regarde et rit, puis me demande : " T'es-tu jamais regardé dans une glace? " Et moi je réponds : " Je n'ai qu'à te regarder pour savoir combien on peut être laid! " Alors il a ri plus encore et l'on m'a ôté mes chaînes, puis conduit dans une maison... je n'ai jamais rien vu de si beau. On me désigne un garçon qui s'incline et on me dit : " Voici ton serviteur, demain tu seras présenté au tsar et au tsarévitch. " Enfin on me laisse seul. Je me promène alors de chambre en chambre. Partout des tentures de soie, des fenêtres donnant sur un parc avec des fontaines jaillissantes, des poignées de porte dorées, même une salle de bains que j'admire, émerveillé, car jusque-là je ne m'étais baigné que dans le fleuve. Puis mon serviteur m'a apporté un costume de velours, brocart, et dentelle. (Mustin hocha la tête :) Je suis arrivé à Saint-Pétersbourg dans ce vêtement, enfermé comme une bête curieuse. Mon physique a fait ma fortune.

– En réalité, c'est une triste histoire, Mustin Fedorovitch! lança Rosalia. Et vous avez supporté ça sans alcool?

– Je vous l'ai racontée pour vous prouver combien l'aspect extérieur a d'importance : ma laideur a fait ma fortune... Je crains que la beauté de Matilda n'en fasse une pauvresse!

– Elle fera un jour un riche mariage!

– Certainement pas comme maîtresse du tsarévitch!

– Elle ne le sera jamais! s'écria la Bondareva. Avant, j'aurai tordu le cou à ma colombe!

– Vous devriez vous intéresser à Boris Davidovitch, Rosalia Antonovna, reprit Mustin le nain. C'est un joli garçon, honnête et courageux. Seulement, il n'est pas riche, à part une petite terre en Courlande, mais son frère en héritera. Il restera dans l'armée, deviendra peut-être général, à condition qu'il y ait de nouvelles guerres – et il y en aura!

– Alors Matilda risque d'être bientôt veuve...

– Ou Mme la commandante, ou colonelle, ou générale! Qui sait? Ils ont beaucoup d'années devant eux et pendant toutes ces années il y aura beaucoup de guerres. C'est une particularité de l'être humain. Quand la paix dure trop, il s'énerve. Il ne redevient heureux que si les balles sifflent et si l'on meurt. Vous verrez ça, Rosalia, Boris Davidovitch fera son chemin. Un officier a toujours de quoi vivre, les gouvernements y veillent! Et Boris aime Matilda...

– Est-ce vrai? (Rosalia, incrédule, dévisageait le nain :) Lorsqu'il est ici, il traîne, ne parle guère plus qu'une morue séchée. Il regarde la petite sans arrêt, joue quelques parties de dominos et s'en va. Il claque des talons et nous salue comme à la parade. Et dehors, le diable se déchaîne! Ils sont tous venus l'insulter! Hier, ils ont frotté son cheval avec de la poix. Quelle idée aussi de venir dans ce quartier avec des harnais plaqués d'argent! Qu'a fait ce bon Tichon Benjaminovitch, notre logeur-brocanteur là en bas? Il a tiré le cheval dans sa petite boutique, l'a placé entre les vieux vêtements et toutes sortes de vieilleries, l'a nourri de croûtes de pain et il a tenté d'ôter la poix qui tachait sa robe. Et qu'a dit le seigneur officier en venant reprendre son cheval? Dieu vous le rendra, mon brave homme! Ce fut tout. Pas un kopeck! Minajev a hurlé de rage : la prochaine fois, je le soignerai à ma façon, ce bétail! braillait-il. Dieu n'a jamais manqué de me rétribuer! Qu'il vienne demain, il aura de la chance s'il retrouve seulement les sabots de sa monture! Est-ce vraiment le mari qu'il faut à Matilda?

– Il est, en tout cas, celui qui peut éloigner le tsarévitch de Matilda! déclara Mustin qui sauta de sa chaise. Réfléchissez, Rosalia Antonovna, l'opéra d'Odessa est le plus beau du monde!

– Et là-bas, il y aura un autre prince qui courra après ma fille!

– Mais il ne sera pas héritier du trône! C'est ce qui décide de tout! Celui qui hérite d'un trône appartient à tout son peuple et non pas à une seule personne. Nicolas Alexandrovitch épousera la fille d'un autre souverain. On chuchote le nom d'Alexandra, princesse de Hesse, une petite-fille de Victoria reine d'Angleterre et nièce de l'empereur d'Allemagne Guillaume II.

– Longue vie au tsar! s'exclama Rosalia pleine de ferveur. Et que sera alors Matilda?

Mustin enfonça son couvre-chef sur sa tête monstrueuse :

– Nicolas aura des maîtresses, elle sera l'une d'elles, mais Matilda m'est vraiment trop chère pour lui laisser jouer ce rôle!

– Vous voyez juste! (Rosalia assena son poing sur la table.) Je vous le promets, Mustin Fedorovitch, Matilda refusera toute rencontre avec le tsarévitch, dussé-je la surveiller jour et nuit!

Satisfait, Mustin descendit l'escalier raide avec plus d'assurance et pénétra, par une porte latérale, dans le capharnaüm de Minajev où il déposa sur la table une bourse emplie d'argent. Minajev qui, comme d'habitude, était enfoncé dans son fauteuil parmi son bric-à-brac, regardait mélancoliquement vers la rue. Il sursauta.

– Impossible! lança-t-il rudement. Je n'ai rien ici pour toi, on pourrait tout au plus transformer quelque chose parmi mes fripes...

– Il y a dix roubles dans cette bourse, le lieutenant de Soerenberg te les envoie pour son cheval... ou as-tu cru que Sa Seigneurie se déplaçait les poches pleines d'or? Un si grand seigneur, baron allemand, n'a pas besoin de payer lui-même, compris? S'il revient, garde de nouveau son cheval dans ta boutique, et attention à toi s'il lui manquait seulement un poil de la queue! Je te rosserais afin de te faire restituer les roubles en vitesse – tous les dix!

Minajev s'inclina plusieurs fois et attendit que le

nain eût quitté son magasin. Alors, il ouvrit la bourse avec des doigts tremblants et se mit à compter l'argent. Dix roubles, véritablement! Il enfouit l'argent dans sa poche et monta en courant chez la Bondareva.

– Qui était-ce? cria-t-il dès le seuil. Rosalia, il m'a donné dix roubles : l'humanité est frappée de folie!

– C'était Mustin, le fou du tsarévitch. (Rosalia regardait Minajev avec des yeux vitreux : même pour elle, sept petits verres d'eau-de-vie de bouleau représentaient une dose effarante.) Habitue-toi à tout ça, Tichon Benjaminovitch, désormais nous n'aurons de relations qu'avec les gens bien nés.

La visite du tsarévitch à l'Ecole impériale de ballet eut un retentissement durable. Tamara Iegorovna ne parvenait pas à se rassurer.

– Comment cela a-t-il été possible? ne cessait-elle de répéter à Matilda. Tomber évanouie devant l'héritier du trône, faut-il être bête! Parce qu'il t'a baisé la main?

– Je ne m'attendais pas à ce qu'il me touche, répondait tranquillement Matilda. (Elle semblait répondre à sa propre conscience d'une voix aérienne, qui avait changé, comme si elle ne pouvait pas s'arracher à un rêve pour retrouver la réalité :) Je me suis agenouillée devant lui et alors il m'a embrassée...

– La main!

– N'est-ce pas assez?

– Ce n'est pas croyable!

La Iegorovna poussa Matilda dans un fauteuil et se campa devant elle. Elles étaient seules dans la petite salle d'exercice où Tamara enseignait aux futurs solistes.

Même la nouvelle ballerine Ludmilla Pischnovskaïa venait trois fois par semaine subir cet entraînement, essayait sous les rudes commandements de Tamara les nouvelles partitions et souffrait ses gronderies. Indifférente à l'heure, Tamara la faisait répéter jusqu'à l'instant où la danseuse croyait s'effondrer sur le sol. Aucun service militaire n'était comparable aux tours de force qu'exigeait Tamara de ses élèves.

Mais cela en valait la peine. L'élève qui sortait de l'école de la Iegorovna, l'adolescent qui avait supporté d'avoir les os ainsi brisés par les exercices répétés, ne craignait aucune des difficultés du ballet. Même le grand Igor Vladimirovitch Potgan, qui dansait alors à Paris, disait sur un ton de profond respect : « Ce que fait Tamara à Saint-Pétersbourg survivra au temps. »

Aujourd'hui aussi, la Iegorovna avait été dure jusqu'aux extrêmes limites avec Matilda. Pendant trois heures, sans un seul instant de répit, elle lui avait fait répéter le rôle qu'elle danserait pour la première fois comme soliste le 23 décembre : la princesse Aurore dans *La Belle au bois dormant* sur la musique de Tchaïkovski.

Le dicton cher à Tamara : « Il faut polir les pierres précieuses jusqu'à ce qu'elles scintillent de toutes leurs facettes » avait déjà été maudit par bien des élèves, mais ils se le répétaient intérieurement comme une prière lorsque, à la fin du ballet, dans les salles d'opéra offrant des représentations à bureaux fermés, les applaudissements montaient vers la scène comme un tonnerre.

– Qu'ai-je dit? demanda la Iegorovna, tandis que Matilda, en sueur, la tête basse, restait assise dans son fauteuil. Quelles sont les qualités nécessaires à un danseur?

– La persévérance, la discipline, une volonté de fer... (Matilda leva les yeux, toute frémissante encore d'un effort épuisant.) Et la foi.

– Pour toi, il faut encore y ajouter quelque chose : des nerfs solides, des nerfs d'acier! A quoi bon le plus beau « grand jeté en tournant », si un regard du tsarévitch te fait plier les genoux? Regarde-moi! (Matilda leva la tête encore plus haut.) Et toi, justement, tu auras besoin de tes nerfs, oui toi! Crois-tu que le tsarévitch t'a déjà oubliée?

– Je l'espère, répondit Matilda à mi-voix. Je sais que je me suis comportée comme une sotte, ce n'était qu'un geste de politesse... (Son regard devint suppliant.) Est-ce que Alla Petrovna ne pourrait pas danser Aurore? Je refuserais le rôle...

– Idiotie! Tu obtiendras un triomphe! On t'ovationnera, toi et non la Pischnovskaïa!

– Elle me haïra ensuite...

– Il faut aussi que tu t'habitues à ça! Cela fait partie du succès. Plus tu maîtriseras ton art, plus tu seras célèbre, plus ton entourage te jalousera. Ils t'applaudiront à s'écorcher les mains, mais leurs museaux seront pâles d'envie. Ils voudront te dévorer. Au sommet de la célébrité, tu souffriras de la solitude. Des milliers d'êtres seront à tes pieds, mais tu resteras pour eux inaccessible, parce que tu sauras que tous envient tes bijoux, tes robes, tes fourrures, tes chevaux, ta voiture, ta villa, ton argent. Même si pour posséder ces choses, tu as dansé à en avoir les pieds en sang. Jamais ils ne te pardonneront d'être devenue plus qu'ils ne sont. (Tamara frappa ses mains l'une contre l'autre.) Tu danseras Aurore! Et si le tsarévitch te baise la main de nouveau, tu te tiendras solidement sur tes jambes comme une colonne!

5

La journée était ensoleillée. Saint-Pétersbourg s'enveloppait d'une épaisse couche de neige. Le gel crissait sous les pas, la Moïka commençait à se figer complètement, les petits canaux avaient déjà leur couverture de glace, les coupoles des églises brillaient, comme saupoudrées de diamants.

Sur les grandes perspectives, les briseurs de glace libéraient des passages au pic afin d'éviter le dérapage des chevaux, ou pelletaient la neige durcie sur les bords des sentiers.

Au coin des rues, sur les places et les marchés, aux entrées des parcs publics, des fumées épaisses s'élevaient des fourneaux des marchands de marrons grillés, dont l'arôme flottait comme une nuée au-dessus des têtes. Assis sur leur escabeau et couverts d'épais manteaux matelassés, coiffés de bonnets de fourrure, chaussés de bottes de feutre dont les tiges laissaient échapper du foin, ils vantaient bruyamment leur brûlante et exquise marchandise.

Deux kopecks le cornet. De beaux marrons à la peau tout juste éclatée, qui dégelaient le palais et l'estomac, et formaient comme une pierre rayonnante de chaleur à l'intérieur du corps.

Boris Davidovitch avait appris de Matilda que ce jour-là il n'y aurait de répétition que le matin. Tamara avait été mandée à Tsarskoïe Selo dans l'après-midi. Le corps des officiers de hussards préparait une soirée théâtrale privée, qui devait débuter par un petit ballet. Le ténor Sumavelich chanterait, le célèbre tragédien Iouvalev déclamerait des pièces de vers spirituelles et la soubrette Varenskaïa chanterait des airs « frivoles ».

Comme la mise en scène de cette soirée était due aux amis du tsarévitch, le comte Chemeremetïev et Voronzov-Dachkov, la Iegorovna devina, par expérience, ce qui se passerait à l'issue de cette représentation officielle.

Justement, le corps des officiers de hussards de la garde de Tsarskoïe Selo était célèbre comme le plus distingué des clubs masculins de Saint-Pétersbourg. Il était composé uniquement de nobles, fils des meilleures familles, qui partout suscitaient l'admiration lorsqu'ils défilaient à la parade, montés sur leurs chevaux blancs.

Afin de discuter d'une telle soirée théâtrale, la Iegorovna se rendit elle-même au palais du tsar. Elle choisit parmi les danseuses pour le ballet-prologue celles dont la morale était aussi réduite que la longueur de leurs tutus.

Néanmoins, Boris Davidovitch dut attendre jusque vers 2 heures avant de voir Matilda sortir de l'Ecole de ballet. Il courut à sa rencontre, la prit dans ses bras, l'étreignit et rit en voyant combien elle était aussitôt intimidée. Son visage encadré par un grand bonnet de renard semblait aussi délicat que la plus fine porcelaine. Ses grands yeux lui parurent encore plus grands que d'habitude.

– Enfin! s'écria Boris Davidovitch de Soerenberg en entourant Matilda de ses bras comme s'il devait la réchauffer malgré son manteau de lainage matelassé garni de fourrure. Enfin! le soleil n'attend pas!

– Nous venons d'arrêter il y a seulement dix minutes, Boris Davidovitch!

– Je le vois à vos yeux, Matilda. Vous respirez à peine tant vous êtes épuisée! C'est une femme effrayante, cette Iegorovna!

– Une femme merveilleuse!

Matilda en riant s'appuya sur lui et regarda de l'autre côté de la rue où stationnait une troïka garnie d'épaisses fourrures et attelée de deux robustes petits chevaux. Leurs naseaux rejetaient des nuages de vapeur blanche, leur robe, couverte de cristaux de glace, luisait; le gros cocher était engoncé dans ses manteaux et seuls ses bras semblaient vivants car il restait planté sur son siège, comme immobilisé par le gel. Lorsque le timonier remuait la tête, il secouait de petits grelots d'argent qui sommeillaient sur le haut demi-cercle dominant l'attelage.

– Irons-nous à pied, aujourd'hui? demanda Matilda ne se doutant de rien.

– J'ai retenu une troïka, voyez là-bas...

– Elle est vraiment pour nous? (Elle se réjouissait comme une enfant et son visage fatigué changea, devint rayonnant, comme éclairé de l'intérieur.) Savez-vous, Boris, de ma vie je n'ai été en troïka que cinq fois. J'ai bien compté. Chaque fois, ce fut une aventure. Beaucoup de gens circulent en troïka, à la campagne les paysans, ici les messieurs, mais comment ceux de ma condition y parviennent-ils? A trois reprises d'abord, j'ai eu l'occasion étant enfant de rouler ainsi : maman connaissait un cocher que j'appelais oncle Genika, il venait souvent chez nous et apportait du chou aigre, du pain, de la semoule et de la farine. Cela se passait avant que maman n'hérite de la boutique du marché. Lorsqu'il en avait le temps, il m'emmenait ensuite dans son attelage à travers Saint-Pétersbourg, passait les ponts en direction de Petrogradski ou de l'île Ielagine, vers le port des vieilles galères, ou le couvent Nevski. C'étaient pour moi des jours de fête! Lorsque j'ai eu quatorze ans, un baron, qui avait honoré l'Ecole de ballet de sa visite, m'a invitée comme vous : il m'attendait à la porte. J'ai ensuite sauté de cette troïka...

Son visage s'était brusquement durci.

– Je comprends, répondit Boris d'une voix sourde. Si vous pouvez me dire son nom, je le provoquerai en duel sur l'heure!

– Ce fut terrible... Comme je me défendais, il m'a frappée et le cocher fouettait ses chevaux, menant un train d'enfer en direction de Palioustrovo. Derrière le pont de la fonderie, j'ai pu sauter de la troïka, j'ai roulé dans la neige et me suis foulé la cheville gauche. Et qu'a fait M. le baron? Il fit faire demi-tour à la troïka et fonça sur moi avec l'intention de me faire piétiner dans la neige par les sabots des chevaux! Mais j'ai réussi à m'enfuir sous le pont où il ne pouvait aller avec le traîneau. J'ai dû rester trois semaines au lit. J'ai seulement dit à maman que j'avais glissé sur la glace... Personne n'a rien su... Vous êtes le seul, Boris...

– Qui était-ce? (Le lieutenant entoura Matilda d'un bras protecteur.) Vous devez bien vous rappeler son nom? Je vous en prie, réfléchissez! Cherchez bien!

– Il y a cinq ans de cela, Boris. (Elle le regardait, étonnée.) Que feriez-vous de lui?

– Je le poursuivrais dans la neige comme il vous a poursuivie, impitoyablement.

– Vous le tueriez?

– S'il perd... Il a sa chance! Vous n'en aviez aucune!

– Vous pourriez vraiment supprimer quelqu'un à cause de moi?

– Sans hésiter!

– Pourquoi, Boris Davidovitch?

C'était une question à laquelle il était difficile de répondre dans la rue, debout dans la neige sale, par un gel mordant. Boris de Soerenberg fit signe à la troïka.

Le cocher qui semblait transformé en bloc de glace s'anima et claqua de la langue, puis s'en prit à son attelage qu'il abreuva de reproches. La troïka avança, des étincelles s'échappèrent des patins d'acier et le vaste traîneau décrivant une grande courbe glissa vers eux.

– Où allons-nous, Matilda Felixovna? demanda Boris. Que désirez-vous? Tout, sans doute, plutôt que de rentrer à la maison, il fait si beau aujourd'hui! (Il était heureux d'avoir évité ainsi une réponse de Matilda.) Demain il neigera de nouveau peut-être, le ciel sera gris, l'air chargé de neige. Le thermomètre est monté de trois degrés.

La troïka s'arrêta. Matilda s'en approcha, le cocher fit le salut militaire. Sa barbe était criblée de glaçons formés par sa respiration, ses jambes étaient enfoncées jusqu'aux genoux dans deux sacs de paille.

Boris aida Matilda à monter dans le traîneau et la recouvrit ensuite de belles couvertures de fourrure. C'étaient des peaux de renard et de martre, et Matilda s'y lova. Seule sa tête apparaissait au-dessus de la montagne de peaux aux longs poils. Soerenberg s'enveloppa à son côté dans une peau de loup, puis il lui adressa un petit signe de tête :

– Assez chaud?

– C'est délicieux, je me croirais assise sur un poêle ancien!

Matilda rejeta la tête en arrière et contempla le ciel qui était d'un bleu intense et sans aucun nuage. Ces jours d'hiver ensoleillés étaient rares. Le plus souvent de sombres nuées montaient de la mer, dont les flots se confondaient avec les cieux dans le même gris uniforme.

– Je suis montée à seize ans dans ma cinquième troïka. (Matilda reprenait son récit sans y avoir été invitée.) Tamara m'avait emmenée chez une amie, une chanteuse. Elle possède une maison de campagne à Sluzk, au bord de la Slavanka, près du château de Pavlosk. (La jeune fille pouffa :) Nous n'y sommes jamais arrivées, Boris, car à quatre verstes de Saint-Pétersbourg, le traîneau a versé. Le cocher était ivre. Un cheval s'est même cassé une jambe. Un gendarme dut l'abattre par la suite. Nous étions tellement gelées qu'un autre traîneau a dû nous ramener immédiatement en ville. Tamara nous a préparé un grog... et c'est la première fois que je me suis enivrée. Jamais ma mère ne m'avait donné d'alcool, elle disait toujours : « Ça suffit que je me saoule, ne t'y risque jamais, mon petit! On ne peut pas échapper à la réalité... » Que va-t-il m'arriver avec ma sixième troïka?

– Nous irons en traîneau jusqu'à l'« île de Pierre ». Il y a là-bas un restaurant dont le patron est sûrement le plus gros aubergiste de l'univers, Vassia Kyrillovitch Tchouptikov, mais on prétend qu'il est aussi le meilleur des cuisiniers. Il conserve dans un vivier des homards vivants envoyés de la côte atlantique française. Pour quelques roubles, on dîne chez lui comme à la cour du tsar! Mais il ne laisse pas entrer tout le monde : on frappe à sa porte et il vous observe par un judas, et si on ne lui plaît pas, il rabat le volet à votre nez. Alors on est bien obligé de prendre sa maison d'assaut.

– Pourrons-nous y pénétrer?

– Je le connais bien.

– Nous mangerons du homard?

– Cuit avec une sauce à la crème.

– Je n'ai jamais goûté de homard, Boris. Vous allez être ridiculisé par ma faute, je vous préviens!

– Tchouptikov sera à vos pieds, Matilda!

Il lui mit le bras autour du cou. Ils avaient l'air, pour ceux qui les croisaient en troïka, d'un couple d'amoureux en pleine félicité.

– Nous y allons?

– Seulement parce que je suis curieuse de connaître le goût du homard! dit-elle. Et que je n'ai aucune envie de sortir de la troïka et de ses fourrures!

– Alors, allons-y!

Boris siffla. Le cocher se redressa, tendit les rênes et cria d'une voix enrouée :

– Davaï! mes petits chevaux, davaï!

Les grelots lancèrent leurs trilles d'argent et la neige jaillit sous les patins du traîneau. Les chevaux, la tête rejetée en arrière, leurs crinières flottant au vent tandis que leurs sabots frappaient le sol durci, traversèrent d'un seul élan Saint-Pétersbourg par le pont Troutzkoï vers Petrogradski. Après de vastes étendues enneigées, ils franchirent le canal de Karpov et la petite Neva vers l'île de Pierre.

Cette fois, ils arrivèrent à destination. Le cocher n'était pas ivre; la troïka ne versa pas, ce fut une course enchanteresse par un beau soleil et une neige miroitante qui brillait tellement que Matilda portait la main à ses yeux afin d'éviter l'éblouissement. Le bras de Boris entourait ses épaules et elle se sentait presque aussi heureuse que lorsque la Iegorovna lui disait :

– Voilà une bonne pirouette, Matildouchka!

Ils parlèrent à peine pendant le trajet. De temps à autre, ils se regardaient avec des yeux rieurs, mais sans un mot. Lorsqu'on est vraiment heureux, on n'a plus besoin d'aucun langage parlé. On écoute au fond de soi, où tout semble plein de résonances, d'harmonies, de sons connus... On se laisse emporter par ce flot vers le monde neuf de la félicité.

Comme prévu, la maison de Tchouptikov était fermée. Extérieurement, elle avait l'air d'une vieille masure paysanne en ruine, avec son toit en pente descendant jusqu'au sol à cause des tempêtes de neige, avec ses fenêtres aux volets de bois sculptés et peints et sa porte massive en madriers que personne n'eût songé à enfoncer.

Tandis que la troïka contournait la maison pour se garer dans un appentis, Boris frappa du poing contre la porte.

Il avait libéré Matilda de ses couvertures de fourrure pour la porter jusque sous le toit bas où il l'avait déposée avec précaution. Mais ces quelques pas avaient scellé son destin, lui sembla-t-il. Boris éprouva une sensation singulière lorsque Matilda lui mit le bras autour du cou. Très lentement, il s'éloigna de la troïka afin de la garder aussi longtemps que possible pour éprouver le contact de son corps et sentir son haleine, tandis que le bras de la jeune fille s'appuyait doucement sur sa nuque.

Au fond, je suis un vrai imbécile, pensait Boris, un misérable! Si je m'intéresse à cette fille exquise, c'est parce que l'on m'a prié de la tenir hors d'atteinte des entreprises du tsarévitch. Je remplis une mission, pas davantage! Je suis un paravent contre le prince héritier! Il faut qu'elle s'habitue à moi afin de ne plus penser à l'autre. Que tout cela est bas, sournois! Mais est-ce vraiment cela?

Le monde ne s'est-il pas métamorphosé pour moi depuis quinze jours? A quoi penses-tu, lorsque tu la regardes? Qu'éprouves-tu, lorsque tu la touches? Et lorsque tu l'entends rire? Quelle joie éclate en toi lorsqu'elle vient à ta rencontre, les bras tendus?

Boris Davidovitch, avoue que tu l'aimes! Tu l'as enfermée au plus profond de tes pensées. Lorsque tu te réveilles, le matin, à quoi penses-tu? Peut-être à ton service aux hussards? A ton cheval? A Dieu et au tsar, au tsarévitch? A la patrie?

Non! Non! Dès que tu as ouvert l'œil, tu penses : Bonjour, Matildouchka! Quand te reverrai-je, mon ange?

Et plus tard, lors du rapport à Sa Majesté Impériale le tsar... Et le gnome Mustin qui ne cesse de me répéter :

– L'as-tu enfin embrassée? Quoi?... pas encore? Quel glaçon tu fais! Ah! si j'avais ton corps, si j'avais ton physique!... je serais l'homme le plus heureux de la terre et j'aurais Matilda à mon côté... Tu me déçois, lieutenant des hussards!

En ces instants-là, je pense invariablement : Si vous saviez dans quel état je suis intérieurement! Toi, puissant tsarévitch, tu m'enverrais chargé de chaînes en Sibérie et toi, malicieux gnome, tu te livrerais à des galipettes de joie! Et puis je suis paralysé par la crainte : que dirait Matilda si elle apprenait que ma présence auprès d'elle n'est que l'obéissance à un ordre? Son mépris serait la moindre punition dont elle me châtierait!

Tout se passa ainsi que Boris Davidovitch l'avait prévu : un judas fut rabattu dans l'épaisse porte de bois, un gros visage parut, deux yeux vifs et gais jaugèrent les nouveaux venus.

– Prends garde, vieux mammouth! lui cria Boris joyeusement. Je veux le meilleur homard jamais cuisiné à Saint-Pétersbourg! (Et à Matilda, il dit à voix basse :) N'ayez pas peur quand vous verrez Vassia, ce n'est pas un ballon près d'exploser; son aspect pose seulement une énigme : comment deux jambes normales supportent-elles un tel poids?

Boris n'avait pas exagéré. Ce brave Tchouptikov était un géant au tour de taille effarant.

Un certain comte Varvitzky, éleveur d'animaux à fourrure de la région de Perm, avait une fois parié 5 000 roubles-or au sujet du poids de l'aubergiste qui, prétendait-il, pesait 400 livres; les paris des autres convives proposant des poids moins élevés, le comte avait emmené la société attablée jusqu'à une grange voisine où se trouvait la bascule à peser les vaches... Celle-ci, sous le poids de Vassia, avait indiqué 448 livres et 290 grammes. Le comte avait lui-même manié les poids. C'était à peine croyable : Vassia était bien l'homme le plus lourd de Russie. Pas étonnant qu'il fût sans épouse : toute femmelette courtisée par lui prenait aussitôt ses jambes à son cou.

Vassia accueillit Boris comme un ami, adressa un clin d'œil à Matilda et les conduisit à une table dans un coin. Au-dessus d'eux, sur la paroi de bois, étaient suspendues une icône de saint Pimen, ainsi qu'une chaîne rouillée dont on avait scié les anneaux aux extrémités. Matilda la considéra d'un air interrogateur et Vassia lui expliqua de sa voix enrouée :

– On m'en a débarrassé à Moscou. Je l'avais portée six ans jusqu'à Tchita! Je suis parmi les rares prisonniers revenus de Sibérie.

Frémissante, Matilda s'assit sous la chaîne rouillée.

– Il n'aime pas à en parler, murmura Boris lorsque Vassia se fut éloigné. Il a été condamné à mort, puis gracié et envoyé en Sibérie. Il avait tué un capitaine d'un coup de poing! La tête de l'officier a éclaté comme une tomate. Vassia revenait du marché où il avait fait ses achats. Que voit-il en rentrant chez lui? Sa femme Rajetchka au lit avec le capitaine. Il ne pesait alors que 240 livres... mais apparemment, c'en était déjà trop pour Rajetchka. Depuis, il n'a plus de femme, ne cesse de grossir et se dit heureux. Qui le croira?

Il n'est pas si facile de manger un homard pour la première fois, mais Matilda observait les gestes de Boris et les répétait fidèlement. Cependant, lorsqu'elle eut absorbé la moitié de son homard, elle demanda doucement :

– C'est donc un mets absolument incomparable? Boris Davidovitch, vous devriez venir chez nous lorsque maman prépare un bortsch! Ou lorsqu'elle rôtit dans du beurre des soles piquées de lardons, accompagnées de pommes de terre roulées dans des noisettes hachées. Mais vous ignorez cette nourriture trop vulgaire pour vous!

– Je viendrai déjeuner chez vous, Matilda!

Boris leva son verre; ils buvaient avec le homard un vin blanc très clair assez acide qui ne plut pas à Matilda, bien que Boris, lui, assurât qu'il convenait parfaitement au poisson.

– Je ferai honneur à la cuisine de votre mère, Matilda. Quelle femme extraordinaire!

Il regardait Matilda avec étonnement. En l'espace d'une seconde, elle avait changé. Son visage était devenu pâle, ses yeux avaient démesurément grandi comme si elle voyait quelque chose d'effrayant. Le dos collé au dossier de sa chaise, pétrifiée, elle serrait les lèvres.

– Qu'avez-vous, Matilda? demanda Boris, effrayé. Vous ai-je blessée sans m'en douter? Ai-je dit une bêtise? Je ne sais pas ce que cela peut être, mais je vous en demande pardon.

– Voici de nouveaux clients, dit Matilda d'une voix étranglée. Deux messieurs et deux dames.

Boris haussa les épaules. Il entendait derrière son dos des voix, des rires.

– Vous les connaissez, Matilda?

– Un seul... C'est lui... Mon Dieu, c'est vraiment lui... Partons vite, Boris!

– Nous restons, naturellement! Pourquoi fuir? Qui est-ce? Le tsarévitch incognito?

Matilda secoua la tête :

– Je vous en supplie, Boris, partons... Je vous en prie!

Le lieutenant se retourna brusquement pour jeter un regard aux arrivants. Encore plus surpris qu'auparavant, il se tourna vers Matilda. Celle-ci tremblait, bien qu'elle s'efforçât de contenir son émotion.

« Tu dois dominer tes nerfs! lui avait dit la Iegorovna. Des nerfs! Des nerfs d'acier! Tu es si belle que tu traverseras la vie saine et sauve, grâce à des nerfs solides! »

– Qu'est-ce qui vous effraie tant? (Boris se versait du vin.) Ce sont des gens très gentils. Ils viennent ici un jour sur deux...

– C'est lui, dit Matilda d'une voix blanche. Celui qui a un costume gris... le baron...

Boris sentit une onde glaciale le traverser. Il remonta ses épaules comme s'il avait froid et se cramponna des deux mains au rebord de la table :

– Celui de la troïka?
– Oui.
– Ne vous trompez-vous pas, Matilda?
– Jamais je n'oublierai ce visage...
– Vous devez faire erreur...
– Impossible! A présent... comme il rit... Il a ri ainsi lorsqu'il s'est rué sur moi avec ses chevaux au galop : il voulait me tuer parce que je me refusais...
– Ce n'est pas un baron... (La voix de Boris était devenue rauque.) C'est le prince Valentin Vladimirovitch Kramskoï, l'un des meilleurs amis du tsarévitch...
– Partons, Boris! Je vous en prie, je vous en prie! (La voix de Matilda n'était plus qu'un murmure.) Je m'en doutais : chaque troïka me porte malheur.
– Pas celle dans laquelle nous sommes venus!
Boris se leva. Les yeux de Matilda trahissaient sa folle angoisse. Elle éleva ses mains dans un geste suppliant, mais Boris de Soerenberg secoua la tête en silence et dit enfin :
– Je veux seulement le saluer, je ne peux pas croire que c'était lui.
Le prince Kramskoï était de la plus belle humeur lorsque Boris s'approcha de sa table. Il était accompagné d'une nouvelle maîtresse, une couturière des faubourgs, suave créature aux longs cheveux blonds et au nez retroussé.
L'autre personnage était le comte italien Sabarini, qui vivait depuis trois ans à Saint-Pétersbourg et procurait des objets d'art antique à la noblesse russe.
Kramskoï ouvrit ses bras en voyant Boris de Soerenberg et s'écria aussitôt :
– Boris Davidovitch! Mon bon ami! Naturellement vous êtes ici! (Il cligna de l'œil vers le coin de

la salle et se pencha en avant :) Pas mal, pas mal, un petit elfe, n'est-ce pas? Compliments! On en a raison par le vin et le homard... Ha! ha!

– Je voudrais avoir un entretien avec vous, Valentin Vladimirovitch.

– Maintenant?

– Oui!

– C'est si grave?

– C'est grave.

– Quelqu'un serait à éliminer sur-le-champ? (Kramskoï se leva et, tirant sur son vêtement :) Allons-y, mon ami, dit-il.

– Pas ici, si vous le voulez bien. Dehors.

– Au froid? Boris...

– Ce ne sera pas long.

– Je vous en prie.

Ils s'en furent dehors jusqu'à la grange où Tchouptikov était monté sur la bascule pour être pesé. Kramskoï battait son corps de ses bras, le froid était vraiment diabolique.

– Que se passe-t-il, Boris Davidovitch? Ne vous conduisez pas en sadique, ne me gelez pas. Ma petite amie se désespère car je serai froid comme glace! Que se passe-t-il donc?

– Avez-vous tenté, voici à peu près cinq ans, de passer avec votre troïka sur le corps d'une jeune fille de quatorze ans, parce qu'elle ne consentait pas à se soumettre à vos désirs?

D'abord le prince considéra Boris d'un regard fixe, incrédule, qui graduellement se teinta de raillerie; enfin, il eut un large sourire :

– Vous êtes un farceur, Soerenberg? Ou seriez-vous ivre?

– Avez-vous été ce porc, Valentin Vladimirovitch?

Le prince Kramskoï se figea.

– Vous êtes fou? lança-t-il d'une voix enrouée. Si je vous prenais au sérieux, savez-vous ce que cela signifierait?

Boris répéta :

– Vous êtes un porc!

Puis, vif comme l'éclair, il gifla le prince. Celui-ci vacilla, perdit l'équilibre et tomba sur le flanc contre un amoncellement de bois coupé.

– Idiot! balbutia Kramskoï qui se redressa en titubant. Chien enragé!

– Je vous enverrai demain mon témoin, répondit Boris d'un ton glacial en se frottant les mains. A l'arme blanche! Si vous vous montrez lâche... sachez que je vous retrouverai partout, Valentin Vladimirovitch. Personne ne vous protégera contre moi. Même pas le tsarévitch!

Un instant, ils se tinrent face à face en silence, indécis, se demandant s'ils ne devaient pas s'élancer immédiatement l'un contre l'autre, s'étrangler à mains nues ou s'assommer réciproquement avec un gourdin. A deux mètres de Kramskoï, le tranchant d'une hache était fiché dans un gros billot. Le prince louchait de ce côté, bien qu'il fût encore assez peu d'aplomb sur ses jambes, repoussant d'une main une mèche qui lui barrait le front, l'autre poing fermé appuyé contre sa poitrine.

Boris de Soerenberg suivit ce regard et secoua la tête :

– Vous ne vous emparerez pas de cette hache, Valentin Vladimirovitch; d'ailleurs, je ne voudrais pas que notre explication ait lieu à présent en public. Votre petite amie vous attend, je vous accorde encore quelques heures d'intimité – le temps de prendre congé de la vie, celle que vous menez, et qui vous sied tout à fait. Nous rencontrerons-nous dans la forêt de l'île Ielagine, ou me proposez-vous un autre lieu de rencontre ?

– Le palais Ioussoupov. (Le prince regardait Boris avec des yeux étincelants de haine.) Je m'y rends à l'instant !

– Accepté. Le prince Ioussoupov y consentira-t-il ?

– Il est mon ami.

– Il consentirait à vous voir débiter en tranches par moi ?

– Félix voudra que votre cadavre reçoive une sépulture convenable – l'arrogance de Kramskoï se réveillait – ou votre famille dispose-t-elle de tels moyens qu'elle puisse vous faire transporter en Courlande ? Elle répugnerait sans doute à vous jeter simplement dans la Moïka.

– Où mon témoin pourra-t-il vous trouver ?

– Où donc ? Au palais Anitchkov, fort proche de celui du tsarévitch. Ne craignez-vous pas d'être déplacé dans une garnison au-delà de l'Oural ?

– Le grand-duc Nicolas Alexandrovitch n'aura guère d'indulgence pour un ami qui a voulu violer une fille de quatorze ans dans une troïka. Et le tsar moins encore ! Ou allons-nous demander l'arbitrage du tsar ?

Kramskoï se taisait. La morale rigide d'Alexandre III, son mode de vie sévère, sa conception de la fidélité conjugale étaient connus de toute la Russie et donnaient même lieu dans les hautes sphères de la noblesse à toutes sortes de plaisanteries. Le prince Boussarine avait, disait-on, raconté une fois : « Il prie dans sa chapelle privée chaque fois qu'il veut s'approcher de la tsarine... » Et dans les cercles d'officiers, cette blague courait : Lorsque les cloches sonnent la nuit, c'est que le tsar a courtisé son épouse avec succès !

Il était certain qu'Alexandre III éloignerait aussitôt le prince Kramskoï de la cour s'il apprenait l'aventure de la troïka, même vieille de cinq ans. « Les péchés ne vieillissent point » : c'était une sentence familière du tsar.

– Envoyez demain votre témoin chez Ioussoupov, répondit Kramskoï brutalement. Je réfléchirai s'il convient que je me batte avec un lieutenant devenu fou furieux.

– Vous vous battrez, Valentin Vladimirovitch, dussé-je faire imprimer des placards à coller sur toutes les maisons de Saint-Pétersbourg : « Kramskoï est un porc! » Cela vous suffirait-il?

– Cela vous coûterait votre carrière, Soerenberg.

– Pour l'honneur d'une dame, je serais prêt à y renoncer!

– Une dame? répéta Kramskoï ironique. Vous aimez plaisanter, Boris Davidovitch. Où donc, à Saint-Pétersbourg, trouverait-on encore une dame?

Boris retourna dans la salle du restaurant en portant le manteau de Matilda.

– A présent, nous pouvons nous mettre en route, dit-il avec un sourire. Quelle belle journée, le soleil brille encore!

– Qu'avez-vous fait du prince? (Matilda se glissa dans son manteau dont elle remonta le col de fourrure comme si elle avait froid dans cette pièce surchauffée.) Boris, je n'aurais jamais dû vous raconter ce qui m'est arrivé, vous vous rendez malheureux avec cette histoire...

– J'ai seulement exigé de Valentin Vladimirovitch qu'il vous envoie une grande gerbe de roses. Ce n'est qu'un geste de politesse, il le fera!

– Mais je n'accepterai pas ses roses.

– Un semblant d'excuse!

Boris entraîna Matilda vers la porte. Le gros Tchouptikov se tenait tristement dans l'antichambre; il pleurait presque, se tordait les mains en soufflant avec une telle force que l'on pouvait craindre l'éclatement de ses poumons.

– Les homards étaient-ils mauvais? gémit-il. C'étaient les meilleurs crustacés que j'aie reçus depuis des années! Je les ai cuits montre en main. Je n'accepterai pas l'ombre d'un kopeck si, malgré cela, ils ne vous ont pas paru bons!

– Ils étaient excellents, Vassia, calmez-vous, le vin aussi, mais mademoiselle est fatiguée, il lui faut respirer l'air frais...

Tchouptikov fit un petit signe de compréhension, il considéra Matilda et ouvrit précipitamment la porte. C'est bien ça, un marmot en perspective! pensait-il, un malaise surgit tout à coup, on éprouve des vertiges et l'estomac se contracte... Le plaisir est court, mais les tourments durent neuf mois, si l'on ne demande pas le conseil d'une sage-femme à dix roubles... Mais Sa Seigneurie, le lieutenant, doit le savoir! Ces messieurs de haute naissance ont leurs bonnes adresses.

Tandis que Boris et Matilda s'éloignaient dans la troïka, le prince Kramskoï sortait de la grange, ayant réparé tant bien que mal le désordre de son costume; puis il s'assit de méchante humeur à sa table. Le front barré de rides, soucieux, il vit son camarade saisir sa partenaire par le devant de son corsage.

– Allons chez moi! proposa soudain Kramskoï.

Il jeta cinq roubles sur la table et se leva.

Tchouptikov ne comprenait plus rien au déroulement des événements. Ses meilleurs clients s'enfuyaient aujourd'hui sans avoir mangé. Que s'était-il passé? Puait-il lui-même et ne s'en apercevait-il pas?

– J'ai besoin de me saouler! s'écria le prince Kramskoï, soudain hystérique. Il me faut aussi de la chair fraîche plein les mains, de la chair blanche et tiède!

Il attira violemment à lui la blonde couturière qui se mit aussitôt à piailler parce qu'elle savait que le prince n'en serait que plus excité. Il l'embrassa sauvagement et la plia en arrière sur la table en la serrant contre lui.

Bon, nous y voici, pensa Tchouptikov avec amertume, mes homards et mes volailles rôties ne font pas le poids en comparaison de ces ébats! Bien du plaisir, Vos Seigneuries, cinq roubles de perte, ce n'est pas une catastrophe.

Il raccompagna le prince et ses amis jusque devant son auberge et attendit que leur troïka disparaisse entre les troncs des hauts mélèzes au tournant du chemin de Saint-Pétersbourg.

Alors il alla s'asseoir contre son bon vieux poêle – construit avec des galets du fleuve bien polis et cimentés les uns aux autres – aussi énorme de proportions que Vassia lui-même. Comme tout Russe qui se respecte, il dormait l'hiver sur la plate-forme supérieure. A présent, il considérait fixement les flammes de son foyer ouvert en face de lui dans la cuisine.

Il en va ainsi chez ces riches seigneurs, se mit-il à philosopher. L'un ne peut manger en paix parce qu'il a engrossé sa maîtresse... l'autre plante là son repas, parce qu'il est pressé d'aller au lit... Faut-il les envier, ces jolis messieurs? Qu'on est bien sur ce poêle! Le monde peut être pris de convulsions violentes, il ne s'effondrera jamais.

6

L'auberge de la famille Bouriev se trouvait sur la grande Neva proche du palais Mentchikov, sur l'île Vassili, tout près de la basilique Saint-André où se trouvait une célèbre iconostase rococo. Les cadets qui recevaient leur instruction au palais Mentchikov où ils habitaient venaient chez Bouriev. Ce n'étaient pas n'importe quels cadets, mais les fils de la haute noblesse qui devaient plus tard commander les armées russes. Ainsi Bouriev ne tarda-t-il pas à devenir riche, car les cadets avaient l'argent facile.

Boris Davidovitch connaissait les Bouriev depuis l'époque où il était entré comme cadet. Il était l'un de ceux qui faisaient inscrire leurs dépenses. Bouriev par la suite lui en faisait grâce secrètement, parce qu'il portait un beau nom mais ne possédait pas de roubles en trop.

Avec Bouriev on pouvait discuter de tout; il était non seulement aubergiste et prêteur, mais aussi confesseur et entremetteur autant que témoin, sourd à l'occasion. Il pouvait être aussi un véritable ami et témoignait à Boris un dévouement sincère.

– Vous ressemblez à mon ami Iegor Toupalov,

avait-il dit une fois, il fait partie des décabristes (1). Le 14 décembre, il a chargé à cheval dans l'attaque contre les troupes fidèles au tsar. Homme courageux, il n'avait rien en tête que de donner à la Russie une constitution nouvelle et plus humaine. On sait comment cela prit fin : la révolte s'effondra, ses chefs – le prince Troubetzkoï en tête – furent déportés en Sibérie, mais Toupalov fut incarcéré à la forteresse Pierre-et-Paul où on lui infligea un châtiment que le tsar Alexandre 1er avait pourtant interdit. Il reçut huit cents coups de bâton et lorsqu'il put de nouveau marcher, sa première course fut en direction d'un mur de brique contre lequel on le fusilla. Oui... vous ressemblez à ce Toupalov, Boris Davidovitch...

Comme ils s'arrêtaient devant la maison de Bouriev, Matilda secoua la tête dans un mouvement de refus :

– J'ai la gorge nouée, je ne pourrais plus rien manger.

– Une gorgée de thé chaud! Nous en avons tous besoin après cette course.

Boris éleva de nouveau Matilda au-dessus des fourrures du traîneau, et le cocher mena ses chevaux au trot vers les communs réservés à la domesticité.

Bouriev ne posa pas de questions en voyant Boris entrer avec une jeune dame. Il les conduisit dans une pièce derrière la salle, petit cabinet particulier tendu de velours rouge, qui n'avait pas de fenêtre et seulement une porte. Cette pièce était éclairée par une vieille lanterne russe à huile.

(1) Ou décembristes. Du russe *dekabr* : décembre. Membres d'une conspiration qui s'organisa à Saint-Pétersbourg au début du règne de Nicolas Ier (1825) pour établir le régime constitutionnel en Russie. *(N.d.T.)*

En plus d'une table ronde et de deux fauteuils confortables, le mobilier consistait en un large divan aux coussins de soie avec une moelleuse couverture de peaux de castor.

Boris secoua légèrement la tête lorsqu'il pénétra dans cette pièce derrière Matilda. Bouriev y répondit par un haussement d'épaules qui voulait dire : Comment savoir? Jusqu'à présent, les jeunes officiers appréciaient fort de s'installer ici lorsqu'ils venaient accompagnés d'une jeune et jolie dame. Pourquoi aujourd'hui est-ce différent?

– Deux tasses de thé et un peu de pâtisseries, dit Boris comme Bouriev, surpris, restait en attente sur le seuil.

– Du thé? Et du champagne ensuite?

– Rien que du thé, Matvei Gregorevitch.

Il se pencha vers Matilda et lui dit à mi-voix :

– Un instant, mademoiselle...

Puis il poussa Bouriev hors de la pièce. Celui-ci reprit son souffle dans le couloir et le bras tendu désigna la porte fermée.

– Voilà qui est nouveau, Boris Davidovitch. Jusqu'à présent, lorsque vous veniez avec une dame... alors...

– J'ai besoin de toi, Bouriev, poursuivit Boris de Soerenberg, l'air très grave. Une affaire assez chaude. Il faut me jurer de te taire vis-à-vis de tous, même de ta femme.

– Comment jurer? (Bouriev eut un sourire ironique.) Vous savez que je fais partie des anarchistes clandestins, des sans-Dieu, des intellectuels : au nom de quoi voulez-vous que je fasse serment?

– Au nom de ce que tu as de plus cher.

– Mon porte-monnaie...

– Quel plaisantin! Tu ne vois rien d'autre?

– Je jure au nom de notre amitié... – ces paroles

étaient dites sur un ton très grave. A présent, explique-moi ce qui est si « chaud ».

– J'ai besoin de toi comme témoin...

– Tu es fou, Boris?

– Le duel aura lieu au palais Ioussoupov à l'arme blanche : au sabre.

– Le prince Ioussoupov? As-tu toute ta raison? (Bouriev s'adossa au mur comme si ses jambes se dérobaient sous lui.) Tu as vraiment provoqué Ioussoupov?

– Pas lui, un de ses amis, le prince Kramskoï.

– Jette-toi sur un cheval, éloigne-toi au plus vite de Saint-Pétersbourg! Essaie d'atteindre la frontière allemande!

– Je sais à quoi tu penses : derrière Kramskoï il y a le tsarévitch.

– Tu es assuré d'aller en Sibérie! (Bouriev se tordait les mains.) Et naturellement, c'est à cause d'une femme? N'est-ce pas? Par saint Semion... une femme vaut-elle un tel sacrifice? N'y a-t-il pas en Russie des milliers de femmes qui peuvent te plaire? Pourquoi venger l'honneur de celle-ci par le sacrifice de ta vie? Boris, Kramskoï est un bon bretteur, un tireur remarquable et il ne perdra jamais, même s'il est battu. Après le duel, ce sera toujours toi le vaincu. Tu ne quitteras pas le lieu de votre combat aussi libre que tu y es venu : ils t'arrêteront!

– Ce sera une rencontre tout à fait secrète. (Boris secoua la tête :) Kramskoï ne peut pas se permettre de laisser révéler ce duel.

Mais Bouriev reprit d'une voix qui trahissait une anxiété profonde :

– Lui sera en vedette, *lui*! Invisible, par contre, l'assassin qui s'emparera de toi après le duel, et tu disparaîtras, enterré Dieu sait où...

– Nous prendrons des précautions pour empêcher cette issue : combien d'hommes peux-tu réunir ?

– Autant que tu voudras. Ciel! As-tu l'intention d'arriver chez Ioussoupov avec ton armée personnelle?

– Dix hommes suffiront. Kramskoï comprendra qu'il ne peut pas simplement me faire disparaître, ces dix hommes devront attendre devant le palais, sur la rive de la Moïka, jusqu'à ce que nous ressortions. (Boris rit doucement, mais il était oppressé :) Ne t'inquiète pas, Bouriev. Le prince Ioussoupov est un homme qui ne consentirait jamais à rien de tel. Son nom a toujours été sans tache. (Il frappa du plat de la main l'épaule de Bouriev et se tourna de nouveau vers la porte du cabinet particulier :) Pas un mot à Matilda! Elle ignore tout...

– Et dans le cas où Kramskoï te tuerait?

– Alors j'aurai disparu pour elle. Un mystère dont elle viendra à bout. Si Kramskoï gagne, on éloignera secrètement mon corps de toute façon. Ne les en empêche pas... C'est mieux ainsi.

– Je t'emporterai, répondit Bouriev d'une voix sourde, je t'inhumerai convenablement, comme tu le mérites. On ne t'enterrera pas comme un chien battu à mort.

Le thé de Chine couleur de topaze, parfumé à la bergamote, était exquis. Bouriev l'apporta lui-même et leur servit en accompagnement des beignets au miel saupoudrés de sucre – très sucrés vraiment, mais d'une saveur inoubliable.

Enfouis dans leurs fourrures, ils rentrèrent en traîneau à la clarté des feux du crépuscule qui métamorphosaient pour quelques minutes les tours, les toits, les blanches avenues, les canaux, les maisons en un même jardin magique. Les ponts franchis, après être passés devant le palais du Sénat, ils tournèrent dans la large perspective Vossenski, l'une des superbes voies impériales de Saint-Pétersbourg. Derrière eux se dressait la masse allongée de l'Amirauté, dont les fenêtres reflétaient l'or rouge du soleil couchant.

La statue équestre de Pierre le Grand sur son haut piédestal de granit, ce monument dont semblent émaner la force et la sauvagerie, ce cavalier d'airain chanté par Pouchkine, les promenades du parc Alexandre aux fontaines jaillissantes, étaient recouverts d'une chape de glace et, devant eux, à la limite de la place Voroski, le dôme doré haut de cent deux mètres de la cathédrale Saint-Isaac-de-Kiev – que l'on dit plus beau que celui de Saint-Pierre de Rome – était baigné dans l'éclat de ce soleil hivernal. Le paysage, libéré de toute pesanteur terrestre, semblait s'enflammer à ce brasier glacé.

– Faites arrêter, je vous en prie, Boris Davidovitch, dit Matilda à mi-voix. (Elle appuyait sa tête contre son épaule.) Jamais encore je n'ai vu Saint-Pétersbourg comme ce soir. N'est-ce pas un prodige?

– Qui, dans trois minutes, sera effacé.

Boris de Soerenberg lança un ordre au cocher. Celui-ci cria à ses petits chevaux de s'arrêter tout en pesant sur les rênes tendues. La troïka s'immobilisa en face de la cathédrale. Les fûts de granit des puissantes et belles colonnades jetaient des ombres violettes sur les nombreuses statues et les reliefs des murs. Les groupes d'anges porteurs de torches placés aux angles – que l'on n'allumait qu'une fois par an, dans la nuit de Pâques, lorsqu'un même cri de joie s'échappant des églises résonnait sur tout le pays : Christ est ressuscité! – flamboyaient eux aussi, en cet instant, des derniers rayons du jour déclinant. C'était en effet magique et grandiose.

– Ne parlons plus, Boris, murmura Matilda.

Ils restèrent assis en silence dans la troïka sous leurs épaisses fourrures, devenus eux-mêmes une fraction de ce soir d'hiver ensoleillé qui s'éteignait.

Rapidement, le brasier perdit de son incandescence. Les ombres s'allongèrent. Des teintes grises, bleues, se mêlèrent à cette clarté, l'obscurité avançait sans trêve, seule la gigantesque coupole dorée de la cathédrale luisait encore, se découpant sur un ciel parcouru de traînées sombres.

– Tout passe en ce monde avec la même hâte, dit Boris à voix basse. Pas une heure ne se revit, on ne peut rien retenir...

– Oh! ne dites pas... (Elle posa sa petite main sur les lèvres de son compagnon.) C'était si beau... Je voudrais entrer dans l'église... Venez-vous?

Il se débarrassa de ses fourrures et, prenant Matilda dans ses bras, la descendit dans la rue. La main dans la main, ils traversèrent la place pour pénétrer par l'une des portes de bronze monumentales dans l'énorme vaisseau de la cathédrale.

Sa splendeur les accabla. Les murs étaient recouverts de plaques de marbre de couleur. L'iconostase toute rutilante d'or était portée par des colonnes de malachite et de lapis-lazuli. Les fresques aux plafonds, dans les chapelles latérales, aux murs et à l'intérieur de la coupole rappelaient que l'homme comptait pour peu de chose dans cet hymne au Seigneur.

Derrière l'iconostase, parmi l'enchevêtrement des colonnes, devant quelque autel invisible, les voix d'un chœur masculin se faisaient entendre. Des moines sans doute qui, en prière, accueillaient la nuit, avant de regagner leur cellule. Leurs accents, comme les harmonies d'un orgue, se répandaient, puis se perdaient dans les hauteurs vertigineuses du dôme.

Matilda s'agenouilla devant l'iconostase et baissa la tête. Boris, debout, la regardait : petit paquet de fourrure, nuque blanche sur laquelle se partageait en deux flots sombres son abondante chevelure coulant sur ses épaules...

Mon Dieu, je l'aime, pensait-il. Machinalement, il joignit les mains et regarda vers une grande icône entourée de perles et de pierres précieuses suspendue au centre de l'iconostase. Elle représentait Jésus ressuscitant Lazare. Les mains élevées très haut avaient saisi le mort qui se dressait sur son lit.

Je voudrais vivre, pensait Boris. Dieu, m'entends-tu? Me voici devant toi, je te prie de me laisser vivre encore, ainsi que tu l'as permis à Lazare. Pas pour moi, pour elle, et laisse-moi l'accompagner dans la vie quoi qu'il puisse lui arriver...

Il attendit un instant, puis il se pencha et releva Matilda. Son pâle visage vint vers lui, sa bouche au dessin suave, son petit nez et ses grands yeux interrogateurs. Il l'entoura de ses bras et la serra contre lui. Derrière l'iconostase, le chœur des moines s'amplifiait, puis résonnait en échos dans la pénombre.

– Vous pouvez me fuir, dit Boris la gorge serrée. Vous pouvez me battre, vous pouvez m'interdire de vous voir... Mais je t'aime, Matildouchka... Je t'aime...

Elle lui répondit en silence par un léger signe de tête. Elle ne le repoussa pas, elle ne s'enfuit pas et ne lui interdit pas de la revoir... Elle ferma les yeux lorsqu'il l'embrassa, d'abord timidement, s'attendant à sa résistance, mais lorsqu'il l'embrassa pour la seconde fois avec toute la joie qui l'envahissait, elle mit ses bras autour de son cou et lui rendit son baiser.

C'était son premier baiser.

Sentiment radieux qui coupe le souffle. Qui brûle et glace, qui donne avec le vertige une extrême lucidité.

Mais lorsque la tendresse de Boris l'enveloppa toute, lorsqu'elle fut transportée par ce premier baiser, lorsqu'elle eut conscience de se trouver dans la plus belle des cathédrales devant l'iconostase dorée, tandis que la théorie des moines s'éloignait, invisible, chantant son dernier cantique vespéral, en cet instant de bonheur absolu, elle pensa à... Nicolas le tsarévitch!

Oui, et à son visage mélancolique, à ses yeux tristes, à ses mains douces, à sa voix enjôleuse. L'éclair qui l'avait frappée à sa vue la brûlait encore. Elle sentait le contact des lèvres de Boris, elle se savait protégée et heureuse dans ses bras, mais pas davantage.

– Gardons le secret pour nous, dit Matilda, tandis qu'ils quittaient la cathédrale entre les colonnades pour rejoindre leur troïka. Ne le disons pas tout de suite à maman. Il faut la préparer... elle ne nous croira pas si facilement, car elle pensera qu'un grand seigneur n'a pas d'autre intention que de s'amuser un peu. Ça ne sera pas simple, Boris...

– Nous nous marierons! déclara fermement Boris de Soerenberg.

Matilda fit un pas en arrière et le regarda, effarée :

– C'est impossible! balbutia-t-elle.

– Pourquoi? Ne veux-tu pas être ma femme?

– Je n'ai pas à le *vouloir*. (Elle passa une main tremblante sur son visage.) Tu n'as pas le droit de m'épouser.

– C
– To
garde d
tion la
famille te
– Un an
– Une fil
– Je conna
où il fut tro
paille...
– Mon Dieu,
Elle traça un
de Boris et jeta
groupes d'anges p
présent, il faisait p
à gaz éclairaient dé
Le cocher, ayant a
pour la suspendre au
pipe en se chauffant
présent, la neige parais
de traîneaux, ramassée e
tant.
La magie du crépuscule
soleil qui magnifiait tout, n
nir. Un vent glacial soufflait
Il n'y aurait pas de nouvel
faisait trop froid, mais le gel
et paralyserait la vie quotidien
– Tu ne peux tout de mêm
répéta Matilda sans aucune ame
Pour elle, cela était évident.
– Demain, je me ferai annoncer
dant chef d'unité et je lui exposerai
tient à cœur. (D'un bras, Boris entou
les épaules de Matilda.) Et puis j'écri
parents que j'aime une jeune fille qui m'e

pourrait me l'interdire?
rang social, Borja! Tu es officier de la
hussards de Tsarskoïe Selo, c'est la posi-
honorifique! Tu es noble, baron. Ta
terait, car que suis-je, moi?
ondit Boris presque solennel.
été élevée avec des rats!
u'un qui est né dans une étable
dans une crèche emplie de
ème pas!
de croix sur la poitrine
craintif vers l'un des
rches de la Pâque. A
e hautes torchères
ve.
terne à pétrole
ka, fumait sa
fourneau. A
de traces
ct rebu-
t du
ve-

lairait-
u baron

ux de possé-
aison dans un
eux, une petite
chauffage pour
l... et la liberté en
erté, comme l'aigle
pas la bonne vie,

he si le fil de sa pensée

Borja! (Elle le regardait,
uoi ne poursuis-tu pas?
cile! reconnut-il d'une voix
uis un grand idiot!
er tout de même, Borjenka...
Tu es née pour ton art, Matilda,
frappa le front du plat de la main.)
tu danses entre des sacs de blé et
eraves fourragères? *Le Lac des cygnes*
battage du blé? *La Grande Polonaise*
a porcherie... un pas de deux avec le

être pourrais-je oublier la danse?
posait cette question avec élan, mais Boris
nait son incrédulité derrière l'assurance de
aroles.
Jamais! répondit-il. Tu ne le pourras jamais. Le
décembre prochain, tu obtiendras devant le tsar
on premier grand triomphe!

– Ou un lamentable échec...

– C'est impossible.

chère que mon titre et mon nom! Cela te
il d'épouser un simple Soerenberg au li
qu'il fut?
– Et ta carrière à la cour du ts
– Ne serait-il pas tout aussi m
der quelques arpents de terre
bois de bouleaux, un étang
forêt qui nous fournirait
l'hiver, une écurie plei
plus? Beaucoup, bea
parmi les nuées.
Matildouchka?
Il se tut su
venait d'êtr
– Une
confus
–
er

– J'ai tellement peur
préférerais m'enfuir tout

– Tu as trimé neuf
jour après jour, afin d
oublié ce que Tamara
vitch : Matilda Felixovna,
ballet! Ce qui veut dire l'
danse! A Noël, tout Saint-
que de toi!

Il l'enveloppa de sa pelisse
la troïka. La neige gelée cra
comme du verre. Qu'est un
noblesse en regard d'une grande étoile de ballet qui a le monde à ses pieds?

– C'est moi qui devrais avoir peur, Matilda, pas toi!

– Je t'aime, dit-elle en le regardant avec un sourire. Pourquoi nous poser tant de questions? Nous serons à jamais ensemble, que je me trouve sur une scène ou dans une écurie! Cela seul compte.

Il la porta de nouveau jusqu'à la troïka, l'enveloppa de fourrures et la couvrit de baisers tandis qu'ils glissaient dans la nuit vers le misérable quartier que toute personne qui se respecte évite en décrivant un vaste détour.

Ce sera la première décision à prendre, pensa Boris, lorsqu'ils atteignirent les ruelles boueuses aux constructions vétustes abritant des tripots, des maisons closes et des caves de receleurs : il faut qu'elle sorte d'ici!

Il faut lui trouver une jolie maison sur la Moïka, la Fantanka ou un canal, ou aux environs de Saint-Pétersbourg, à Petrogradski, où l'on peut louer des maisons campagnardes avec un grand jardin. Il faut qu'elle quitte ce dédale de ruelles qui suent le crime.

…telage crièrent sur la glace …u brocanteur Minajev. Ils échan- …ne fois des baisers puis, sans se …ilda courut vers l'entrée obscure.

…ns-nous à présent, Votre Seigneurie? …le cocher. Dans un café dansant?

…palais Anitchkov!

…ntendu, Votre Grâce.

…oris s'adossa dans ses fourrures; il éprouvait …oudain un désir extrême de se confier au gnome Mustin Fedorovitch.

Rosalia Antonovna était assise sur le sofa. Impatiente, elle regardait la porte de ses yeux larmoyants lorsqu'elle entendit le pas de sa fille dans l'escalier. Sur le plancher, près d'elle, se trouvait une bouteille presque vide. Un mélange spécial, deux fois plus fort que son eau-de-vie de bouleau. La preuve en était que Rosalia avait des renvois bruyants.

Mon estomac, pensait-elle attristée. Voilà qu'il me trahit! Je pouvais manger des clous, et à présent, il ne fait pas son travail et n'est plus qu'aigreurs! Pires que du vinaigre! J'en suis à redouter de manger le moindre trognon de chou!

– Entre! Entre bien vite, ma colombe.

Elle cligna de l'œil, se tapa sur le ventre, écarta les jambes. Puis elle appuya ses coudes sur ses grosses cuisses et grogna, fâchée parce qu'un bouton de son corsage avait sauté. Le grand peintre Oleg Matveïevitch Baldourian l'avait représentée dans cette attitude. Arménien astucieux, ses portraits étaient très demandés par les dames de la haute société pétersbourgeoise. Même la grande-duchesse Stana, épouse de Nicolas Nicolaïevitch, frère du tsar, s'était fait peindre par Baldourian, étendue sur un divan à l'imitation de la fameuse *Maja* de Goya. Seulement elle était vêtue car le tableau devait être accroché dans son salon.

Cet Oleg Matveïevitch avait donc fait le portrait de Rosalia, les jambes écartées, les coudes appuyés sur ses cuisses, la poitrine abondante. Bien que la Bondareva fût convenablement vêtue, il la peignit nue, vraie montagne de chair à faire pâlir Rubens.

L'exposition de peinture qui eut lieu à cette époque fut un succès complet pour Baldourian – en même temps qu'elle provoqua un scandale retentissant. On montrait ce tableau à part, dans un cabinet attenant à la galerie, et chaque visiteur sortait de ce réduit avec un regard aigu ou voilé, selon son tempérament. Naturellement, les dames se montrèrent scandalisées, bien qu'elles eussent été voir également la peinture en question, afin de se convaincre de l'horreur de cette créature de perdition et de l'accuser de toutes les lubricités. Pourtant, par cette œuvre, Matveïevitch accéda au rang de peintre à la mode de la société pétersbourgeoise.

La vogue fort coûteuse, bien que secrète, s'établit parmi les cavaliers de la ville de faire peindre leur maîtresse nue par Baldourian. Cela s'était passé trois ans auparavant. Depuis un an, Baldourian possédait un petit palais au bord de la superbe Neva.

Il ne révéla jamais le nom de celle qui fut sa « muse » à cette époque. Rosalia resta pauvre et anonyme. Elle avait reçu douze roubles pour la pose et estimé cette rétribution parfaitement suffisante.

Matilda passa la porte, puis aussitôt recula : une nuée de suave parfum déferlait sur elle, tellement pénétrante qu'on en était suffoqué.

Elle dévisagea sa mère, courut à la fenêtre et brassa l'air des deux bras.

– Qu'est-ce que c'est que ça, maman? cria-t-elle en même temps. Que s'est-il passé? D'où vient ce parfum envahissant?

– De Paris! (Rosalia eut de nouveau un renvoi tonitruant et se frappa la poitrine.) C'est une odeur, ça! Il y en a tout un flacon, venu directement de Paris, on me l'a juré!

Elle se pencha pour prendre un précieux flacon de cristal taillé posé sur le plancher et le balança au bout de son bras tendu :

– Regarde! Ça vient de Paris! As-tu jamais rien vu de pareil, ou senti cette odeur?

– Et cette puanteur a même un nom?

– « Nuit de femme ».

Matilda s'accouda à la fenêtre ouverte. Le froid entra dans la pièce mais lutta sans succès contre ce parfum concentré et qui déjà collait aux murs.

– Comment as-tu eu ce parfum, maman?

– On me l'a seulement confié. (Rosalia titubait, bien qu'elle fût assise. L'air frais renforçait l'effet de l'alcool dont elle était imbibée :) Ça t'appartient, c'est à toi seule, mon petit cygne! Oh! laisse-moi t'embrasser, lumière de mes yeux! C'est un cadeau en cristal! As-tu déjà vu ça? Pas moi. J'ai pourtant observé chez le comte avec quoi les jolies dames aspergeaient leurs seins. Ce n'était pas ça. Jamais on ne reverra un tel parfum! C'est pour toi seule... Et puis il a envoyé des roses en plein hiver! Regarde, ma colombe!

Matilda se retourna. Dans le coin, là où une veilleuse brûlait sous une petite icône, se trouvait, posé sur un escabeau, un vase de grès d'où jaillissait un énorme bouquet de roses blanches. Un ruban rouge et blanc enserrait les tiges.

– Il y en a cinquante! grogna Rosalia. Je les ai comptées; une fortune, ma chérie. Sais-tu ce que coûte une seule rose par ce froid?

– D'où viennent-elles? (Matilda ne faisait pas un geste, le dos gelé par le vent qui soufflait par la fenêtre.) Qui les a apportées?

– Un cavalier en uniforme à galons d'or. Il portait une pelisse de fourrure! Je te dis! Des plus fines peaux de castor. Et qu'a-t-il raconté en entrant ici, avec ce bouquet? « Madame, je dois remettre ceci... » Et moi je lui demande tout de suite : « Qui envoie ces roses ici? Vous vous trompez sans doute, la maison des filles de joie, c'est deux numéros plus loin sur la gauche... » Et mon cavalier de répondre très poliment : « Madame, je suis sûrement à l'adresse que l'on m'a indiquée, c'est bien ici qu'habite Matilda Felixovna? » Que devais-je faire? Il dépose donc les roses, me tend la carafe de cristal... naturellement, elle était empaquetée dans un carton doublé de soie, mais je l'ai ouvert : on ne sait jamais ce que l'on introduit chez soi... Puis il m'a adressé un profond salut, mais je le voyais en même temps faire une grimace de mépris. Ça n'a pas traîné, je lui ai lancé le pot dans le dos... Ah! il n'est pas sorti assez vite, il l'a reçu tout de même! Oui, c'est comme ça! (Elle considéra Matilda de ses yeux furibonds roulant dans leurs orbites :) J'avais bien le droit de l'essayer un peu, ce parfum, n'est-ce pas mon enfant?

– Range ce parfum, maman, dit Matilda en fermant la fenêtre. (Puis elle tendit une main :) Où est la lettre, maman?

– Je n'ai pas vu de lettre, mon petit cygne.

– Ne mens pas... (Elle secoua la main :) Donne!

Rosalia eut un profond soupir, plongea une main

dans son corsage et en retira une enveloppe qui n'avait pas été ouverte.

Matilda la déchira. Une carte non gravée en tomba sur laquelle étaient tracées ces lignes d'une écriture raide et élégante :

« Je pense souvent à vous, Matilda Felixovna. Je vous vois lorsque je ferme les yeux. Vous remplissez mon petit univers personnel. J'attends fiévreusement le jour où je pourrai vous revoir. Je vous en prie, ne m'oubliez pas, tandis que vous êtes constamment présente dans ma pensée.

« Votre Nicolas Alexandrovitch Romanov »

– Lis-moi ça! s'écria Rosalia. Ne va pas taire une seule syllabe à ta pauvre petite mère. Elle a tout fait pour toi, tu es sa vie...

Matilda déposa la carte sous les roses, ôta son manteau, prit des mains de sa mère le flacon de parfum et s'assit près d'elle sur le divan. Un moment, elles gardèrent un lourd silence qui s'appesantit chaque seconde davantage.

– C'est terrible, maman, reprit enfin Matilda. Que dois-je faire?

– Je m'en suis doutée! (La Bondareva tambourina du poing sur son estomac parce qu'elle se sentait encore prête à éructer.) Des roses blanches en hiver! du parfum français, le ruban rouge et blanc autour du bouquet... ce diable de cavalier en pelisse de castor, si distingué qu'il s'exprimait dans un murmure...

– Une lettre du tsarévitch...

– Que Dieu le bénisse et le détruise! Des roses! Ça commence comme chez les gens bien nés. Quand t'ordonnera-t-il d'aller le trouver?

– Il pense *toujours* à moi.

– Surtout lorsqu'il est seul au lit !
– Il m'aime vraiment, maman. Le tsarévitch n'aime que moi dans toute la grande Russie.
Matilda se laissa tomber en arrière sur le divan et cacha son visage dans ses mains. Rosalia loucha vers elle.
Puis elle lança à haute voix :
– Nous nous enfuirons à Odessa.
Matilda ne l'avait pas entendue :
– *Votre* Nicolas Alexandrovitch Romanov, a-t-il écrit, *Votre* ! Maman, comment dire cela à Borja ?
– Borja ? Qui est Borja, hein ?
– Boris Davidovitch.
– Ce gentil cavalier ? Depuis quand l'appelles-tu Borja ? (Rosalia, se retournant vivement, saisit Matilda par sa robe, l'attira à elle et la secoua avec énergie.) Comment se fait-il que tu appelles ce garçon Borja ?
– Nous nous sommes fiancés, maman. Il y a un instant seulement, dans la cathédrale Saint-Isaac-de-Kiev. Des moines chantaient des cantiques à ce moment-là...
– Quel malheur ! Oh ! quel malheur !
La Bondareva tordit ses mains levées au-dessus de sa tête.
– Pourquoi le ciel me punit-il ainsi ? N'ai-je pas toujours été une honnête femme ? Fiancés, dis-tu ? Avec un officier de hussards ? Et le tsarévitch t'envoie cinquante roses et un parfum français ! C'est la fin de tout, mon ange, et nous sommes déjà au bord du gouffre.
Soudain, elle se mit à pleurer. La brave Rosalia sanglotait à fendre le cœur, ne cessait de prendre sa fille dans ses bras, la serrait contre elle, comme elle l'avait toujours fait lorsque Matilda était encore

enfant et grimpait sur ses genoux pour être consolée.

Ainsi dans les bras l'une de l'autre, elles restèrent longtemps assises, sous la clarté voilée de la lampe, les yeux tournés vers les roses blanches, respirant les effluves du parfum français. Toutes deux avaient l'impression de dériver sur un océan sans limites où nul n'entendait leurs appels au secours.

7

Le duel eut lieu le vendredi à 10 heures. Bouriev avait été reçu deux jours auparavant par le prince Ioussoupov comme témoin de Boris de Soerenberg.

Entièrement vêtu de noir, coiffé d'un haut-de-forme, le visage encadré d'un col de fourrure noire, Bouriev arriva en calèche chez le prince.

A le voir ainsi, on pouvait croire qu'il était au moins parent de l'un des richissimes Stroganov (1).

Le prince Ioussoupov ne le fit d'ailleurs pas attendre. Il le reçut dans son grand cabinet de travail figé dans une somptuosité écrasante. Par les hautes fenêtres qui donnaient sur la Moïka, le soleil d'hiver pénétrait à flots. Ioussoupov désigna d'un geste l'un des fauteuils de bois doré recouverts de brocart. Mais Bouriev préféra rester debout.

– Je sais ce que vous avez à me dire!

Ioussoupov fit des deux mains un geste qui éludait toute explication. C'était un homme bâti avec élégance et une certaine délicatesse, dont le visage

(1) Famille de commerçants très fortunés.

étroit et aristocratique semblait la transposition d'une intaille ancienne.

– J'ai vu assez de duels, pour la plupart bêtes et déraisonnables, reprit-il. Mais celui dont il est question aujourd'hui est le plus stupide de tous. Si je pouvais m'entremettre entre Kramskoï et Soerenberg...

– Monsieur le baron exige l'arme blanche! lança Bouriev d'un ton raide. Connaissez-vous la raison de cette rencontre, Votre Altesse?

– Oui. Kramskoï s'est vu contraint de me l'avouer, puisqu'il prétend se battre chez moi... Ne pourrait-on donner satisfaction à cette jeune dame d'une autre manière? Kramskoï est prêt à lui offrir une petite propriété de campagne...

– Que sa peur doit être grande pour qu'il en arrive là! remarqua Bouriev ironique. N'en parlons plus, poursuivit-il. Votre Altesse peut-elle, étant l'hôte de ces messieurs, décider de l'heure de la rencontre?

Enfin le jour était arrivé. Un vendredi... Bouriev avait voulu persuader Boris de le reporter, car il était superstitieux. Mais Boris ne l'était pas.

– Un sabre ignore les dates! dit-il dans un rire juvénile. Un sabre frappe comme on le manie!

A 9 h 30, dix hommes en pelisse se réunirent devant l'établissement de Bouriev. Ils arrivèrent dans trois calèches, burent rapidement un bol de thé corsé de vodka et ôtèrent leurs manteaux. Bouriev passa devant eux, comme s'il mesurait au pas le champ de combat. Pistolets dans les ceintures, poignards et coutelas, deux armes à feu fixées sur la poitrine par des courroies... Les vastes et épais manteaux dissimulaient tout. « J'ai encore quatre charges de dynamite en réserve », expliqua

Bouriev. Avec son habit, on eût dit qu'il se rendait à un gala de l'Opéra.

Boris avait également échangé son uniforme contre un costume civil gris très simple. Il estimait que quoi qu'il pût porter à l'instant même, le duel aurait lieu torse nu et que le perdant baignerait de toute façon dans son sang.

Exacts au rendez-vous, à 9 h 50, Bouriev et Boris pénétrèrent en troïka dans la vaste cour d'honneur du palais Ioussoupov. Des laquais se précipitèrent pour les débarrasser des couvertures de fourrure.

Sur la dernière marche du fameux escalier du palais, chef-d'œuvre de style baroque de l'architecte Monighetti, sous les gigantesques lustres de cristal où se mirait à présent le froid soleil d'hiver qui jetait des reflets scintillants sur les statues de marbre enfoncées dans leurs niches, le prince Ioussoupov les attendait en redingote de cérémonie.

Soerenberg s'inclina en silence.

– Je vous salue dans ma demeure, Boris Davidovitch, dit Ioussoupov d'une voix enrouée; je préférerais, il est vrai, vous serrer dans mes bras en ami et vous conduire dans une salle de fête.

– C'est un jour de fête pour moi, Votre Altesse!

Boris fixait le prince d'un regard résolu, brûlant de détermination.

Le prince comprit ce regard et soupira discrètement.

– Je suis prêt, où rencontrerai-je Kramskoï?

Ioussoupov visiblement n'était pas aussi pressé. Il attendit que les laquais aient débarrassé les invités de leurs manteaux et ne parut pas prêt à s'effacer pour leur permettre de gravir son escalier.

– Vous avez fait un long chemin par ce froid, dit-il, vous devriez vous réchauffer, cher ami, j'ai fait préparer une collation.

– Après le duel, Altesse. (Soerenberg souriait, poli.) Je suis parfaitement réchauffé, mes muscles sont souples, il ne me faut que mon arme, et Kramskoï!

– J'ai choisi comme lieu du combat mon petit théâtre. (Ioussoupov fit un large geste de la main qui devait indiquer que quelque part dans le vaste palais se trouvait un petit théâtre privé.) C'est aussi l'endroit le plus facile à surveiller.

– Votre théâtre? (Boris Davidovitch était surpris, mais Ioussoupov rayonnait.) Votre humour est remarquable! J'espère ne pas vous décevoir et je m'efforcerai de me montrer bon acteur. Mais ne faisons pas attendre Kramskoï...

Le prince comprit qu'il était vain de tenter plus longtemps de faire diversion. Il se retourna et les précéda.

Il conduisit Soerenberg et Bouriev à travers des galeries et des salles jusqu'à une longue aile du palais nouvellement construite qui avançait loin dans le jardin. L'extrémité de cette aile formait un petit théâtre ovale avec une scène assez profonde.

Le rideau était tiré. Le décor représentait un vaste parc si parfaitement peint que l'on n'avait pas l'impression de se trouver devant des portants de toile et de carton, mais vraiment dans un parc d'été verdoyant aux allées ombreuses avec de grandes statues de l'Antiquité grecque et – au loin – une fontaine murmurante.

Devant la scène, dans l'espace délimité par une balustrade réservé à l'orchestre, attendaient le prince Kramskoï et un inconnu assez âgé, en habit comme Bouriev, portant un lorgnon aux verres épais.

Ioussoupov s'arrêta sur le seuil de la salle, laissant à Boris le temps de contempler cette vision.

– Je me suis efforcé de créer un peu d'atmosphère, dit-il sur un ton d'extrême politesse, et Soerenberg ne savait trop s'il ne s'y mêlait pas quelque pointe de moquerie. En tout cas, ce duel s'annonçait comme assez étrange.

Un combat singulier à la vie à la mort, dans un décor de théâtre éclairé par des projecteurs de couleur sur la rampe et dans les coulisses latérales, ainsi qu'au plafond. Ioussoupov était particulièrement fier d'avoir installé une salle de théâtre d'après les principes les plus modernes et surtout de l'éclairer à l'électricité.

– Si ces messieurs n'arrivent pas à régler leur différend à l'amiable, j'éclairerai évidemment la scène davantage encore, ce sera un vrai jour d'été ensoleillé...

– Il est plus de 10 heures, Altesse... (La voix de Boris trahissait une nuance de blâme.) Il faut commencer.

La dernière tentative de Ioussoupov pour détourner le cours du destin avait échoué. De nouveau il précéda ses hôtes et attendit contre la balustrade de l'orchestre. Soerenberg et Bouriev le suivaient. Le prince Kramskoï, dans son costume brun foncé de coupe anglaise, semblait pâle et avait tout l'air d'avoir passé une nuit blanche. Il posa sur Boris un regard désemparé tandis que les coins de sa bouche étaient agités de tics nerveux. Ce n'était pas là l'aspect d'un homme sûr de la victoire.

– Messieurs de Soerenberg et Bouriev, dit Ioussoupov en les présentant.

Y compris Kramskoï, ces messieurs s'inclinèrent avec raideur.

Ioussoupov se tourna vers Boris :

– Voici le comte Palladini, un ami du prince, le

Dr Janis Abramovitch Mrozek, le meilleur chirurgien de Saint-Pétersbourg.

Le monsieur au lorgnon salua, très digne. Sur le siège habituellement occupé par le joueur d'alto de l'orchestre Ioussoupov était posée sa sacoche de médecin : sac typique qui s'ouvre au milieu, dont les compartiments contiennent tout ce qui peut servir en cas d'accident. A présent, le Dr Mrozek passait ses instruments en revue. Il avait apporté des pinces hémostatiques, des pincettes, des aiguilles pour les sutures, des pinces vasculaires, ainsi que des produits pour arrêter les hémorragies.

– J'ose une ultime tentative de conciliation! lança Ioussoupov à haute voix.

– N'en faites rien! (Soerenberg leva la main :) Je me suis fiancé voici quelques jours à la dame offensée par Kramskoï, qui voulut l'écraser avec les patins de son traîneau.

– Vous êtes vraiment tenace, Boris Davidovitch, répondit Ioussoupov en haussant les épaules avec résignation. En ce cas...

Il jeta un regard vers Kramskoï.

Le prince tambourinait des doigts sur un pupitre à musique.

– Es-tu prêt, Valentin Vladimirovitch?

– Toujours!

Ce fut dans un grognement que cette réponse fut donnée. Son regard plein de haine frappa Boris. Déjà Bouriev gravissait les marches de la scène et se plantait sous les projecteurs. Dans son habit, environné de ce parc romantique, il semblait prêt à chanter une romance.

Le comte Palladini le suivit. Le Dr Mrozek ouvrit sa trousse. Avec ostentation, il disposa ses pinces, ses ciseaux sur un grand morceau de mousseline à pansements et déposa un flacon d'iode sur le siège du flûtiste.

Ioussoupov regagna la scène après une brève hésitation, puis il tourna quelque part un commutateur et d'autres lampes jetèrent des flots de clarté. Une vraie journée de soleil!

Boris faillit applaudir : l'illusion était parfaite.

Sans un mot de plus, Boris ôta sa veste, déboutonna sa chemise et s'en débarrassa. Le torse nu, il passa alors devant Kramskoï et monta les marches menant à la scène.

Ioussoupov le considérait avec surprise : quel corps solide, bien entraîné, aux muscles apparents! La poitrine était relativement peu développée, mais toute la personne de Boris donnait une impression de force et de résistance.

Ce fut au tour du prince Kramskoï de se dévêtir ainsi qu'il convenait. Il suspendit son veston, plia sa chemise et se présenta le torse nu. Il était plus massif que Soerenberg, plus ramassé, plus taurin, d'une certaine rudesse. On devinait que ses coups résulteraient de l'effort de tous ses muscles.

Les témoins, Bouriev et le comte Palladini, parlaient à voix basse. Ils comparaient leurs chronomètres et s'accordèrent pour décider que le duel se poursuivrait jusqu'à ce que l'un des adversaires soit mis hors de combat, ou que l'un d'eux annoncerait, en élevant en l'air son sabre, qu'il abandonnait le combat.

Dans le premier cas, le duel prendrait fin avec la mort de l'un des duellistes. C'était possible si, par exemple, un coup de sabre tranchait l'artère carotide ou fendait la boîte crânienne de l'adversaire.

Le prince Ioussoupov apporta lui-même les sabres posés sur deux coussins de satin noir brodés à ses armes. Jamais encore Boris n'en avait vu d'aussi merveilleux : les poignées et la garde étaient dorées, finement ciselées, les lames, étincelantes, du plus noble travail de Damas, aiguisées comme des rasoirs sur le fil et gravées sur le dessus.

Kramskoï prit d'abord son sabre et le soupesa de la main. Soerenberg fendit l'air de sa lame, ce qui provoqua un son aigu, presque un sifflement. L'air peut donc être épais à ce point, pensa-t-il, lorsqu'une lame aussi magnifique le pourfend!

Kramskoï observait Boris comme l'épervier guette une souris. Ses yeux avaient rétréci... Les jambes écartées, il se tenait au milieu de la scène, faisait des moulinets avec son arme, dans l'intention évidente d'inspirer la terreur. Le prologue psychologique commençait. Silencieuse guerre des nerfs.

– On l'a bien en main! s'exclama Boris, satisfait. Son poids est convenablement réparti. Quel sabre superbe!

– J'en suis fort satisfait, Boris Davidovitch, répondit le prince Ioussoupov avec une pointe d'amertume. Je voudrais pouvoir vous offrir ce sabre. Il est destiné au vainqueur qui doit le garder.

– Je remercie Votre Altesse! (Soerenberg s'inclina d'un mouvement bref.) J'accepte ce cadeau avec joie!

Kramskoï mordait sa lèvre inférieure. Ses nerfs vibraient. La certitude ostentatoire qu'avait Boris d'emporter la victoire le mettait hors de ses gonds.

– Alors quoi? lança-t-il, grossier. Les témoins sont-ils enfin d'accord? Qu'attendons-nous? Qu'y a-t-il encore à discuter? Je suis attendu à midi chez la princesse Troubetzkoï!

– En position, je vous prie!

Le comte Palladini se redressa dans son habit. Le prince Ioussoupov saisit un troisième sabre qui se trouvait à l'entrée des coulisses sur une pierre du jardin romantique, et se dirigea vers le milieu de la scène. C'était lui qui devrait arrêter le combat si les règles en étaient faussées, par exemple, si l'on *piquait* au lieu de frapper ou si, selon lui, l'un des adversaires n'était plus en état de se défendre.

Bouriev se plaça à côté de Boris, frappa du plat de la main son épaule dénudée, et lui dit à voix basse :

– Kramskoï sera très maladroit, il a déjà fait dans sa culotte...

Puis il fit trois pas de côté, libérant le terrain.

Le comte Palladini murmura lui aussi quelques paroles à l'oreille de Kramskoï. Certainement des propos rassurants.

– A vous, messieurs! dit Ioussoupov à haute voix.

Il se retira, le sabre baissé et pointé en avant.

Boris observait son adversaire. Kramskoï dédaignait de se mettre en position de combat classique. Il avançait lentement sur Soerenberg, le sabre pointé droit sur lui, la tête enfoncée entre ses fortes épaules, obsédé par une seule pensée : le tuer.

A longueur de lame, il s'arrêta devant Boris et balança son sabre à bout de bras, ne sacrifiant pas au croisement traditionnel des armes haut levées qui précédait habituellement le combat.

Ioussoupov voulut dire quelque chose. En amoureux de la tradition, il tenait au respect de la *forme*.

Il voulut lever son sabre et interrompre la rencontre, mais en vain.

La lame de Kramskoï élevée haut dans un chuintement s'abaissa en un dangereux virage sur Boris. Avec la rapidité de l'éclair, de toute la puissance de l'épaule... la mort fonçait, sifflante.

Mais Boris para le coup. Peu lui importait de voir la lame ennemie... il n'avait qu'à regarder les yeux de Kramskoï pour savoir ce qu'il voulait. Son regard annonçait à l'avance, l'espace d'une seconde, ce qui allait arriver. Les sabres se heurtaient avec un son clair, cliquetant. Les bras levés haut, Boris et Kramskoï tournaient comme s'ils étaient soudés ensemble, puis Boris repoussa le prince et frappa encore en s'écartant dans une volte.

Kramskoï eut de la chance. Il para le coup plutôt par réflexe, rejeta la lame de Boris et poursuivit dans le même élan.

Le combat dura peut-être encore une vingtaine de coups, la chance oscillant de l'un à l'autre. Puis, après une admirable parade en quinte de Boris que Kramskoï évita en reculant de côté, le prince se rua soudain sur Boris en jetant un cri sourd et en frappant de tous côtés.

Aussitôt le sabre de Ioussoupov s'interposa, mais Kramskoï, d'un coup brutal, le poussa de côté. Ioussoupov, qui ne s'y attendait pas, laissa son sabre s'échapper de sa main. L'arme glissa sur la scène et alla tomber avec un son métallique dans une coulisse latérale.

– Halte! cria Ioussoupov. Valentin, halte!

Kramskoï n'entendait plus. Les yeux injectés de sang, il se ruait sur Boris. Ce duel classique devenait une lutte de sabreurs comme à la guerre lorsqu'on a pour but d'anéantir l'adversaire.

Boris restait calme et réfléchi. Il cédait du terrain en évitant les coups, rejetait de côté la pointe du sabre de son adversaire et se contentait de rester sur la défensive, ne frappant pas lui-même Kramskoï qui, la bouche écumante, haletait et continuait comme un dément, en tenant des deux mains son grand sabre, pour mieux frapper en tous sens.

A nouveau, Ioussoupov éleva la voix, s'interposa, mais il ne put refréner cette fièvre destructrice. La sueur coulait à flots sur le torse de Kramskoï; il secouait les gouttes jaillies de son visage comme un chien s'ébroue après un bain de rivière, et poursuivait son avance inexorable sur Boris.

Soerenberg avait reculé. Il se tenait contre un portant où était peinte une statue de Pallas Athéna et voyait Kramskoï bondir vers lui, pris d'une rage aveugle, les yeux voilés, mettant toute sa force dans les coups qu'il portait. Il se sentait déjà triomphant, persuadé que son adversaire ne lui échapperait plus. Il allait le pourfendre d'un coup terrible, qui exclurait toute parade.

Boris l'attendait, le visage durci. Il était parfaitement calme, même en cet instant où Bouriev joignait les mains, tandis que le Dr Mrozek replantait nerveusement son lorgnon sur son nez.

La mort sait faire mainte grimace, à présent le visage de Kramskoï en révélait une particulièrement atroce.

A la seconde même où sa lame meurtrière s'abattait tel l'éclair, Boris fit un pas de côté et Kramskoï ne déchiqueta que le décor masquant les coulisses, la déesse peinte sur la toile, et fendit en deux les montants de bois blanc.

Tel un ours atteint par un coup de feu, Kramskoï rugit et lança un jet de salive vers les coulisses, puis il vit encore Boris Davidovitch élever son sabre dans un geste presque élégant et l'abattre dans la brèche qui s'offrait à lui : l'épaule gauche à découvert de son adversaire.

Il n'y eut, sembla-t-il, pas de résistance.

La lame acérée fendit profondément l'épaule. On entendit nettement un choc sur l'omoplate, puis la blessure s'ouvrit béante, une cascade de sang jaillit et ruissela sur le prince.

Kramskoï se tenait devant Boris et le regardait fixement, l'air incrédule. Il voulut faire un pas en avant et vit encore le comte Palladini et Bouriev l'arracher à Boris qui revenait à la charge.

Puis on entendit Ioussoupov crier :

– Mon Dieu, vite, Mrozek, vite!

Et soudain Kramskoï se sentit pris d'un engourdissement agréable, d'une impression d'apesanteur. Un grand bien-être l'envahit, il tomba à la renverse, roula dans un flot tiède, ne sentit même plus sa chute et se laissa aller presque heureux dans son propre sang.

Le Dr Mrozek s'agenouilla près de son blessé, plaça ses grandes pinces hémostatiques et se félicita que Kramskoï eût perdu connaissance. Il pouvait ainsi travailler sans contrainte et colmater les vaisseaux tranchés par le coup de sabre.

Le prince Ioussoupov s'approcha de Boris qui se tenait sur le côté gauche de la scène. Derrière lui, sur les portants des coulisses, se dressait un hercule appuyé sur une gigantesque massue. Il serrait encore son sabre dans sa main tandis que Bouriev lui frictionnait le torse.

Le comte Palladini, assis sur un bloc de pierre antique en toile de carton, s'éventait avec un mouchoir brodé, évitant de regarder Kramskoï et la flaque de sang. Son visage était jaune et il luttait contre la nausée.

– Etes-vous content, Boris Davidovitch? demanda Ioussoupov d'une voix blanche. Votre honneur vous semble-t-il sauvé?

– J'ai essayé de le mettre hors de combat en l'épargnant le plus possible.

Boris abandonna son sabre qui tomba aux pieds

de Ioussoupov avec un bruit métallique. Le prince hocha gravement la tête :

– J'ai vu. Vous auriez pu lui trancher la tête d'un seul coup, sa nuque s'offrait à vous comme sur un échafaud. Je vous remercie... également au nom de Valentin Vladimirovitch.

– Il ne sera pas d'accord en cela!

– Je lui ferai comprendre que vous l'avez épargné! Malgré tout... Kramskoï est homme d'honneur! (Ioussoupov jeta un regard au sabre tombé à ses pieds. La lame en était tachée de sang.) Cette arme vous appartient, Boris Davidovitch. C'est une arme damasquinée.

– Elle n'est pas faite pour moi, Altesse. Elle est par trop précieuse!

– Vous avez tout de même défendu votre vie avec elle. Je ne crois pas que Kramskoï aurait frappé à côté, si vous lui aviez tendu votre nuque. Prenez ce sabre en souvenir... (Ioussoupov fit plusieurs profondes aspirations :) Un petit en-cas vous serait-il agréable à présent, Boris Davidovitch?

– Je voudrais attendre le diagnostic du Dr Mrozek.

Ils s'avancèrent vers l'homme encore inconscient baignant dans son sang et dont l'aspect était effrayant. Le Dr Mrozek avait arrêté l'hémorragie, mais il était évident que Kramskoï ne pourrait être soigné en secret.

– J'ai une bonne chambre de malade, proposa Ioussoupov avant que le médecin n'eût fait connaître son diagnostic. Nous pouvons l'installer avec tout le nécessaire. Je ferai venir les meilleurs chirurgiens, il n'est pas pensable que le prince aille dans une clinique : ce qui est arrivé doit être pour tous un accident!

– Les ligaments sont tranchés... (Le Dr Mrozek

qui s'était agenouillé se releva. Son costume était plein de sang.) Je crains que le prince ne puisse plus jamais lever le bras gauche. Peut-être des spécialistes... parviendront-ils à les suturer? Mais il y a aussi les cordons nerveux... Seuls des spécialistes...

Le Dr Mrozek se tut. Le prince Ioussoupov l'avait compris.

– Je ferai venir les meilleurs chirurgiens, docteur. Quels sont-ils?

– Le Pr von Bergmann de la Charité (1) de Berlin, le Pr Alain Ducroix, de Paris, et sir Henry Baldwin, de Londres...

– On enverra immédiatement des dépêches. (Ioussoupov considéra son ami dont le visage était devenu blafard et les traits anguleux.) Supportera-t-il la perte de sang?

– Si Dieu le veut, oui.

– Alors je vais dire des prières! conclut Ioussoupov sarcastique. Je suis anxieux de savoir comment il lui procurera du sang neuf.

Une heure plus tard, Boris retournait au palais Anitchkov. Les calèches emportant les dix messieurs armés jusqu'aux dents et enveloppés de gros manteaux s'en furent au son des grelots en direction de la grande Neva. Bouriev les accompagnait. Il leur avait promis un plantureux déjeuner arrosé de vodka.

Arrivé au palais, Boris s'en fut d'abord vers l'appartement du nain Mustin qui se trouvait dans la seconde aile latérale sous le grand toit en gradins avec vue sur le quai de la Fontanka. C'étaient des pièces gigantesques, aux plafonds de stuc, aux pilas-

(1) Nom français. *(N.d.T.)*

tres peints. Elles rapetissaient encore le minuscule personnage qui n'en paraissait que plus pitoyable.

Mustin Fedorovitch Urasalin était étendu sur un divan et lisait un ouvrage de Pouchkine, ce qui témoignait de sa culture comme de son intelligence, car il ne savait lire et écrire que depuis quatre ans.

Il se leva d'un bond lorsque Boris entra en lançant sur le tapis le sabre offert par Ioussoupov.

– Tu as besoin d'une cachette, n'est-ce pas? s'écria aussitôt Mustin. Fuis en Azerbaïdjan, mes frères te cacheront! Il y a là-bas des régions où personne encore n'a mis les pieds, à part nous, les bergers. Je vais te procurer un cheval rapide, ou préfères-tu emmener ton cheval blanc de service? Ce serait le mieux! Vous êtes habitués l'un à l'autre...

– J'ai dans deux heures mon service d'accompagnement du tsarévitch à accomplir. (Soerenberg s'assit devant l'une des fenêtres en ogive et regarda en bas la Fontanka.) Je voulais seulement fumer en ta compagnie l'un de tes merveilleux havanes. Le grand-duc Serge ne remarque donc jamais que tu les lui chipes?

Mustin sauta d'une de ses jambes d'araignée sur l'autre. Sa grosse tête était rouge d'émotion.

– Tu n'as pas tué Kramskoï?

– Non.

– Boris! Oh, mon fiston, tu ne t'es tout de même pas sauvé pour échapper au combat?

– Kramskoï restera sans doute paralysé du bras gauche.

– Voilà qui est pire pour lui que la mort, dit Mustin à mi-voix.

– Pas pour Kramskoï. Il lui reste le bras droit et

des doigts alertes, cela suffit. (Boris désigna le sabre :) C'est un cadeau du prince Ioussoupov, que dois-je en faire?

– Tuer Kramskoï pour de bon un de ces jours! répondit le nain gravement. Il te faudra le faire, fiston, car il te poursuivra de sa haine jusqu'au dernier soupir...

8

Constantin Petrovitch Pobedonoszev, précepteur et conseiller du tsarévitch autant que fidèle du tsar Alexandre III, surtout lorsque surgissaient des problèmes délicats et devant rester secrets, apporta ce jour-là une nouvelle d'importance au palais Anitchkov.

Comme d'habitude, le tsar l'avait fait conduire jusqu'à son bureau particulier, cette pièce remplie de tableaux où ce potentat de mœurs austères se sentait le plus à l'aise. Art et gouvernement : c'étaient certes des mondes différents, mais Alexandre avait le talent de les fondre en un ensemble d'une harmonie rare. Lorsqu'il était assis devant ses tableaux, les meilleures idées lui venaient pour exercer son pouvoir absolu.

La famille impériale n'était quasiment jamais consultée. Le tsar tenait sa vie privée à distance de toute politique et enseignait à ses fils, surtout au tsarévitch, ce principe fondamental : le tsar a toujours raison! Son pouvoir est absolu! Pour chaque Russe, le tsar vient tout de suite après Dieu! Le tsar *est* la Russie!

Pobedonoszev s'avança vers son maître. Il était de la meilleure humeur, car il lui apportait deux photos placées dans un mince cadre d'argent qu'il déposa sur le bureau. Puis il recula d'un pas. Ces épreuves montraient un gracieux et innocent visage de jeune fille encadré de longues boucles blondes. Les yeux étaient rêveurs, le sourire allait au cœur : un ange d'une émouvante pureté.

Le tsar contempla longuement ces photos, s'adossa dans son fauteuil et se gratta l'arête du nez.

– Si nous n'étions pas tous deux de si vieux ânes, Constantin Petrovitch, dit-il d'une voix enjouée, je vous demanderais où habite cette jeune dame. Peut-on lui rendre visite en secret?

– Voilà une bonne question, majesté! (Pobedonoszev s'appuya sur le haut dossier d'une chaise.) Cette jeune dame se nomme Alice, princesse de Hesse, et nous n'avons nul besoin de nous glisser dans sa maison, il suffit de passer chez elle en calèche et de demander à son père, le grand-duc Ludwig, s'il est d'accord.

– D'accord sur quoi, vieux drôle?

– S'il consent à devenir le beau-père du futur tsar Nicolas.

– Tu es fou, Pobedonoszev! s'écria le tsar, complètement toqué! As-tu l'intention d'unir mon fils à cet ange?

– Ce n'est plus nécessaire... (Pobedonoszev eut un large sourire.) Le tsarévitch est amoureux d'elle jusqu'à la pointe de ses cheveux!

– Et tu t'en réjouis?

Le tsar se pencha et considéra attentivement les photos d'Alice de Hesse. Il ne l'avait pas reconnue à première vue. Lorsqu'il l'avait rencontrée pour la première fois en 1884, elle avait douze ans et rendait visite à sa sœur, la grande-duchesse Elisabeth, épouse du grand-duc Serge Romanov.

D'ailleurs, la famille de Hesse jouait un grand rôle dans la famille du tsar... La propre mère d'Alexandre III était née princesse de Hesse, et Alexandre II avait été heureux avec elle, abstraction faite de quelques maîtresses... Mais on n'en parlait pas à la cour du tsar, car cela était aussi courant qu'une soupe à la farine.

Et puis, Alice était venue au magnifique bal de la Saint-Sylvestre de 1889 à Saint-Pétersbourg. Timide et jolie, considérée avec ironie par la société russe snob, on lui savait une belle voix. Elle avait pris des leçons de chant à Darmstadt chez la femme du pasteur Knispel et chez le professeur Herborn à Francfort. Elle chantait surtout des airs de Mozart, parfois aussi du Rossini et du Verdi. Son opéra préféré était *La Traviata*. Elle jouait aussi fort bien du piano. Le maître de chapelle von Hahn était son sévère professeur.

Après ce bal de la Saint-Sylvestre de 1889, au cours duquel le jeune tsarévitch s'était occupé intensément d'Alice, les suppositions les plus extravagantes allèrent bon train, et pas seulement dans l'environnement de la cour : les journaux anglais annoncèrent le mariage de l'héritier du trône de Russie et de la princesse de Hesse, petite-fille de la reine Victoria, ce qui constituait un gage de plus pour le rapprochement anglo-russe. Et Alice avait avoué à sa meilleure amie que le charmant prince aux yeux de gazelle exerçait sur elle un charme irrésistible.

– Je n'y pense même pas! avait répondu Alexandre III à une vague allusion des courtisans.

Cependant, il était évident que le timide tsarévitch avait apprécié cette princesse allemande, rêveuse comme lui, mais orgueilleuse à l'extrême.

Lorsque Nicolas Alexandrovitch apprit que la

tsarine aurait très volontiers accueilli la jolie Hélène d'Orléans, fille du comte de Paris, comme fiancée de son fils, il écrivit dans son journal ces lignes attristées : « Cela m'a mis dans une situation inhabituelle, à la croisée de deux chemins; je voudrais suivre l'un, et ma mère semble souhaiter que je m'engage dans l'autre. »

Depuis lors, Alice de Hesse n'était plus un sujet de conversation dans la famille impériale de Russie. Il y avait suffisamment de princesses intelligentes et jolies. Surtout pas une Allemande! Mais voilà que Pobedonoszev déposait sur le bureau du tsar Alexandre ces nouvelles photos et déclarait fièrement qu'il savait que le tsarévitch pensait toujours amoureusement à Alice.

Le tsar s'adossa, but une gorgée de vin malgré ses calculs rénaux qu'il dédaignait purement et simplement, et avança en une moue sa lèvre inférieure.

– Ce ne sont pas des suppositions, Constantin Petrovitch? demanda-t-il, pensif.

– On m'a affirmé que la princesse apprend le russe avec enthousiasme depuis sa visite en 1889.

– Au diable! (Le tsar se frappa la cuisse.) C'est bien là l'acharnement germanique! Personne ne se doute de ce qui se trame en secret et la voilà qui apprend le russe!

– Elle a de longues conversations avec le pope de l'ambassade russe à Londres. Sa Majesté la reine Victoria d'Angleterre a fait demander discrètement dans l'entourage de la grande-duchesse Elisabeth si l'on doit se préparer à une conversion à l'orthodoxie en ce qui concerne Alice.

– Jamais! rugit le tsar. Jamais! Tout ça derrière mon dos? Je ferai venir Nicolas... On connaît pourtant mon opinion.

Pobedonoszev soupira tout bas. Oui, on la connaissait. Elle commençait par sainte Elisabeth de Thuringe, que le tsar traitait de folle, se poursuivait avec Marie Stuart d'Ecosse jusqu'à cette angoissante maladie qui frappait exclusivement les descendants mâles de la reine Victoria et qui était inguérissable : l'hémophilie. Le père d'Alice en souffrait, ainsi que ses frères, son grand-père paternel... effrayant héritage qu'Alexandre III ne voulait pas introduire en Russie par l'intermédiaire de son fils. Cela allait même si loin qu'il avait déclaré à son ambassadeur von Giers, lorsque celui-ci lui proposait un mariage du tsarévitch avec la plus jeune sœur du kaiser allemand Guillaume II :

– Que m'amenez-vous là? Je me suis renseigné. Peut-être que le sang de toute la famille est vicié et ce serait terrifiant!

L'empereur Frédéric III était mort d'un cancer de la gorge diagnostiqué trop tard et, de plus, soigné en dépit du bon sens. Mais pour Alexandre III, il y avait pire : l'impératrice d'Allemagne était une princesse anglaise. Ce n'était pas sans raison que l'on appelait Victoria la mère de l'Europe!

– Nous devrions envoyer de nouveau le tsarévitch en voyage, reprit le tsar. Aussi loin que possible! A mon avis, une fois encore en Chine, ou sur la ligne du chemin de fer sibérien dont il s'occupe de manière si touchante! Constantin Petrovitch, d'où viennent vos informations?

– Il existe un journal du grand-duc héritier, Majesté.

– Il lui confie de telles bêtises?

– Un journal que l'on écrit chaque jour est le confident le plus cher!

– Ah! et vous avez introduit vos espions dans le bureau du tsarévitch?

– Je m'étais efforcé sur votre ordre, Majesté, de préparer l'héritier du trône à ses devoirs de tsar. A cela s'ajoute la connaissance de ses pensées les plus secrètes, de ses désirs inexaucés, de ses succès intimes. Dans ce sens, le tsarévitch est un bon fils; on ne lui connaissait que quelques « affaires d'amour » sans lendemain jusqu'au jour où la princesse Alice croisa son chemin et accapara ses pensées.

– Nous suivrons cela avec attention, Constantin Petrovitch, répondit le tsar rasséréné, et très sérieusement!

Il examina de nouveau les photos dans leur mince cadre d'argent, puis les prit, ouvrit un tiroir et les y déposa, le visage contre le fond.

– D'autre part, que pensez-vous d'Hélène d'Orléans?

– C'est une beauté fascinante, un esprit supérieur, mais le tsarévitch se retire dans sa tour d'ivoire lorsque l'on parle d'elle. Il aime Alice depuis qu'elle lui a chanté des passages de *La Traviata*.

– On y mettra bon ordre! (Alexandre III frappa ses poings l'un contre l'autre.) Faites savoir au directeur de l'opéra de la cour que l'on ne représentera plus *La Traviata*! Bon Dieu, il y a assez d'autres opéras...

C'était l'un de ces ordres typiques donnés par le tsar : nul n'y prêtait grande attention.

Dans la maison du brocanteur Minajev, au premier étage exactement, dans l'appartement de Rosalia Antonovna Bondareva, un entretien décisif eut lieu une semaine plus tard.

Boris Davidovitch était venu avec un rouleau de parchemin qu'il avait déroulé sur une table dont la propreté était douteuse. Il posa dessus une tasse de thé et un vase de fleurs pour l'empêcher de s'enrouler de nouveau. Rosalia considéra ce papier d'un air assez niais. Ça avait l'air d'être un plan; en tout cas, elle ne devinait pas ce que cela pouvait être.

– Voilà la nouvelle maison! lança gaiement Boris. De grandes pièces claires, sous les fenêtres coule le canal Iekaterinski, c'est une vaste maison de style Renaissance, qui appartient à un riche marchand du nom de Stroïtsky.

– Pour celui que Dieu bénit et pour quiconque sait mentir, le soleil brille toujours! lança Rosalia.

Assise devant le plan de la maison, elle avait sur les genoux une terrine de terre vernissée et y pétrissait une pâte. Matilda avait une répétition qui durerait jusqu'au soir, et lorsqu'elle arriverait fatiguée à la maison, sa mère la régalerait de blinis parfumés et bien garnis.

Ainsi Boris serait un convive de plus. Rosalia ajouterait un peu de farine, car il aimerait sûrement ses blinis, on ne peut pas manger toujours des oies, des poulets, des œufs d'esturgeon ou même des homards.

Rosalia ne s'était pas encore habituée à l'idée d'avoir un noble comme gendre et elle n'en parlait à personne... jamais! Sait-on combien de temps peut durer un tel caprice? Un beau jour, le jeune seigneur aura disparu, marié ou pas, et il ne restera que les moqueries du voisinage. Que faire alors? Le droit est toujours du côté des bourses bien remplies.

– Tu connais donc les respectables Stroïtsky? demanda Rosalia sur un ton prudent.

– Vassili Arkadievitch, le fils aîné, est dans la garde à cheval! L'un des rares *bourgeois*... Les Stroïtsky sont tellement riches!

– Ce sont probablement de vrais fripouilles! (Rosalia pétrissait sa pâte avec énergie.) Qu'est-ce que c'est, ce dessin?

– Nous déménageons la semaine prochaine, petite mère, jeta Boris d'un ton léger.

– Qui déménage?

Comme figée, Rosalia regardait le grand dessin.

– Nous! Toi et Matilda. Ce que tu vois là est le plan de votre nouvelle maison.

– Ça? (Elle désigna ce plan du bout de son rouleau à pâtisserie.) Notre maison? Comment ça?

– Je l'ai louée aux Stroïtsky. D'abord pour un an.

– Comme ça, pour un an! (Rosalia jetait sur Boris un regard en biais.) Tu es fou, Boris Davidovitch?

– Matilda doit sortir d'ici! s'écria Boris en se penchant vers le plan. Il n'est pas possible qu'elle y reste plus longtemps...

Rosalia posa brutalement sa terrine sur le dessin de la nouvelle demeure et s'essuya les mains à son tablier.

– Matilda est née et a grandi ici, dit-elle à haute voix. Jamais elle n'a eu la gale ni la pelade, de temps à autre une puce tout au plus... mais ici tout le monde en a... Il n'y a plus une seule punaise logée dans les murs, j'ai anéanti les cafards et Minajev ne laisserait entrer un pou chez lui à aucun prix! Il suspend chacune des fripes qu'il revend dans la fumée avant de les proposer aux acheteurs. Ici tout est propre, Borja, très propre! Nous avons été heureuses ici, mon petit cygne y a appris la danse, elle a aussi appris à se méfier des humains! C'est le plus important dans la vie. Et il faudrait nous en aller? Moi dans une belle maison? Devant le canal Iekaterinski, là où n'habitent que les grandes familles? Dans une maison de riche mais pourrie...

– Une maison magnifique!

– Peut-être pour un Stroïtsky, mais pas pour une Bondareva... Boris Davidovitch, je ne m'en irai pas d'ici! (Elle arc-bouta ses pieds sur le plancher usé, le menton en avant, entièrement sur la défensive.) Essayez seulement! Essayez! Il faudra m'emporter, mais je crierai dans l'escalier, dans la rue, dans le traîneau! Ma maison n'est donc pas digne de ma fille et de son fiancé? Faut-il vivre comme des princes sur des tapis et sous des plafonds peints? A l'aide, mes amis! Et tu verras qu'ils seront tous là à barrer la rue. Minajev embouchera sa vieille trompette! Tes chevaux ne pourront pas avancer.

Il était difficile de calmer Rosalia. Elle n'était pas accessible aux arguments raisonnables et hurlait sans cesse :

– J'ai une maison propre! Je casse la figure à celui qui dira le contraire.

Même le fripier Minajev, attiré par le bruit et depuis longtemps au courant du plan de Soerenberg, n'obtint rien d'autre qu'un gobelet de terre cuite sur le nez.

Cependant, le retour de Matilda de l'Ecole de ballet la calma un peu. Rosalia, assise sur son divan comme un boxeur fatigué, respirait laborieusement.

– Ah! brailla-t-elle, lorsque Matilda entra. Retourne-toi et regarde dans la glace quel air on a lorsque l'on renie une mère que l'on estime d'une extraction trop modeste!

– Maman, parle moins fort, je t'en prie... si Minajev t'entendait...

– Tichon? Ha! ha! (Elle riait sur une note aiguë.) Il est assis derrière son comptoir et appuie sur son nez un chiffon trempé dans le vinaigre! (Elle tendit le bras, le poing fermé :) Tu as vu le plan?

– Oui, maman, Borja l'a apporté à l'Ecole. Tamara aussi trouve la maison merveilleuse!

– Elle trouve? Naturellement! Elle habite un palais! Se chargera-t-elle de payer le loyer?

– Il n'en est pas question, petite mère, dit Boris, insistant.

– C'est au contraire la seule question! Je vis selon mes moyens. Je sais, je sais, tu paieras le loyer! Les bourses des barons de Soerenberg se sont déliées... Leurs bienfaits nous accablent comme une tiède pluie de printemps. Que dois-je faire? Une profonde révérence? Oh! non... chez mon comte jadis, il était d'usage de baiser les souliers de Leurs Seigneuries. Viens donc, Borja, mon cher petit gendre, que je baise tes souliers vernis. Ou le bord de ton manteau... Dis-moi ce que je dois faire encore...

– Te taire! lança Matilda d'une voix éclatante et sévère. Une troïka attend dehors, nous partons tout de suite pour visiter la maison.

– Pas moi! (Rosalia se serra contre le mur.) Je m'y attacherai! Et je vais pleurer, sangloter! Je crierai au ciel : On élève une belle petite, qui vous marche ensuite sur le cœur! qui renie sa mère! Et un ange dans les cieux répondra : Rosalia Antonovna, attends un peu et tu seras auprès de Dieu où tu auras la permission de te chercher une petite place au paradis... pour toi seule...

Elle se reprit à sangloter.

– Amen, dit Boris à haute voix.

Rosalia sursauta :

– Avec ça, il est païen! Comment tout cela finira-t-il? (1)

C'était une question justifiée, car une heure plus

(1) Boris, noble lituanien, était catholique, donc hérétique pour une orthodoxe.

tard, la troïka filait à travers la ville avec Boris, Matilda et naturellement Rosalia, jusqu'au canal Iekaterinski où elle s'arrêta devant un grand portail encadré de colonnes doriques.

C'était l'un de ces palais de ville des riches familles russes qui, comme les Stroganov, par le commerce des produits sibériens et les grandes propriétés dans le « nouveau pays », c'est-à-dire la région au-delà de Tjoumen où commence l'impénétrable taïga, étaient devenues prépondérantes, car les tsars leur octroyaient constamment de nouvelles régions sibériennes qu'elles devaient ensuite conquérir avec leurs propres armées. Aussi leur richesse était-elle fabuleuse.

– Ici? demanda la Bondareva. (Elle levait les yeux vers une magnifique façade :) Va-t'en plus loin, cocher à la pelisse puante!

– La moitié du second étage est à nous, expliqua Boris. Les Stroïtsky n'habitent Saint-Pétersbourg que trois mois de l'année. Le reste du temps ils sont à Moscou ou à Perm. Au pied de l'Oural, ils ont leur Kremlin... Descendons-nous?

– Non! lança Rosalia. Je veux savoir d'abord qui se trouve dans cette maison!

– Elle est inhabitée. C'est un intendant qui la dirige, aidé d'une cuisinière, de trois laquais et de deux jeunes femmes de chambre. Deux jardiniers entretiennent le jardin et l'orangerie.

– Ça en fait dix! (Rosalia soufflait par les narines.) C'est ce qu'il appelle inhabitée!

– Je les ai loués avec la maison.

– Dieu me garde! (Elle fit un rapide signe de croix.) Nous avons des domestiques? Si je crie : Vite, mes pantoufles, il y en aura un qui accourra?

– Il est là pour ça, c'est son travail, il est là pour satisfaire à tout ce que vous demanderez.

– Pour moi aussi?

– Tu es la mère de Matilda, la maîtresse de maison. Ils auront pour toi le plus grand respect.

– Pour moi? Voyons ça!

Elle rejeta les couvertures, sauta de la troïka dans la rue, tapota son bonnet de fourrure. Au seuil du portail parurent alors deux laquais qui eurent l'air de se demander si c'étaient bien là leurs nouveaux maîtres.

Rosalia les désigna de son bras tendu :

– Ces gens sont là pour nous servir? demanda-t-elle.

– Oui, petite mère, répondit Boris en jetant un clin d'œil à Matilda.

– Ici, chiens couchants! s'écria Rosalia en agitant ses bras. Voulez-vous courir? C'est que ça glisse devant la maison! Pourquoi la glace n'a-t-elle pas été cassée et balayée? Faut-il qu'on se brise les os? Je vois qu'on reste à paresser devant le poêle! Mais ça va changer : apprenez à connaître Rosalia Antonovna! Il vous en cuira! Allons, venez ici et travaillez, je ne ferai pas un pas sur cette glace!

C'est ainsi que Rosalia prit contact avec sa nouvelle demeure.

Deux laquais la transportèrent en haletant jusqu'à l'intérieur de la maison où l'intendant l'attendait. Il la regarda, désemparé.

– Pourquoi me dévisages-tu ainsi? cria grossièrement la Bondareva.

Le vaste et somptueux escalier lui coupa le souffle. Elle n'avait jamais rien vu de pareil. Des statues de marbre géantes portaient des candélabres, mais cela l'effraya moins que la nudité de ces hommes.

Bien que taillés dans la pierre, tout en eux était aussi naturel que chez un homme vivant.

Rosalia se tourna vers sa fille, rougit et dit tout bas :

– Ma petite, c'est une maison pleine de cochonneries! Je n'aurais jamais cru Boris Davidovitch aussi pervers... On n'ose pas regarder...

– Ce sont des éphèbes grecs, maman!

– Tiens, et après? Ils ne sont pas autrement faits que le paysan Koulikov ou le cocher Brendeljev. S'exhiber ainsi! Mais Leurs Seigneuries sont comme ça...

Rosalia dormit cette nuit-là dans un lit au-dessus duquel était suspendu un grand tableau représentant Léda et le cygne. Avant de s'assoupir, après la fervente prière qu'elle n'oubliait jamais, elle considéra la peinture une fois encore.

– Je ne m'y habituerai pas, dit-elle d'un ton ferme. Je ne me promènerai pas toute nue, même si cela fait partie de la grande vie!

Puis elle s'endormit sur cette couche moelleuse à l'abri d'un baldaquin tendu de soie et rêva de Tichon Benjaminovitch Minajev. Il se tenait nu comme un ver au pied du grand escalier et brandissait bien haut un candélabre. Avec ça, il grimaçait bêtement.

– Encore ce Minajev?

Rosalia lui envoya un jet de salive – dans son rêve – et gravit fièrement l'escalier de marbre.

Leur premier visiteur fut le nain Mustin. Il offrit un perroquet blanc comme cadeau de bienvenue. Pour l'occasion, il portait sa tenue de cour et arborait un turban où luisait, au milieu, un miroir rond.

Rosalia le reçut dans le salon bleu, appelé ainsi parce que ses murs étaient tendus de soie aux tons d'azur. Elle trônait dignement dans un vaste fauteuil, vêtue d'une robe flottante ornée de dentelle qui réduisait un peu son important corsage et le reste de sa puissante personne.

– C'est bon signe, Mustin Fedorovitch, que vous soyez le premier à venir nous voir! Un fou! Voilà qui correspond à la vérité même! Cette vie est vraiment folle. Imaginez que j'ai dix domestiques! Je tire le cordon d'une sonnette et tout de suite un de ces nigauds est à mes ordres, et je peux l'envoyer courir partout, il ne proteste pas. Lorsque je me lève le matin, une servante se tient à mon chevet qui prétend m'aider à me laver! De la tête aux pieds si je veux... Pourquoi ne riez-vous pas?

– Tout ça est plus sérieux que vous ne le croyez, répondit Mustin. Quant à moi, je suis envoyé par le tsarévitch.

– Allez au diable, Mustin! Ma fille s'appellera bientôt baronne de Soerenberg...

– Qui le sait mieux que moi? Mais j'ai reçu une mission et je dois l'accomplir.

Il éleva à bout de bras une grande cage dorée en forme de pagode que deux laquais avaient apportée à sa suite.

Un perroquet blanc était perché sur le barreau central et fixait Rosalia de ses yeux verts clignotants.

– Le cadeau du tsarévitch pour l'entrée dans cette nouvelle demeure. Il était au courant le soir même : notre service de renseignements est bien organisé. Le perroquet est destiné à Mlle Matilda. Il parle.

– Alors dis donc quelque chose! s'écria Rosalia tout contre la cage en se penchant en avant.

– Pas comme ça! (Mustin s'approcha :) Il ne réagit qu'à un mot de code. Dites, je vous prie : Je suis Matilda!

– Je suis Matilda! cria Rosalia.

Aussitôt le perroquet ébouriffa son plumage, avança vivement la tête et répondit :

– Je m'appelle Niki!

C'était très clair, un peu croassant, mais parfaitement intelligible.

– Je m'appelle Niki... Je t'attends... je t'attends... Niki toujours près de toi...

Rosalia restait assise, comme paralysée, devant ce prodige et, bouche bée, regardait l'oiseau.

C'est seulement lorsque Mustin reprit la parole qu'elle comprit ce qui venait de pénétrer sous son toit. Le nain disait :

– Je n'ai pas pu m'y opposer... Je ne suis que le fou du prince... Niki est le petit nom du tsarévitch...

Le duel entre le prince Kramskoï et Boris de Soerenberg resta secret.

C'était en soi un prodige, car à Saint-Pétersbourg on affectionnait particulièrement les ragots. Si l'on parlait sous cape, les plus importants secrets étaient ceux que tout le monde savait. Dans les salons de la noblesse, les chuchotements remplaçaient un journal, et il y avait, certes, à cette époque, bien des sujets de discussion que l'on pouvait transmettre avec un clin d'œil averti ou un étonnement affligé. Les affaires d'amour, les conjurations politiques, les secrets d'alcôve, et jusqu'à la menace terrible d'une nouvelle révolution, tous les thèmes de conversation étaient bien accueillis. Elles le savaient pourtant, ces jeunes têtes folles qui avaient le projet de remplacer le gouvernement du tsar voulu par Dieu par celui du peuple : la Sainte Russie dirigée par le collectivisme, quelle démence! Dans les salons, on ne prenait pas au sérieux la jeune génération qui se disait communiste.

Le prince Ioussoupov avait parfaitement réussi à soustraire à la connaissance du public le duel qui avait eu lieu chez lui. Kramskoï le battu restait étendu, grinçant des dents et rêvant de vengeance sur un lit au premier étage du palais, mais dans une aile bien verrouillée où seuls deux domestiques parfaitement silencieux avaient le droit de pénétrer... ils étaient muets de naissance.

Ioussoupov destinait ces deux hommes à des missions particulièrement délicates. Comme des automates, ils accomplissaient leurs tâches et montraient une fidélité canine à l'égard de leur maître. Qui donc eût employé deux muets, alors qu'à Saint-Pétersbourg tant de misère et de chômage sévissaient auprès de richesses fabuleuses?

En ce lieu devenu clinique privée apparurent, appelés par d'insistantes dépêches, les professeurs Ducroix, de Paris, et Henry Baldwin, de Londres, afin d'examiner le bras de Kramskoï. Le professeur von Bergmann, de Berlin, n'avait malheureusement pas répondu à cet appel, ayant à Genève un congrès de chirurgiens du cerveau qu'il ne pouvait manquer.

Mais pour les deux autres sommités, cette consultation signifiait une distinction insigne qui, d'ailleurs, était dorée : le prince offrait des honoraires qui égalaient ceux, annuels, d'un professeur de la faculté de médecine.

Après examens approfondis, il résulta que le bras de Kramskoï ne resterait pas raide, mais ne pourrait se lever qu'à mi-hauteur. Ce que l'on avait craint devenait certitude : Kramskoï resterait un homme diminué.

– Je le tuerai! dit-il d'une voix sourde, lorsque le verdict fut prononcé.

Le prince Kramskoï était assis dans son lit. Ioussoupov avait fêté au champagne l'heureuse issue de l'examen. Il avait cru que Kramskoï resterait paralysé.

– Félix, je le suivrai à la trace comme le loup évente l'odeur du sang. Je le retrouverai quelque part et le tuerai! Un Kramskoï infirme à cause d'une petite putain! J'en ai des arrêts de cœur!

– Soerenberg sera toujours plus fort que toi!

– Même s'il fallait tirer sur lui étant, moi, à couvert... je veux ma vengeance! C'est tout. La façon de l'obtenir ne m'importe pas.

– Ce serait un assassinat, Valentin Vladimirovitch.

– Que m'importe? Ce Soerenberg est de trop en ce monde!

La haine de Kramskoï et son désir de meurtre grandissaient chaque jour depuis qu'il allait mieux.

Le professeur Ducroix, spécialiste des accidents et de la suture des ligaments, avait opéré Kramskoï. Le Dr Mrozek lui servait d'assistant. Les deux médecins avaient, une fois de plus, fortement conseillé de faire entrer le prince dans une clinique spécialisée, mais Ioussoupov hésitait.

Une clinique... c'était se livrer aux indiscrétions. Il connaissait Saint-Pétersbourg. Les complications avec la cour impériale seraient immenses, car même un prince Ioussoupov ne pouvait se permettre d'organiser dans son palais un duel où un officier de la garde était impliqué. D'ailleurs, le tsar n'eût pas montré beaucoup d'indulgence à l'endroit d'un prince qui avait voulu écraser une jeune fille avec sa troïka sous prétexte que celle-ci ne voulait pas lui céder.

– Et si une septicémie se déclarait? demanda Ducroix.

– Ça peut aussi arriver dans une clinique, répondit Ioussoupov. Il y a plus de propreté chez moi que dans un hôpital.

Il n'y avait rien à répondre à cela. Ducroix dut s'incliner. Les conditions d'asepsie dans les hôpitaux de cette époque laissaient à désirer. Seulement, s'il y avait des complications, on avait tout sous la main.

L'opération réussit. Avec anxiété, on attendit les jours suivants. Mais Kramskoï eut de la chance. Il n'y eut pas d'infection ni de pus, ni même aucune inflammation.

En revanche, le malade buvait du bourgogne avec des jaunes d'œufs battus afin de compenser la perte de sang. Quelquefois, il restait étendu ivre parmi ses oreillers, montrait le poing et bredouillait :

– Boris Davidovitch, prends garde, je vais te tuer! J'ai le temps de te rechercher : tu ne m'échapperas pas!

Après de tels discours, Ioussoupov jugea préférable de prévenir Soerenberg. Au palais Anitchkov entre proches du tsar et du tsarévitch on se rencontrait souvent, et il lui fut facile de transmettre ces recommandations :

– C'est qu'il pense ce qu'il dit! s'exclama Ioussoupov anxieux, s'adressant à Soerenberg. Il brûle de haine! Je connais assez Kramskoï pour savoir qu'il vous guettera comme un traître assassin! Ne vous attendez de sa part à aucun scrupule. Il devra demeurer encore à peu près deux mois sous mon toit avant de reparaître parmi ses semblables, mais alors... Vous avez donc le temps, mon cher Boris Davidovitch.

– Le temps pour quoi, Votre Altesse? demanda Soerenberg qui ne comprenait pas.

– Pour assurer votre déplacement.

– Je n'y pense pas.

– Vous pourriez vous faire nommer attaché militaire en Chine, ce serait assez loin pour décourager Kramskoï de vous suivre. Avec les bonnes relations que nous avons avec la Chine, surtout après la visite du grand-duc héritier, il serait facile de vous y envoyer. Je parlerais moi-même de la question au tsarévitch et soutiendrais votre demande.

– Je ne m'enfuirai pas devant Kramskoï, Votre Altesse!

– Il est capable d'engager des meurtriers...

– Me croyez-vous capable de le craindre?

– Mais non. (Ioussoupov eut un geste qui écartait une telle pensée.) Je connais trop bien votre courage. Mais à quoi vous servirait-il contre une balle tirée dans l'obscurité? Si la Chine vous paraît trop loin, que penseriez-vous de Londres ou de Rome?

– Je reste à Saint-Pétersbourg, Votre Altesse! (Soerenberg secoua la tête :) Il y a à cela beaucoup de raisons.

– En premier, une femme!

– Oui.

– Emmenez-la, Boris Davidovitch.

– Ce serait impossible.

Le regard de Soerenberg se dirigea vers l'entrée de la cour intérieure du palais.

Le carrosse impérial venait de passer. Alexandre III allait assister à une conférence de l'amirauté. Le tsarévitch devait l'y accompagner, ce qui était rare, car le tsar écartait la politique de sa vie familiale.

– Cette jeune dame a devant elle un grand avenir...

– Ah! vous ne voulez pas l'épouser? (Ioussoupov souriait avec une pointe de malice.) Ne prenez-vous pas trop au sérieux vos sentiments chevaleresques, mon cher?

– J'épouserai cette dame, mais je ne serai pas un obstacle à l'avenir qui se présente à elle. (Soerenberg se redressa de toute sa taille.) Le tsar arrive. Je suis de service pour l'accompagner. Vous n'allez pas me comprendre, Votre Altesse...

– Je reconnais que vous vous expliquez par énigmes.

– J'aime cette jeune fille par-dessus tout, aussi suis-je décidé à rester dans l'ombre. Je considère comme étant de mon devoir de la protéger des plus grands dangers, des épreuves de l'existence. Elle a reçu en tant qu'artiste une tâche plus noble à accomplir que celle de maîtresse de maison ou même de mère de famille.

– Comment vous comprendre? (Le prince regardait Boris avec une surprise extrême.) Est-ce que je connais cette jeune personne?

– Pas encore.

– Vous éveillez ma curiosité, Boris Davidovitch.

– Le monde entier l'admirera un jour et sera à ses pieds.

– Alors je vous plains, dès aujourd'hui, Soerenberg! (Ioussoupov s'éventa d'une main.) Vous ne cesserez de vivre dans l'angoisse et la jalousie vous rongera. Est-ce une vie pour un homme comme vous? Suivez mon conseil, cher ami, allez en Chine comme attaché d'ambassade, offrez-vous là-bas quelques délicieuses petites concubines, les Chinoises sont connues pour leur science amoureuse. C'est une tradition trois fois millénaire, Soerenberg!

Alors qu'en Europe nous étions encore vêtus de peaux d'ours, que nous brandissions des massues de bronze, ces dames jonchaient déjà leur couche de pétales de roses. Et surtout, Boris Davidovitch, là-bas vous serez assuré de n'avoir pas à craindre Kramskoï!

– Je crois que Votre Altesse le redoute plus que je ne devrais le craindre!

– Exactement. Kramskoï est un loup!

– Pourquoi donc le guérissez-vous aussi consciencieusement?

– Il est aussi mon ami.

– Vous devriez l'envoyer en Chine!

Soerenberg assura l'équilibre de sa coiffure de hussard. Le tsarévitch parut sur le seuil, regarda autour de lui, reconnut Soerenberg et lui fit signe.

– Voici qui mérite réflexion, Votre Altesse : pourquoi en Russie envoie-t-on toujours vers l'Extrême-Orient ceux que l'on ne devrait pas y envoyer? Le tsarévitch m'appelle! (Il se détourna pour s'en aller, puis se retourna une fois encore :) Si Kramskoï vous parlait de moi, dites-lui, je vous prie, que le loup n'est pas seul à se livrer à la chasse et que l'on harcèle les loups féroces suffisamment longtemps pour qu'ils ne soient plus dangereux. Je suis bon chasseur, Votre Altesse!

Le prince Ioussoupov suivit Boris du regard, l'air pensif, en se grattant l'arête du nez. Il attendit que Boris fût monté en carrosse à la suite du tsarévitch et retourna dans l'aile latérale du palais.

A quoi lui serviront sa fierté et son héroïsme, pensait-il, si on le livre à son ennemi? Le prince se sentait incapable de venir en aide à Boris. Comment, même si l'on est son meilleur ami, empêcher que Kramskoï l'assassine? C'est presque impossible, il faudrait d'abord tuer Kramskoï.

Ioussoupov remonta ses épaules comme un homme qui a froid. Il détestait toute violence, aimait la musique, les jolies femmes, l'art, le théâtre, la danse et tout ce qui répandait la beauté. Son fils, l'élégant Félix, aux attaches si fines, ce bel adolescent, serait exactement semblable à lui...

Nul n'eût pu se douter alors qu'un moine miraculeux, du nom de Raspoutine, dominerait si complètement la famille impériale, que précisément ce beau et gracile Félix Ioussoupov serait appelé à devenir le meurtrier de Raspoutine et connaîtrait ainsi l'immortalité de l'Histoire.

Qui se doutait alors que tout cet éclat, toutes ces richesses, toute cette puissance s'effondreraient, que la Russie deviendrait une confédération de républiques populaires et cesserait d'être le théâtre des aventures fabuleuses de la noblesse privilégiée?

Un perroquet peut vous briser les nerfs! Surtout un oiseau qui sans cesse parle de partager votre vie!

Avec Rosalia Antonovna la situation se mua en une lutte acharnée pour s'emparer du pouvoir. Jusqu'alors personne ne contredisait la Bondareva. Sur le marché jadis, la police impériale elle-même, s'il y avait un désaccord avec la Bondareva, se hâtait de persuader le contradicteur de Rosalia qu'il n'y aurait pas d'interrogatoire, qu'il n'avait qu'à clore son bec et prendre le large.

Avec le perroquet il en allait autrement!

Le perroquet tenait à avoir le dernier mot!

– Fumier d'animal! criait Rosalia les premiers jours. Je te tordrai le cou! Terminé, sale bavard!

As-tu fini de rabâcher : « Je t'attends, je m'appelle Niki »?

Il fallait bien le supporter, car le perroquet avait une assurance sur la vie non résiliable : il était un cadeau du tsarévitch!

Rosalia n'avait donc plus qu'à renoncer à la lutte pour subir une situation sans issue, car si le perroquet avait jusqu'à présent tenu des propos convenables, il apprenait maintenant certaines formules qui devaient être assez peu en usage à la cour impériale d'où il venait.

Rosalia faillit donc se pâmer un matin lorsqu'elle entendit le perroquet la saluer de ces mots : « Vieille pute! »

– C'en est trop! haleta la Bondareva.

– Museau tordu! répondit le perroquet en battant des ailes. Je t'attends, je m'appelle Niki! Niki est toujours avec toi! Vieille pute... ordure!

Le nain Mustin lui aussi était fasciné par le savoir du volatile, mais lorsqu'au bout d'une semaine il revint faire sa visite et que le perroquet l'appela : vieille pute! il regarda la Bondareva d'un air de reproche.

– Comment deviner qu'il était aussi malappris? s'écria Rosalia. Il répète tout!

– C'est la particularité de ces oiseaux, ils se rappellent tout, dit le nain.

– Tout?

Rosalia rougit.

– Et ils voient tout.

– Aussi...

– Et ils comprennent ce qu'ils voient!

– Ciel! (Rosalia s'affala sur son divan.) Cette saloperie est-elle mâle ou femelle? lança-t-elle.

– Mâle, répondit Mustin sans hésiter, mais il ignorait le sexe du perroquet.

On ne s'en était jamais inquiété et il avait été choisi en considération de ses capacités qui, on l'espérait, lui permettraient de remplir au mieux une certaine mission.

Rosalia Antonovna regardait l'oiseau fixement. Elle avait honte au plus profond de son cœur. A trois reprises, elle avait couru nue à travers le palais, de sa baignoire à sa chambre à coucher. Car se baigner était devenu son plus grand plaisir.

Au cours de son existence, elle n'avait jamais eu l'occasion d'entrer dans une baignoire comme « Leurs Seigneuries ». L'été, elle avait pu se baigner deux ou trois fois dans la Neva ou dans la mer, profitant d'un coin retiré, et elle se souvenait d'une petite rivière au temps de sa jeunesse. Des buissons ombrageaient ses rives, où l'on s'aimait, avant d'aller purifier ce corps chargé du péché de luxure dans les eaux froides et bondissantes.

A présent, elle possédait une salle de bains de marbre blanc avec une gigantesque baignoire aux robinets dorés. On pouvait s'y coucher dans l'eau chaude et y macérer avec délice. Il y avait même des eaux de senteur qui amélioraient encore cette sensation agréable, du savon au parfum de jasmin, de rose ou d'œillet. Quelle jouissance que de passer une heure étendue dans l'eau, puis, répandant autour de soi de capiteuses odeurs, de s'en aller courir nue selon sa fantaisie! Qui donc eût pensé alors que ce maudit perroquet était capable de raisonner comme un homme, qu'il voyait tout, comprenait tout?

– Vieille pute! lança l'oiseau de toute la force de son gosier, tout en adressant à Rosalia des clins d'œil entendus comme un vieux collègue de l'époque où elle fréquentait les ruelles étroites avoisinant le marché.

– Connaît-il encore d'autres expressions aussi flatteuses? demanda Mustin.

– Je ne sais pas, balbutia la Bondareva. Dieu me pardonne, mais ça me coupe bras et jambes.

– Car il est possible que le tsarévitch vienne ici en visite...

– Ici? Je meurs, Mustin...

– Et il dira : « Te voilà, mon bien-aimé perroquet! Comment vas-tu? » Et que répondra ce précieux oiseau?

– Vieille p...! croassa l'oiseau... Ordure...

La Bondareva devint pâle, se pencha vers le nain et lui murmura à l'oreille :

– On devrait l'empoisonner...

– Impossible de détruire un présent du grand-duc héritier!

– Un accident peut-être? Une branche de persil qu'il aurait grignotée? Je mettrais des vêtements noirs comme si j'avais perdu la moitié de moi-même! Mais il faut qu'il s'en aille!

Naturellement, le perroquet resta.

Matilda avait d'abord insisté pour que le perroquet fût rendu au tsarévitch. Avec Boris Davidovitch, elle s'était assise devant lui pour écouter ses propos : « Je m'appelle Niki... Je t'attends... » Et son cœur avait bondi, tout autrement que lorsque Boris la prenait dans ses bras pour l'embrasser. C'était un sentiment tout à fait inconnu qui s'emparait d'elle lorsqu'elle pensait au grand-duc Nicolas, à ses yeux mélancoliques, à ses traits empreints de douceur, à sa main lisse et à sa voix bien timbrée : « Je t'attends... » C'était comme un continuel message, comme une mise en garde, une promesse, un espoir constamment rappelé.

– Je renverrai cet oiseau, avait dit Matilda à Boris le lendemain de l'arrivée du perroquet.

Ils étaient assis sur un sofa devant une cheminée, appuyés l'un contre l'autre, éclairés seulement par le feu de bois flamboyant. La cage contenant le perroquet était posée devant eux, sur une table au dessus de marbre.

Le perroquet perché sur un barreau de sa prison se taisait, tout en les examinant de ses yeux ronds, étincelants et verts, le cou tendu.

– Je ne veux plus entendre ce qu'il dit, je n'aime que toi, Boris...

– Tu ne peux pas renvoyer un cadeau du grand-duc héritier.

Si jeune et si violente que fût sa passion pour Matilda, il s'était résigné à souffrir auprès de lui ce rival prestigieux. Quelle situation! Aimer une fille et être tenu de la partager avec un autre sans se plaindre, considérant comme une volonté du destin cette épreuve, parce que l'autre serait le *tsar* un jour, l'homme le plus puissant de l'univers et devant lequel on abdique toute volonté personnelle. Il avait été élevé à obéir, à supporter, à se sacrifier. Il avait prononcé le serment d'être fidèle jusqu'à la mort. Et ce serment comprenait tout ce qui signifiait la vie en Russie. Une vie à l'ombre du tsar tout-puissant. Matilda était comprise dans cette vie. Si le tsarévitch l'adorait, c'était une manifestation de la destinée. Une destinée qui s'avérait même assez bienveillante : ce qui enchantait l'héritier du trône peut-être une fois par semaine, il le possédait nuit et jour. Naturellement, il pouvait fuir la Russie en emmenant Matilda, peut-être au delà de l'océan, dans le Nouveau Monde, dans la libre Amérique...

Mais cette pensée ne franchissait pas un certain obstacle.

– Que feras-tu si le tsarévitch me fait demander? demanda-t-elle à mi-voix.

– Je t'accompagnerai jusqu'à sa porte.
– Et ensuite?
– Je ne sais pas. (Boris fixait les flammes crépitantes. Son cœur était lourd.) Il te faudra choisir, Matilda.
Le perroquet battit des ailes : le mot repère venait d'être prononcé : Matilda. « Je m'appelle Niki, croassa-t-il bruyamment. Je serai toujours avec toi... »
– Fuyons, veux-tu? Fuyons très loin! (Matilda serrait son visage contre la poitrine de Boris qui l'entoura d'un bras et la serra plus fort contre lui.) J'ai peur... murmura-t-elle.
– Tu aimes le tsarévitch? demanda Soerenberg d'une voix enrouée. Sois franche, Matilda.
– Je t'aime...
– Tu dis ça pour mieux le fuir...
Il lui caressait les cheveux, embrassait sa nuque et sentait aux frémissements de son corps qu'elle pleurait silencieusement.
Alors il se tut. Car il était inutile de vouloir la consoler avec des mots, alors qu'il n'y avait pas de consolation possible. Il éprouvait le même état d'âme que Matilda, mais en sens contraire : son amour à lui aussi était condamné à devenir une tragédie sans fin. Aussi désespéré que l'amour de Matilda pour le tsarévitch, l'amour de Boris ne serait que sacrifice toujours dominé par sa frustration, sa passion jamais comblée.
Le perroquet resta auprès de Matilda. Mais elle ne l'écoutait plus. Elle le laissa aux soins de sa mère qui engagea avec l'oiseau une lutte énergique. Rosalia fit pleinement son devoir.

9

A la mi-décembre, le prince Valentin Vladimirovitch Kramskoï était guéri. Ioussoupov put lui permettre de quitter son palais. On jugea prudent de jouer à cette occasion une petite comédie qui trompa tout le monde.

Couvert d'une pelisse et d'écharpes, carré dans un élégant traîneau de voyage suivi de deux traîneaux chargés de malles et de valises, le prince fit son entrée à Saint-Pétersbourg, revenant d'un grand voyage qu'il avait dû entreprendre subitement. Il semblait fort éprouvé par les aléas de la route. D'ailleurs, ainsi qu'il le raconta, il s'était blessé au cours de la traversée de la Pologne parce qu'un cocher avait laissé le traîneau se retourner. Aussi portait-il un pansement et le bras gauche en écharpe. Il accueillit ainsi les vœux de bienvenue de son personnel, permit que l'on baisât l'ourlet de sa pelisse et fit encore venir le soir même dans son palais quelques hommes à l'aspect sinistre.

– Je paierai mille roubles d'or à qui me rapportera la main de Boris Davidovitch Soerenberg, dit-il d'une voix frémissante. Seulement sa main droite, cela suffit! Sa vie ne m'intéresse pas. J'ai besoin de sa main droite pour la déposer embaumée sur ma table à écrire! Mille roubles d'or et la liberté en France!

Les hommes se taisaient. Ils avaient déjà accepté d'autres missions pour une récompense moindre. Une vie humaine comptait pour eux autant que le cri d'un poulet avant qu'on ne lui coupe le cou.

La main droite, pensaient-ils, quelle tâche imbécile. Pourquoi pas la tête? Ça revient au même...

Kramskoï était très satisfait après le départ des hommes engagés à sa solde. Il aurait bu moins joyeusement ses vins fins, selon son habitude, s'il avait su que les quatre acolytes allaient être assaillis par dix individus tout aussi audacieux qu'eux-mêmes et qui les enfourneraient dans quatre pataches; puis, au grand galop, les enlèveraient vers une région déserte de la petite Neva. Là, parmi les marécages de l'île Krestovski – où, à cette époque les renards gèlent et où seul hurle le vent – ils subiraient un interrogatoire serré.

Trois des hommes gardèrent le silence, comme s'ils étaient muets. On compliqua peu les choses en ce qui les concernait. Un poignard bien planté dans le dos, le crâne défoncé à l'aide d'un merlin d'acier – pour plus de sûreté – ce qui convainquit le quatrième truand qui parla enfin des mille roubles d'or et d'une main droite devant servir d'ornement artistique sur une table à écrire.

Les dix hommes inconnus louèrent sa docilité, mais le poignardèrent tout de même; puis ils tranchèrent la main droite de son cadavre à la hauteur du poignet. Ensuite ils jetèrent le corps dans la petite Neva après avoir ouvert une brèche dans la glace à l'aide du merlin.

C'était pendant la saison d'hiver la manière la plus expéditive de faire disparaître les morts encombrants. Lorsque, au printemps, ils réapparaissaient quelque part, nul ne les reconnaissait.

Dans la nuit, le prince Ioussoupov fut tiré de son lit : un homme demandait à le voir, lui expliqua le valet de chambre. Il ne voulait pas être éconduit et assurait que Son Altesse l'attendait.

Ioussoupov passa sa robe de chambre de soie et alla dans son bureau. Un homme complètement gelé, le visage rougi et le nez ruisselant, s'inclina profondément. De son manteau l'eau des glaçons s'égouttait sur les tapis précieux.

– Qu'est-ce que cela signifie? demanda le prince irrité. Qu'est-ce qui est tellement urgent, Toulpanov?

– Nous avons déjoué le premier piège, Votre Altesse, annonça Toulpanov humblement. (Il habitait avec quatre frères et sœurs un réduit misérable et était à présent fier d'avoir réussi un grand coup.) Ils étaient quatre : ils devaient rapporter la main droite de Boris Davidovitch.

Ioussoupov sentit des points glacés surgir sur son épiderme.

– Ensuite? demanda-t-il d'un ton bref.

– Le prince recevra la main qu'il désire.

Ioussoupov éprouvait à présent un froid intense. Il ne posa pas d'autre question, mais il passa une main tremblante sur son visage. Puis il dit, la voix enrouée :

– Cet envoi n'était pas nécessaire!

– Nous n'avons d'ailleurs pas à en dire davantage à Votre Altesse. Nous restons à sa disposition!

– Vous pourrez aller chercher votre argent demain matin à la Chancellerie. Chacun trois cents roubles!

– Dieu vous bénisse, dit l'homme. Devons-nous poursuivre cette affaire?

– Oui!

Ioussoupov se détourna et quitta la pièce avec l'impression d'avoir respiré l'odeur d'un cloaque. Il traversa sa chambre à coucher et atteignit sa petite chapelle privée où il s'agenouilla sur un prie-Dieu devant l'iconostase dorée. Puis il baissa la tête et heurta du front le montant de son baldaquin :

– Mon Dieu, tu m'es témoin : je ne l'ai pas voulu! Que puis-je faire? Eclaire-moi! Que ta foudre frappe Kramskoï. Je te supplie, Seigneur...

Dieu l'entendit-il? Il y eut un incident mémorable : le lendemain matin, un messager inconnu apporta au palais Kramskoï une boîte de fer-blanc et disparut aussitôt.

Le laquais qui, par curiosité, ouvrit le premier la boîte, eut tout de suite les yeux révulsés et s'évanouit. Deux femmes de chambre et une grosse blanchisseuse qui passaient par là ne réagirent guère autrement que le laquais aux nerfs sensibles.

Seul le maître d'hôtel du prince, un ancien sous-officier, eut le cran nécessaire pour apporter au prince la boîte de fer-blanc.

Kramskoï considéra le contenu de la boîte, reconnut évidemment tout de suite le subterfuge et se mit à rire bruyamment, frénétiquement. Il s'esclaffa pendant quelques minutes, haletant, les yeux exorbités. Assis dans un fauteuil bas, les jambes écartées sur le tapis, il toussa enfin avec une telle violence que la bave lui coulait sur le menton.

A compter de ce jour, on remarqua un changement dans le comportement du prince Kramskoï. Tous les indices d'une folie insidieuse se trouvaient réunis. Mais nul n'osa exprimer ce soupçon.

On racontait avec un frisson, au prince Ioussoupov, que le chien préféré de Kramskoï, un énorme doberman, avait dévoré le contenu de la sinistre boîte. Kramskoï en avait ri de nouveau, un rire lugubre, lorsque les os avaient craqué entre les dents de l'animal.

C'était une raison suffisante pour attirer Ioussoupov vers son prie-Dieu.

Les dernières épreuves d'examen étaient terminées. Le corps de ballet de l'Opéra impérial s'élançait vers les salons qui lui servaient de vestiaire. Le régisseur du spectacle *La Belle au bois dormant*, le redouté Leonid Ivanovitch Passoukov, dont on disait qu'il avait une fois, lors d'une répétition générale, mangé sa cravate de soie dans sa rage ou son extase, était assis au quatrième rang de l'orchestre et essuyait la sueur de son front. Il but une gorgée de l'eau que contenait une carafe de cristal posée sur son pupitre et étendit les jambes.

Là-haut sur la scène, dans le décor encore éclairé par les projecteurs, se tenait seule, toute petite, Matilda Felixovna; elle lissait le tulle de son costume d'Aurore.

Son regard, qui appelait à l'aide, errait dans les coulisses latérales où se tenait Tamara Iegorovna, mais celle-ci ne bougeait pas le petit doigt.

– Bon, ça va! lança le redouté Passoukov – et c'était beaucoup.

Aujourd'hui il n'avait pas mangé sa cravate ni bondi en braillant : « Que vois-je? Que vois-je? De bondissantes grenouilles! Passez-moi une trique! Il me faut une trique pour les assommer, toutes sans exception! »

– Bon, ça va! disait aujourd'hui ce furieux. C'était tout à fait bon, Matilda. A la fin, tu aurais pu rentrer le derrière un peu plus. Mais c'est une affaire d'appréciation, et c'est Tamara Iegorovna la coupable! Si demain, à la première, tu danses comme cela, je te fous une rose en travers des oreilles! Fin de la répétition générale. L'orchestre a joué comme une horde de chienlits! Arkadi Mironovitch, vous avez dirigé comme si vous aviez l'intention d'attraper des mouches! Remerciez le ciel que Tchaïkovski soit mort! Mais le viol des cadavres aussi est punissable! Pas de protestations, Arkadi! Demain, après la première, nous en reparlerons!

Les lumières s'éteignirent, sauf l'habituel éclairage des répétitions. Passoukov quitta la salle. Matilda était toujours seule, immobile sur la vaste scène, comme étourdie par ce compliment extraordinaire.

Depuis six jours, elle savait qu'elle ne dépendait plus de la surveillance maternelle de la Iegorovna qui avait duré tant d'années. La Iegorovna avait accompagné solennellement Matilda à l'Opéra, bien que celle-ci le connût depuis ses exhibitions d'élève. Au lieu de l'amener au salon d'habillement du corps de ballet, Tamara la dirigea vers un autre couloir et ouvrit l'une de ces loges si ardemment désirées de danseuse étoile.

Celle qui y pénétrait, y trouvait son costume placé sur le portemanteau, et était maquillée par un spécialiste, avait atteint son but : le monde s'ouvrait devant elle. A présent, il s'agissait de le conquérir avec ses propres forces!

– Ta loge! annonça la Iegorovna, et sa voix vacilla un peu d'émotion.

Elle se rappelait cette heure de sa vie où, pour la première fois, elle était entrée dans sa loge pour devenir « la Iegorovna ».

Aujourd'hui, elle n'était pas sûre que Matilda serait dès le lendemain « la Felixovna », la nouvelle étoile au ciel de la danse de Saint-Pétersbourg, c'est-à-dire de l'univers.

– Entre, Matilda, dit Tamara à mi-voix, entre très lentement, et prie en même temps... Tu as suivi un long chemin pour arriver jusqu'ici, mais ce sera peut-être un chemin très court, celui qui t'en fera ressortir, si tu manques ta réussite. N'aie confiance qu'en toi-même, tu as, mon enfant, tout ce que Dieu seul pouvait te donner pour briller parmi les étoiles.

Et Matilda était entrée dans sa loge très lentement, solennellement. Elle avait pensé dans son cœur : Dieu, ne m'abandonne pas à présent! Dieu, fais que je sois assez forte!

Puis, pour la première fois, elle s'était assise devant son grand miroir dans un fauteuil de style baroque. Elle s'était dévisagée dans la glace et elle avait vu l'habilleuse entrer avec une révérence en lui souhaitant la bienvenue comme si elle était déjà la Felixovna.

Tamara Iegorovna, appuyée contre le montant de la porte, avait les larmes aux yeux. Elle était tellement émue qu'elle en avait le souffle coupé.

Elle pleure, se disait Matilda bouleversée, petite mère Tamara pleure de joie à cause de moi... La grande et redoutée Iegorovna pleure.

Puis avaient suivi les répétitions sur le plateau, Passoukov rugissant des exclamations paralysantes : « Tu es incapable! Tu ne sais rien du tout! Tu ne fais que sautiller bêtement. Tu n'es vraiment qu'un crapaud. » Ensuite, ces murmures de Passoukov : « Très bien, Matilda! Encore ce pas de deux avec Iefim! Pas à cause de toi, Matilda, à cause de ce vaurien paralytique de Iefim : Il cavale sur scène comme s'il cherchait un coin pour faire ses besoins. Et ça prétend danser le rôle d'un prince! »

Demain! La première à l'Opéra impérial, le 23 décembre 1893, le naufrage d'un rêve.

Un rire énorme à cause de Matilda Felixovna.

Elle était toujours seule en scène, les mains croisées sur la poitrine, le regard rivé à la salle plongée dans l'ombre. Les rangées de fauteuils la regardaient comme des yeux hostiles, comme des êtres fabuleux qui voulaient la dévorer.

Et demain soir le grand monde de Saint-Pétersbourg serait assis ici et là-haut, dans la loge impériale, le tsar Alexandre III, avec sa famille...

Avec Nicolas Alexandrovitch, le tsarévitch qui, chaque jour, lui faisait dire par son perroquet : « Je t'attends... je suis toujours auprès de toi... »

Où trouver la force de surmonter cette épreuve?

Déjà quatre heures avant la première de gala, Matilda se trouvait à l'Opéra. Elle était seule dans sa loge de soliste devant le grand miroir et se contemplait d'un regard frémissant. Il n'était encore venu personne, pas de coiffeuse, pas d'habilleuse, pas de surveillant, aucune collègue. Seuls, les machinistes travaillaient encore dans les coulisses, édifiaient le décor, changeaient des décorations, décrochaient quelques soffites parce que le metteur en scène, le célèbre peintre de décors Valentin Dragovitch Plouchianine, avait une nouvelle idée.

On en avait l'habitude. Il changeait chaque jour ses décors, n'était jamais content, ne cessait d'avoir de nouvelles inspirations et il fallait s'attendre, si on le laissait faire, à ce que chaque nouvelle représentation diffère des précédentes. Par la suite, lorsque arrivait Passoukov, le peintre décorateur s'enfuyait de la scène bon gré mal gré, mais tant qu'il était seul il fallait obéir à ses criailleries.

Dans les villas et les palais, les maisons nobles de Saint-Pétersbourg, et les domaines alentour, les dames se fardaient à présent. Les caméristes présentaient les précieuses robes du soir, tandis que brillaient dans les coffrets à bijoux des joyaux inestimables. On brossait de somptueuses fourrures et les messieurs revêtaient leur uniforme de gala ou un frac. Ils contrôlaient l'équilibre de leurs décorations, se faisaient une fois de plus tailler la barbe par leur valet de chambre et, non moins coquets que leurs femmes, se tournaient devant leurs miroirs en vaporisant sur eux des parfums français.

La première de l'Opéra impérial à l'avant-veille de Noël était depuis toujours, avec le bal de la Saint-Sylvestre au palais d'Hiver, l'un des points culminants de la vie de société. Alors ils étaient tous rassemblés, les grands-ducs, les grandes-duchesses de la maison des Romanov, les princes des vieilles familles que chacun connaissait, des Troubetzkoï aux Ioussoupov, des Orlov aux Potemkine, des Menschikov aux Cheremetiev, et les plus riches des riches venaient aussi, du Stroganov légendaire au timide Vorontzov dont personne ne savait vraiment quels domaines leur appartenaient des deux côté de l'Oural. Comment d'ailleurs en évaluer l'étendue? La Sibérie était si infiniment vaste que les mesures officielles n'y suffisaient pas. Que signifiait, par exemple : il possède des terres sur les rives de l'Oussouri? L'Oussouri étant la frontière avec la Chine, voici qui coupait court à toute réflexion.

Et les célèbres généraux étaient eux aussi présents, les ambassadeurs des Etats étrangers, le corps diplomatique, les grands savants, le conseil d'Etat, des artistes triés sur le volet, même des princes et princesses de pays amis... Saint-Pétersbourg étalait lors de ces premières tout le magique éclat de la mystérieuse Russie : richesse incommensurable dans un pays encore inexploré en grande partie.

Rosalia Antonovna n'avait naturellement pas reçu de carte d'invitation bien qu'elle fût la mère de Matilda. Même la Iegorovna et le nain Mustin avaient vainement tenté de faire entrer la Bondareva dans le théâtre. Même le puissant maître du ballet impérial, le danseur et chorégraphe déjà légendaire de son vivant Marius Petipa, avait été impuissant, comme le danseur étoile et second maître de ballet Lew Ivanovitch Ivanov qui récemment, au cours de la saison de 1892, avait dansé le *Casse-Noisette* de Tchaïkovski dans une toute nouvelle et sensationnelle interprétation. On leur opposait toujours le même argument : cinq mille places ne suffiraient pas à l'Opéra pour accueillir tout le monde. Comment Rosalia Antonovna recevrait-elle une carte d'invitation alors que nous sommes obligés d'en refuser à des princes?

– C'est bien comme ça! gémissait la Bondareva qui, se signant sans cesse, ruisselait de larmes, son énorme poitrine agitée de sanglots. Laissez-moi donc, après tout je mourrais oui, je mourrais, s'il me fallait voir ma colombe trébucher et toutes Leurs Seigneuries rire et se moquer d'elle! Non, laissez-moi ici! Je prierai pour ma petite enfant et j'irai allumer un gros cierge! Ne vous donnez pas tant de peine. Que suis-je? Une pauvre femme, la mère. Je serais sûrement éblouie par tant d'éclat! S'il me fallait voir la tsarine, je deviendrais aveugle! Le cœur me manquerait! C'est bien qu'il n'y ait pas de carte d'invitation pour une mère : lorsque les oiselets prennent leur vol, la vieille clopine toujours par-derrière!

Puis elle pleura encore, tout cela était bien triste, jusqu'à l'instant où Passoukov le redouté trouva une solution géniale : on mettrait Rosalia dans la figuration! Elle fut ficelée tant bien que mal dans un costume trop étroit afin de représenter une paysanne, ce qui lui allait tout naturellement. Elle devait se tenir sur la vaste scène, un panier plein de fruits au bras; ainsi elle serait toute proche de sa colombe et pourrait voir le corps de ballet en pleine action.

Il eût été préférable d'éviter une telle solution.

Lorsque par la suite, on interrogeait Passoukov sur cet incident, il roulait des yeux furibonds, crachait contre le mur et grommelait :

– Jamais plus je ne me laisserai attendrir par les pleurs d'une mère! Je me castrerais plutôt!

Pour qui connaissait Passoukov, une telle déclaration révélait toute la gravité de cette menace. Il avait été profondément bouleversé.

Cela commença dans le vestiaire de la figuration, une heure avant le lever de rideau, lorsque Rosalia dit aux autres femmes :

– Ne me regardez donc pas d'un air aussi bête, tas de perdrix louchonnes! Je suis la mère de la nouvelle ballerine Matilda Felixovna; tâchez de vous rappeler ce nom et faites-le entrer dans votre viande avec chaque cuillerée de soupe que vous ingurgiterez! L'univers sera à ses pieds!

Lorsqu'on rit parce qu'elle n'arrivait pas à forcer ses seins volumineux dans le costume de paysanne, elle cria :

– Regardez-vous donc dans la glace! Vous êtes là titubantes avec vos gros derrières et le ventre vous pend jusqu'aux genoux! Moi, je puis me montrer! Certainement! Si je me déshabille, les hommes rugissent comme des taureaux!

Comme on riait de plus belle, elle se mit, dans sa colère, à faire des moulinets avec une chaise, balayant ainsi tous ceux qui se trouvaient dans le salon. Elle abattit enfin son arme sur le premier inspecteur que l'on avait appelé au secours, lui laissant un grand trou dans le crâne. Il parut absolument impossible de l'éloigner de la scène et de la renvoyer chez elle.

Elle s'assit dans un coin, y resta comme enracinée et déclara hargneuse :

– Qui osera me toucher? Essayez donc de me faire bouger d'ici, même avec l'aide de dix policiers! Essayez! Mon gendre est l'ami du tsarévitch, il sera assis à côté de lui dans la loge. Et ma fille est l'étoile de cette soirée. Venez donc, valetaille! Emportez-moi de force! Mais protégez d'abord vos têtes vides!

On finit par capituler : un émissaire du régisseur vint présenter des excuses à Rosalia qui se montra magnanime et pardonna à tous. Elle n'était pas rancunière, ne l'avait jamais été : que serait-elle devenue autrement? Dans son existence, l'oubli était un élément essentiel, si l'on peut dire.

L'instant qui précède le lever du rideau est pour tout artiste un enfer, surtout les jours de première.

L'habillage, le maquillage, les bénédictions de chacun augmentent encore l'impression maudite d'être écartelé. Mais lorsque le costume et le masque s'accordent, alors vient l'attente... Les minutes s'écoulent comme des heures. Les sons que d'habitude l'on perçoit comme des bruissements vous assaillent tels des roulements de tonnerre. Vos membres frémissent, ainsi que le cœur et les entrailles. On voudrait assassiner le régisseur qui surgit de temps à autre et vous crie : Encore vingt minutes! Encore dix! En scène immédiatement! Et c'est à peine si l'on peut marcher lorsqu'on entend : En scène! Bonne chance! C'est à toi, à toi, à toi...

Et on entend l'ouverture par la porte entrebâillée. Le spectacle a commencé irrémédiablement et l'on sait : Tu ne peux plus revenir en arrière; seule, la mort pourrait encore te sauver! Il faut s'élancer dans l'impitoyable clarté des projecteurs, sous les regards de mille personnes venues pour se distraire, devant ce juge sévère prêt à tout : le public!

Il y eut des chanteurs célèbres qui, en cet instant, attendirent leur entrée debout dans les coulisses, tremblant de tout leur corps, ruisselant de sueur, ayant perdu leur voix. Il y eut de grands comédiens qui ne savaient plus un mot de leur rôle, dont le cerveau était vide, soudain. Et il y eut des danseurs et des danseuses célèbres qui se figeaient et ne pouvaient plus lever un pied. Bref, c'est l'instant où l'on éprouve envers soi-même une haine insondable.

Matilda Felixovna se tenait à gauche, près du pupitre du régisseur, et regardait fixement le corps de ballet qui dansait déjà. Derrière elle se tenait Tamara Iegorovna qui, d'une main légère, lui massait la nuque et les épaules. C'était une caresse, un geste maternel pour la rassurer.

Dix minutes auparavant elle lui avait déclaré :

– Dis-toi bien, Matilda, que tu ne dois pas te permettre la moindre négligence! Songe à la grande Fanny Essler. En 1859, dans le ballet de *Giselle,* elle fit un faux pas et son professeur, pendant l'entracte, lui en fit le reproche. Elle répondit étonnée : « Que voulez-vous, monsieur (1)? Ce n'était pas un faux pas mais un pas nouveau, dont j'ai eu l'idée tout à

(1) En français dans le texte.

coup! » Quoi que tu fasses, Matilda, ce soir tu les vaincras tous!

Avec cela, la Iegorovna était plus émue que Matilda. En face d'elle, de l'autre côté de la scène, se tenait dans les coulisses le célèbre Enrico Cecchetti, l'un des très grands professeurs de l'Ecole impériale de ballet russo-prussienne qui, depuis 1887, se trouvait à Saint-Pétersbourg et que l'on considérait comme l'un des plus éblouissants danseurs de son époque. Il dansait aujourd'hui, en accord avec la Iegorovna, et pour seconder Matilda dans son rôle préféré – la fée Carabosse de *La Belle au bois dormant*.

Même Cecchetti, rompu à toutes les difficultés du ballet, était inquiet. Lui aussi était secoué par la fièvre des projecteurs. On s'en rendait compte, car il tournait la tête comme si son cou se paralysait. Son attitude était grotesque pour un danseur, il restait planté comme un cocher aux jambes cagneuses, lourd, pétrifié. Mais ensuite, lorsqu'il courrait sur la scène, un murmure s'élèverait dans l'assistance car jamais encore on n'avait vu un tel défi à la pesanteur!

– Tout de suite! murmura la Iegorovna. (Sa voix était enrouée. Elle envoyait à présent dix ans de sa vie sur le plateau. Dix ans de larmes, de sueur, dix ans de dure école, dix ans de renoncements...) A présent!

Elle se mordit la lèvre inférieure, contint sa respiration.

Telle une plume, un flocon de neige dans la brise, Matilda Felixovna plana sur la scène. La lumière la saisit... silhouette de rêve.

Passoukov, qui se tenait auprès de Cecchetti tremblant de fièvre, suivait du regard ce corps qui semblait voler et essuyait la sueur de son front.

– Quel début! balbutia-t-il tout bas. Mon Dieu, quelle science! Elle est dangereuse! Elle va éclipser toutes les autres danseuses de sa grâce inimitable. Dire que je vois ça enfin!

La Iegorovna, appuyée contre le pupitre du régisseur, avait joint les mains.

Cette Aurore – Matilda Felixovna – domina la scène dès le premier pas.

L'inspecteur mordait la pointe gauche de sa moustache qu'il mâchait consciencieusement.

– Bon Dieu... murmurait-il à la Iegorovna, elle s'était seulement fait remarquer lors des premières épreuves de danse. Saviez-vous qu'elle pouvait danser ainsi?

– Je m'en doutais! répondit Tamara. Et avec ça, elle commence seulement à devenir une danseuse...

C'était à croire que la musique de Tchaïkovski était jouée dans un espace où régnait le vide absolu. Dans l'hémicycle doré de l'Opéra impérial rien ne bougeait, même le bruissement des éventails agités par les dames se tut. Dans la loge du tsar, le tsarévitch s'adossa, pour que son père ne puisse voir la rougeur subite qui envahissait son visage.

Alexandre III, assis comme toujours bien droit dans son fauteuil, dirigeait lui aussi la musique de la main droite. C'était un mélomane fanatique et il lui arrivait de se quereller avec le directeur de son opéra lorsqu'il émettait une opinion divergeant de la sienne.

Dans la loge impériale se trouvait Boris, debout, tout au fond contre la porte. Revêtu de son uniforme de gala, il était venu à la demande instante de l'héritier du trône. Il n'y avait pas de problème entre eux. Simplement, on ne parlait pas de Matilda comme de la fiancée de Boris Davidovitch. Elle vivait, le tsarévitch l'aimait. Cela était établi selon une entente tacite.

Après le premier solo de Matilda, une jubilation générale éclata. Un regard rapide à la loge impériale prouva que le sévère Alexandre III applaudissait avec enthousiasme. La tsarine, suivant son exemple, applaudissait elle aussi, ainsi que le tsarévitch, les grands-ducs et les grandes-duchesses.

Ce fut désormais le signal qui déclencherait chaque fois une ovation explosive à la petite Matilda Felixovna, inconnue jusqu'à ce jour.

Elle s'inclina profondément, baissa la tête et s'abîma dans un geste d'humilité dont seules sont capables les grandes ballerines.

Sur la scène, pendant ce temps, on frôlait le scandale. Rosalia Antonovna, la petite mère dans son costume raide de paysanne, eut un sanglot bruyant et voulut se jeter au cou de sa colombe. Quatre hommes puissants durent la retenir et l'un d'eux appuya sa large paume sur la bouche hurlante lorsqu'elle faillit proclamer qu'elle avait bien le droit en tant que mère d'embrasser sa fille.

Tandis que la musique reprenait et que le corps de ballet avec ses figures tourbillonnantes masquait la figuration, on traîna la Bondareva derrière les coulisses où on la tint collée contre un mur. Un machiniste géant parut avec une grosse corde et, tout en marchant, fit un nœud coulant.

– Ils veulent me pendre! balbutia Rosalia Antonovna épouvantée. Ils ne m'accordent pas le bonheur d'être la mère d'une telle fille! Bande d'assassins! Quatre hommes contre une femme sans défense!

Personne n'eut pitié de ses plaintes.

On l'attacha à une colonne placée en arc-boutant contre un mur et l'un des principaux figurants – il devait porter une chaise dans la clarté des projecteurs, ce qui le distinguait naturellement des autres – lui dit :

– Si tu brailles encore, petite mère, nous bâillonnerons ton sale bec!

Rosalia hocha la tête sans un mot, leva les yeux et répondit :

– Crève donc derrière un buisson desséché, puante souris!

Elle avait entendu là le langage qu'elle comprenait.

Passoukov, le terrible, passa devant elle, s'arrêta une seconde et eut un petit signe de satisfaction :

– Il faut avoir des idées! dit-il. C'est à ce prix que le théâtre vit éternellement.

La Bondareva dédaigna de lui répondre, cracha, et grinça des dents affreusement. Passoukov la considéra avec effroi et s'éloigna.

Pendant l'entracte, Matilda resta assise devant le grand miroir de sa loge, absorbée dans ses pensées, et buvant un verre de citronnade. L'habilleuse lui tamponnait les épaules avec une serviette.

Tout de suite après le baisser de rideau, Passoukov avait reçu Matilda les bras ouverts pour l'attirer sur son cœur. Pas un mot ne fut prononcé, mais que le plus grand intrigant et hâbleur de Saint-Pétersbourg témoignât son admiration en silence était en soi sensationnel. La nouvelle en courut à travers tout l'Opéra, comme l'appel d'une trompe d'incendie. Passoukov avait étreint la Felixovna avec émotion et sans un mot! Au lieu de dire : Tu paraissais avoir les pieds plats! ou encore : Le titre du ballet est *La Belle au bois dormant* et non pas « La danse des fesses »!

Passoukov devait être malade.

– J'ai deux fois fait un crochet! avoua Matilda, lorsque Tamara vint dans sa loge.

La Iegorovna s'était efforcée de libérer Rosalia, mais deux figurants montaient la garde auprès d'elle et menaçaient de faire un esclandre si on laissait encore la petite mère se produire sur la scène.

Matilda ignorait tout cela; elle avait seulement vu le tsarévitch se lever de son fauteuil et l'applaudir debout. Alexandre III lui aussi avait applaudi et la tsarine, ouvrant son éventail, avait eu un geste gracieux.

Les premières cartes de visite sollicitant l'autorisation de se présenter à l'étoile étaient rassemblées par un serviteur de l'Opéra. Passoukov avait, en vieux routier du théâtre, fait verrouiller le couloir menant à la loge. On ne passait le seuil que si l'on comptait parmi les familiers de Matilda. Aucune visite n'était introduite.

– Voyez-moi ça! Voyez-moi ça! répétait Passoukov en lisant les noms sur les cartes de visite : les princes Raspolnikov, Tchemkass, Vobroninev et Batanoï. Elle est bien bonne! Une ruée de viveurs attirés par la chair fraîche! Mais pas ici! Pas chez nous! Tiens, tiens, le comte Poltonovski, un veuf de dix jours seulement et le général Vanourian, ce taureau primé de Tiflis! Ah! voilà qui serait pour vous, petite Felixovna! Vous en avez l'eau à la bouche, non? Si vous saviez la mission qui vient de m'être confiée... après, à la fin de la représentation! Vous vous excuseriez en balbutiant, puis au plus vite vous fileriez...

– Deux fois, annonça Matilda. Une fois, j'ai plié une pointe...

– Personne ne l'a remarqué. (La Iegorovna était

adossée au mur de la loge.) Tu as été très bonne, ma petite fille.

– Vraiment?

– « Très bonne » n'est pas suffisant. Il faut que tu sois merveilleuse, inégalée, unique! « Très bonne », il y en a beaucoup. Tout à l'heure, Petipa viendra te trouver, et dans l'antichambre j'ai rencontré Virginia Zucchi, elle m'a à peine saluée, que veux-tu de plus?

Matilda fit un petit signe de tête, mais ne dit mot. La grande Zucchi... La ballerine du théâtre Marie de Saint-Pétersbourg, le théâtre de ballet le plus célèbre du monde, elle, jalouse! Elle redoute ma concurrence, est-ce possible? Qui donc danse aujourd'hui comme la Zucchi? Peut-être encore Olga Preobrajenska! Qu'est-ce que Matilda Felixovna comparée à elle?

– Petipa? (Matilda regardait la Iegorovna dans la glace.) Il viendra me voir?

– Tu dois danser dans son nouveau ballet...

– Impossible! (Elle appuyait ses mains à plat sur sa poitrine. Ses yeux étaient pleins d'effroi.) Je... ne peux tout de même pas danser... chez Petipa... dans le corps de ballet!

– Comme soliste! (La Iegorovna souriait, heureuse.) Il faudra que tu t'y habitues, Matilda. A partir d'aujourd'hui, le monde se métamorphose pour toi! Tu n'es plus obligée de courir après le soleil, il vient à toi! Profites-en... La vie n'est qu'un souffle...

Dans la seconde partie du ballet, mais surtout dans le finale, Saint-Pétersbourg vit naître une nouvelle étoile.

Petipa et Enrico Cecchetti qui, après chaque scène, se faisait frotter le dos dans les coulisses par un « page » à l'aide d'un linge parfumé, se tenaient côte à côte, presque la main dans la main et suivaient des coulisses latérales ce corps planant qui voguait là, au-dessus de la scène.

– Incroyable! dit Petipa à voix basse. Simplement incroyable... Je croyais savoir ce que c'est que la danse...

– Elle est sûrement ensorcelée! (Cecchetti renifla et but une gorgée d'eau.) Lorsqu'on la soulève... on ne sent pas de poids... Y a-t-il rien de comparable?

– Je sais seulement que la Preobrajenska se ronge les ongles, que la Zucchi est allée se coucher avec une jaunisse et que je me battrai en combat singulier avec Lew Ivanovitch Ivanov qui veut me disputer la Felixovna. Mais elle dansera dans mon prochain ballet, dussé-je appeler le tsar à l'aide pour me défendre! Cette Matilda Felixovna sera un jour l'*assoluta* de Saint-Pétersbourg, si personne ne me la gâche. Il faudra la surveiller comme un diadème de rubis et de diamants!

– Elle est fiancée, lança Cecchetti en se laissant une fois encore sécher le dos avec une serviette odorante.

– On le dit.

– C'est exact. Un officier des hussards de la garde, un protégé du tsarévitch par-dessus le marché!

– Comment le sais-tu?

– Par la Iegorovna. Depuis trois mois, il vient chercher Matilda à son école et l'y ramène le matin. Depuis trois semaines, il a loué pour elle un appartement au palais Stroïtsky et lui a offert une troïka attelée de chevaux particulièrement beaux.

– Tu as d'autres mauvaises nouvelles la concernant? gronda Petipa. Je vais donc avoir une conversation avec le fiancé! Une femme comme Matilda n'a pas sa place dans un lit d'accouchée ou derrière un fourneau, mais doit paraître sur les scènes du monde entier. On ne peut pas emprisonner un prodige...

Les dernières mesures du ballet retentirent.

Cecchetti sauta une fois encore sur la scène. Petipa s'essuyait le visage des deux mains.

Matilda tournait dans une pirouette comme absente d'elle-même. On oubliait qu'elle se tenait sur ses pointes, on ne la voyait que planer, volute immatérielle dans le vide.

– C'est incroyable, balbutia Petipa ému. Et ça veut se marier?

Les dernières harmonies triomphales, la fameuse apothéose de Tchaïkovski emplirent le théâtre.

Puis il y eut un silence absolu de quelques secondes. L'assistance retenait son souffle. Enfin il y eut comme un soupir suivi d'applaudissements qui éclatèrent comme une bombe. Le public le plus brillant du monde se leva d'un bond avec des cris de joie. Le tsar Alexandre III applaudissait comme un ours bateleur qui remercie ses admirateurs.

– Comment s'appelle cette danseuse? demanda-t-il à son fils.

– Matilda Felixovna Bondarev.

Le tsarévitch avait les joues rouges comme après une longue course. Il applaudissait en contenant avec peine ce cri : Bravo! Matilda bravo! Matilda! Son cœur palpitait, il respirait avec peine. Il serrait sa lèvre inférieure entre ses dents et applaudissait sans arrêt.

– C'est magique! s'écria le tsar Alexandre. Et dire que cela sort de mon école! C'est merveilleux! Rien n'égale une telle ambassadrice pour la Russie... Souviens-t'en, Nicolas! On peut exiler en Sibérie des hommes par centaines de milliers, le monde entier nous accuse... mais si nous lui envoyons une

Matilda Felixovna, on oubliera tout et on pardonnera à la Russie.

– Faut-il, père, voir tout sous l'angle politique? demanda le tsarévitch en applaudissant toujours sans se lasser.

Matilda s'inclinait profondément, les projecteurs étaient dirigés en plein sur elle, ce qui plus que tout irritait Cecchetti.

Passoukov, chef de cette soirée, courait dans les coulisses et rugissait dès que le rideau s'abaissait de nouveau.

– Tout le corps de ballet sur un rang! Matilda... ici... seule devant! Plus de lumière! Levez le rideau! Le rideau!

Alexandre III rit bruyamment. C'était un colosse, un taureau, un bloc de rocher, comparé au délicat tsarévitch.

– Tout ce que fait la Russie doit être politique, mon fils! s'écria-t-il de belle humeur, ce qui était rare, mais cette soirée le mettait en joyeuse disposition.

La tsarine louchait vers lui. Lorsque Alexandre riait avec Nicolas, l'atmosphère de la soirée prenait une teinte d'intimité : c'était une des heures si rares d'harmonie conjugale.

– Habitue-toi à y penser toujours et à agir en conséquence : la Russie est une puissance mondiale! L'équilibre mondial repose sur la Russie. Quiconque se refuse à croire cela sera amené à changer d'avis, même mes neveux en Allemagne et en Angleterre. La Russie est le seul roc qu'on ne fera jamais sauter. Lorsque la Russie sombrera, le monde n'existera plus!

Nicolas répondait par de petits hochements de tête.

– Ce serait triste, papa..., dit-il, si le destin de la Russie dépendait d'une jeune fille.

– Il peut dépendre d'une puce. La plus grande part des souffrances est causée par des choses de moindre importance. Je ferai venir cette petite chez moi...

– Tu veux recevoir Matilda, papa? (Le tsarévitch regardait l'empereur avec une immense surprise.) Pourquoi donc?

– Je veux lui expliquer qu'elle doit danser partout, à Berlin, Vienne, Paris, Londres, New York, Rome, Tokyo, Bruxelles, Madrid, Mexico... accompagnée de cette annonce : « Voici ce que la Russie offre au monde! »

– Elle doit le savoir, papa. On le lui a sûrement déjà dit!

– Je veux le lui dire moi-même.

Alexandre applaudit plus fort. Le rideau se leva de nouveau. Matilda fit une profonde révérence pleine d'humilité sous le déferlement des ovations.

– Je te charge d'arranger ça, reprit le tsar.

– Quand veux-tu la voir, papa?

– Lorsqu'il lui conviendra de recevoir le tsar.

Nicolas regarda son père d'un air incrédule, puis il se leva et alla trouver Boris qui, debout à l'arrière-plan, applaudissait lui aussi comme un furieux. Le tsar n'ordonnait pas; il *demandait,* c'était là une nouveauté bouleversante.

– Tout va bien, Boris Davidovitch? demanda le tsarévitch.

Soerenberg, au garde-à-vous, regardait vers la scène par-dessus la tête de l'héritier du trône.

A présent, Matilda était submergée par les corbeilles de fleurs que des laquais en livrée traînaient des deux côtés de la scène. Gigantesques bouquets venus des serres de Saint-Pétersbourg et qui coûtaient autant que le salaire annuel d'un manœuvre.

– Tout a été arrangé selon les désirs de Votre Altesse Impériale..., répondit Boris sur un ton protocolaire.

Il était officier, l'intime du tsarévitch... Les pensées et les sentiments personnels n'avaient rien à y voir.

– Le secret est assuré?

– Absolument.

– Je puis m'en remettre à vous. (Le tsarévitch frappa d'un geste amical l'épaule de son aide de camp.) Si vous deviez avoir des problèmes compliqués à résoudre, confiez-vous à moi. Je vous aiderai toujours.

– Je le sais, Votre Altesse Impériale, merci. (Soerenberg répondit au sourire amical de l'héritier du trône.) Mais je n'ai aucun problème.

Matilda deviendra sa maîtresse, pensait-il dans le même temps. Je ne puis l'empêcher. C'est fatal et la fatalité n'est pas un cas personnel, on ne peut pas la changer. Nicolas Alexandrovitch, non, je n'ai pas de problème.

Le rideau s'abaissa de nouveau, mais le brillant public applaudissait toujours, le tsar et la tsarine aussi.

Cela n'arrivait que rarement. Peu de personnes, ce jour-là, à l'Opéra, pouvaient se souvenir d'un pareil triomphe. Une délicate jeune fille à la chevelure noire avait conquis Saint-Pétersbourg.

Toujours attachée à sa colonne, Rosalia entendait le tonnerre des applaudissements. Les machinistes, les figurants, les danseurs, les électriciens passaient en courant devant elle sans lui prêter la moindre attention. Finalement, Passoukov surgit, transpirant, épuisé par ce triomphe, et excité à l'extrême par ce qui allait se passer derrière la scène dans la loge de l'étoile.

– Hé! rugit la Bondareva sur une note déchirante. Hé! arrête, crétin!

Passoukov s'arrêta comme s'il avait reçu un coup en pleine poitrine. Ah! la vieille! Les yeux injectés de sang, il se retourna.

– Ah! dit-il seulement, pas davantage.

– Ces applaudissements sont-ils adressés à ma petite fille? cria Rosalia.

– Certainement!

– Le tsar applaudit aussi?

– Tous.

– Ils félicitent mon petit cygne? Leurs Seigneuries applaudissent Matildouchka? Est-ce vrai? Est-ce bien vrai? Tout ça s'adresse au sang de mon cœur?

– Comment un ange tel que Matilda peut-il être issu d'un gouffre aussi infernal? lança Passoukov anéanti. C'est bien le second prodige de Matilda Felixovna...

– Délie-moi, punaise! cria Rosalia. Le monde entier peut admirer ma colombe, seule sa propre mère est retenue loin d'elle! O race de démons, libérez-moi! (Elle releva la tête et rugit :) Mes braves gens, libérez-moi. Ayez pitié d'une mère prisonnière! Ne m'abandonnez pas...

Passoukov se secoua comme s'il sortait de la Neva et poursuivit son chemin. Les autres dédaignèrent de regarder Rosalia. Si on l'avait attachée ainsi, il devait y avoir à cela une bonne raison. Pourquoi se poser des questions?

La Bondareva renonça aux cris, pleura en silence et atteignit peu à peu un état si pitoyable que l'on pouvait vraiment être ému de son chagrin. Après tout, elle était la mère de Matilda et ce n'était pas sa faute si elle n'avait pas eu de berceau en bois sculpté, ni de professeurs, si elle ne parlait pas français et si nul ne lui avait appris à se comporter dans la haute société. Mais elle s'était haussée avec sa fille jusqu'à ce triomphe, on devait le reconnaître. Oh! oui, fils de chiens, pour parler comme Rosalia...

On la libéra lorsque les projecteurs et les décors furent enlevés.

– Merci! dit-elle poliment. Dieu vous le rende!

Puis elle envoya à chacun des machinistes un coup de pied dans les tibias et s'en fut fièrement, la tête haute, vers les loges.

Mais elle n'alla pas plus loin, quatre soldats de la garde barraient le couloir.

– Pourquoi? demanda d'abord la Bondareva encore polie.

– Ça ne te regarde pas, vieille taupe! répondit le sous-officier. Disparais!

Rosalia fit un petit signe de tête. Elle comprenait cette manière de s'exprimer. Soudain, elle devina pourquoi la garde impériale formait un barrage. Son cœur palpitait, il est vrai, mais une peur profonde, maternelle, monta en elle... De la peur seulement, et aucune fierté de se trouver éclairée du soleil de la bienveillance impériale.

– Je m'en vais, queue de rat! jeta-t-elle au sous-officier ébahi. Si jamais tu as une fille, je souhaite que ta maison soit assaillie comme celle d'une chienne en chaleur. Alors pense à moi...

Elle se détourna, quitta l'Opéra, arrêta une troïka de louage et se fit amener au palais Stroïtsky.

– Voilà la bonne vie, remarqua le cocher. Tu gagnes le double, hein? Le jour auprès de Leurs

Seigneuries, le soir au théâtre! Oui, il faut veiller à se garder le cul au chaud!

Rosalia voulut risposter en braillant, puis elle remarqua qu'elle portait encore son costume de paysanne : pouvait-on en vouloir à ce cocher?

Devant le palais, elle mit pied à terre, tira le cordon de sonnette. Deux laquais parurent qui la dévisagèrent, les yeux écarquillés, et s'inclinèrent profondément.

– Donnez un rouble à ce pauvre tourmenteur de chevaux! dit-elle d'une voix claironnante, puis elle pénétra dans *son* palais.

S'il tombe de son siège, pensa-t-elle gaiement, il ne faudra pas s'en étonner, ou le croire ivre : il m'a vue entrer chez moi!

La loge était devenue trop étroite. Seul, un petit passage subsistait entre les gigantesques bouquets de fleurs pour atteindre la table à maquillage. Le paravent derrière lequel on se déshabillait avait été poussé de côté pour faire place à une petite table ronde et à deux sièges. La table était ornée comme pour célébrer une fête et couverte d'une lourde argenterie, de porcelaine de Saxe et de cristal venus de France. Matilda recula devant les effluves du pénétrant parfum des fleurs.

Après la fermeture, elle était restée seule. Auparavant, ils l'avaient tous embrassée sur les joues : la Iegorovna, Petipa, la grande Zucchi, le visage congestionné, Cecchetti encore en transpiration, Passoukov métamorphosé, et naturellement le concurrent de Petipa, le premier danseur et chorégraphe Ivanov, du célèbre théâtre Marie.

Après ces baisers, ils laissèrent Matilda seule.

Entre les fleurs, elle distingua enfin un uniforme

de gala des hussards de la garde. Elle s'immobilisa et rit, heureuse mais très fatiguée.

– Boris, pourquoi te caches-tu? Je t'ai découvert tout de suite! As-tu vu comme ils étaient tous enthousiastes? Le tsar s'est levé et s'est penché par-dessus le bord de sa loge, il m'a même adressé des compliments par gestes. Le tsar... à moi! Où est maman? Pourquoi n'est-elle pas ici? Pourquoi avez-vous barré toutes les issues?

Boris contourna lentement les corbeilles de fleurs, se pencha vers Matilda et l'embrassa sur le front presque fraternellement. Puis il la conduisit à la petite table magnifiquement servie. Elle le regardait, surprise, puis elle saisit vivement sa main qu'elle baisa. Soerenberg n'eut pas le temps de l'en empêcher.

– Du champagne, dit-elle admirative, du champagne français! Boris, d'où as-tu fait venir cette vaisselle? Quels verres merveilleux! Allons-nous fêter cette soirée ici même? Pourquoi pas à la maison? Je suis lasse, chéri, et certainement je m'effondrerai après le premier verre de champagne. Je n'ai plus aucune force!

– Je ne suis plus ici qu'une *décoration*, Matilda, répondit Soerenberg d'une voix soudain étranglée, oui, comme les fleurs et les rubans. J'ai reçu une haute mission : celle de te demander si tu consens à exaucer une prière...

Elle le regardait sans comprendre, puis elle toucha la poitrine de Boris de son index et lui demanda :

– Que t'arrive-t-il, Boris mon amour?

– Le tsarévitch m'a chargé de te prier de fêter ici ton succès avec lui, annonça Soerenberg d'un ton glacial.

– Non..., balbutia-t-elle, et son visage pâlit puis rougit. Non...

– Tu refuses?

– Oui... c'est-à-dire non! Non! Je ne peux tout de même pas refuser au tsarévitch... Boris, aide-moi! Je ne peux tout de même pas dire au tsarévitch...

– Non, tu ne le peux pas, répondit Boris très grave, cependant que son cœur martelait ses côtes et qu'un vertige jamais éprouvé s'emparait de son cerveau. Le grand-duc attend à côté ta réponse.

– A côté? Mon Dieu! (Elle s'appuya contre lui.) Boris, que dois-je faire?

– Je lui dirai que tu sais apprécier cet honneur de célébrer avec lui ton premier triomphe.

– Boris! (Elle se cramponnait à lui.) Et toi, Boris? Je t'en supplie... ne me laisse pas seule avec lui... reste tout près... Boris, tu sais bien que je voulais avec toi et maman...

– Je ne compte pas, Matilda, et maman le comprendra... Je vais chercher le tsarévitch. (Il se pencha vers elle, déposa un baiser sur sa chevelure sombre et dit doucement :) Dieu soit avec toi, Matiliouchka, je t'aime inexprimablement. Et c'est seulement parce que je t'aime de la sorte que je peux supporter cela. Dieu te bénisse...

Il sortit en hâte.

Une minute plus tard, le tsarévitch entrait dans sa loge : il portait des orchidées blanches dans un geste d'offrande comme un ostensoir.

10

Pour chaque être humain, tôt ou tard vient l'instant où il sait avoir atteint le point culminant de son existence. Souvent, cette certitude se révèle brusquement, comme un coup du destin qui frappe tel l'éclair. Parfois, elle termine un long développement, c'est l'arrivée au but, le fruit de toutes les peines. Mais, toujours, lorsqu'on sent que l'on ne pourra dépasser ce sommet et qu'il ne se passera plus rien, on en est paralysé.

Jusqu'à ce que l'on sache, et que l'on comprenne, la vie continue – mais avec un autre visage.

Matilda fit une profonde révérence lorsque parut le tsarévitch. Elle entendit la porte se refermer avec le son métallique de la serrure; elle perçut le bruit de ses pas, elle éprouva son approche et n'osa pas lever la tête pour le regarder. La voix de Nicolas avait un timbre voilé lorsqu'il dit :

– Matilda Felixovna, je vous avais promis d'être présent à votre triomphe. Il fallait que ce fût un triomphe, j'en étais sûr dès le début. Vous avez conquis aujourd'hui non seulement Saint-Pétersbourg, mais également le tsar et moi-même! Mon père vous prie d'aller le voir. Je viens donc remplir ma mission.

Les battements du cœur de Matilda précipitèrent

leur rythme. Maintenant, je meurs, pensa-t-elle... c'est donc ça mourir... ce grand calme... ce vide infini. Elle attendit l'obscurité de la mort, mais elle resta enveloppée de clarté.

Elle sentait le parfum des radieuses orchidées, elle entendit le tsarévitch manier un objet, un martèlement rythmique retentissait dans le lointain. Les accessoiristes démontaient les décors.

– Altesse impériale, dit-elle à voix basse, en quoi ai-je mérité cet honneur...

– Je suis venu simplement en tant que Nicolas Alexandrovitch et je voudrais boire seul avec vous une coupe de champagne à votre succès. Laissons cette Altesse impériale! Je n'en vois aucune ici.

Matilda frémit. La main du tsarévitch saisit son coude et la releva de sa profonde révérence. Elle redressa la tête... et ce fut de nouveau comme lors de leur première rencontre, quand ses doux yeux de timide la virent reflétée dans la grande glace, s'exerçant à la barre. Ce regard transperçait Matilda, la livrait toute à lui.

Elle se releva et reçut les orchidées blanches que Nicolas lui tendait de l'autre main. Puis ils se trouvèrent debout, face à face, ne sachant que se dire.

– J'ai pensé..., dit enfin Nicolas, que notre petite fête se déroulerait dans votre loge sur le lieu même de votre triomphe. D'ailleurs cet endroit est plus facile à surveiller. Saint-Pétersbourg est un nid à ragots... si l'on heurte un caillou du pied quelque part dans un jardin, la cour, le ministre de l'Intérieur, le chef de la police, celui de la police secrète et le directeur de la clinique chirurgicale l'apprennent dans la minute qui suit : L'héritier du trône a buté contre une pierre! Comment est-ce possible?

Qui a placé cette pierre sur son chemin? Etait-ce un attentat? Cherchez et trouvez le coupable...

Matilda riait.

Ce rire la libéra enfin de ce poids interne qui l'anéantissait. Néanmoins tout avait une résonance si étrange et si irréelle. Elle se détourna, déposa les orchidées dans une corbeille dorée sur sa table de maquillage et regarda le tsarévitch par l'intermédiaire du miroir.

– Je ne pourrais pas vivre ainsi, dit-elle honnêtement.

– Il le faut, en ce qui me concerne, Matilda. Il m'arrive d'envier tout individu qui grandit libre comme l'aigle. C'est un fardeau et non pas une joie d'hériter de la couronne de Russie.

– Se savoir l'homme le plus puissant du monde, cela doit être exaltant!

– Le tsar l'est-il?

– On le dit partout.

– Mais dit-on aussi combien le pouvoir rend solitaire? Dit-on combien on a froid là-haut sur le trône, car aucune chaleur humaine ne vous y atteint plus. Le grand tsar! La plupart de mes prédécesseurs vivaient avec une sœur jumelle : la peur! Seul, mon père n'a pas peur. Alexandre Alexandrovitch est un roc. Vous le connaîtrez bientôt, Matilda.

Le tsarévitch s'en fut vers la porte, l'entrouvrit à peine et frappa dans ses mains.

Comme si l'on avait attendu ce signal, trois serviteurs en costume oriental surgirent dans la loge, portant des saladiers d'argent, des plats couverts de cloches, des seaux à champagne où plongeaient des bouteilles. Le tout fut posé sur la table de maquillage.

D'un long regard Nicolas s'assura que rien ne manquait, puis en silence il fit un signe.

Les trois serviteurs disparurent sans bruit, seule la porte cliqueta légèrement lorsque la serrure se referma.

Matilda secoua la tête lorsque le tsarévitch souleva l'une des cloches maintenant les mets au chaud et huma, le cou tendu, le plat découvert.

– Qui donc mangera tout cela? demanda Matilda. Tout ceci est pour nous seuls?

– Un peu de caviar et du potage aux truffes, un jeune esturgeon fumé, des filets de faisan aux champignons des bois, et un parfait aux noisettes. Avec cela, du vin de Géorgie, du champagne de Crimée. C'est tout! Voilà un dîner presque modeste pour la nouvelle reine de la scène pétersbourgeoise!

– Je n'ai jamais mangé aucun de ces plats, ah!... si, du caviar! J'avais douze ans lorsqu'un homme étrange vint chez nous. Il était petit, portait un couvre-chef brodé et une longue barbe noire; il montra à ma mère un grand pot en verre plein de caviar et lui dit : « Je vous fais une proposition, madame Bondareva. Je vous livre du caviar, vous ouvrez un commerce de cette marchandise et en peu de temps vous serez une femme riche! La contrepartie? Vous me confiez votre fille. Je l'habillerai de soie et de velours, elle sera le bonheur de mes vieux jours. »

– On aurait dû fouetter aussitôt ce mauvais drôle! lança le tsarévitch furieux. Qu'a répondu votre mère?

– Rien.

– Rien! s'écria l'héritier du trône, scandalisé.

– Le petit homme à la coiffure brodée a passé trois semaines à l'hôpital. Les médecins ont cru d'abord qu'il s'était brisé la colonne vertébrale, car il a redescendu l'escalier comme une bûche qui dévale les marches...

– J'ai hâte de connaître votre mère! (Nicolas souleva le couvercle de la coupe emplie de caviar sur un lit de glace.) J'aurai à la remercier plusieurs fois, pour ce qu'elle a fait pour vous, Matilda... Puis-je vous servir?

– Mais Votre Altesse Impériale...

Elle s'assit à la petite table. Son visage était très rouge et elle croisa ses mains lorsque le tsarévitch, comme un maître d'hôtel bien stylé, servit le caviar et déboucha l'une des bouteilles de champagne.

– Mes amis m'appellent Niki, reprit le tsarévitch en emplissant les coupes, pourriez-vous les imiter?

– Jamais, Votre Altesse.

– Et si je vous en priais de tout mon cœur?

Il s'empara des mains de Matilda, les porta à ses lèvres et les baisa. Le regard de ses yeux rêveurs déchaîna en elle un trouble douloureux.

– Je souhaite que ce soir ne soit pas notre dernière rencontre! Si vous ne me trouvez pas tout simplement affreux, Matilda...

Il s'assit en face d'elle, éleva sa coupe et lui sourit. C'était un sourire réticent, presque triste, une mélancolie baignée de joie secrète.

Il n'est pas heureux, pensa Matilda. Cet homme qui régnera un jour sur le plus grand Etat de ce monde, qui comptera parmi les plus puissants, le futur tsar au pouvoir illimité, cet homme est, au tréfonds de son âme, très triste. Pourquoi est-il tellement différent de l'image que l'on se fait d'un tsar? Qu'est-ce qui l'accable?

Soudain, Matilda eut pitié du tsarévitch, une pitié mêlée d'un sentiment qu'elle ne pouvait s'expliquer. Mais de ces deux impressions résultait un penchant fatal pour ce bel homme élégant, mince, aux yeux de biche, qui buvait à sa santé.

– Je suis très heureuse de me trouver avec vous, Niki, dit-elle d'une voix hésitante.

Le tsarévitch éleva plus haut encore sa coupe.

– Merci. Votre « Niki » a retenti à mes oreilles avec une douceur inégalée : je ne l'ai jamais entendu prononcer ainsi! Buvons au destin : il m'a cette fois montré sa bienveillance.

Les coupes s'entrechoquèrent. Ils burent le champagne, goûtèrent le caviar rafraîchi un peu salé, puis ils restèrent silencieux un instant.

Soudain Matilda demanda :

– Puis-je vous poser une question, Niki?

Le tsarévitch sursauta :

– Mon cœur palpite lorsque vous dites Niki...

– Le caviar est donc une nourriture réservée aux très fortunés?

– Entre autres...

– Je ne comprends pas. (Elle déposa sa cuiller d'argent et but une gorgée.) Pour moi, ce sont de petites billes salées au goût de poisson. Quoi de particulier là-dedans?

– On ne peut guère l'expliquer. (Nicolas Alexandrovitch réfléchit et reprit :) La finesse des grains, l'art de la salaison, la rareté... (Il rit soudain, se leva d'un bond, saisit le plat de caviar et le déposa sur la table à maquillage.) Je suis un homme stupide, dit-il en même temps, grondez-moi, Matilda. Auriez-vous préféré un potage aux légumes? Dites-le! Que dois-je faire à présent de ce potage aux truffes?

– Il faut le goûter, Niki...

Soudain, elle trouvait tout simple d'appeler l'héritier de l'empire russe Niki. Ce petit nom affectueux lui allait vraiment bien. Nicolas Alexandrovitch Romanov, cela avait une résonance dure, on devinait d'avance le tsar. En revanche, Niki était un compagnon pour les heures joyeuses ou mélancoliques. Dans Niki se reflétait la nostalgie de ce que Nicolas eût tant aimé être, mais qui ne lui était pas permis ni possible de devenir : simplement un habitant de la Russie.

Ils goûtèrent le potage aux truffes avec de la crème que Matilda trouva tout à fait délicieux, les truffes mises à part.

– Elles ont un goût de moisi, dit-elle, mais je pense que c'est leur saveur naturelle.

– Ce sont des champignons très précieux qui viennent d'une région de France, le Périgord. C'est là qu'on les trouve, grâce à des porcs.

– Des porcs? Niki, à présent vous vous moquez de moi.

– C'est la vérité. Les paysans lâchent leurs porcs et là où ils les voient renifler et creuser le sol du groin se trouve la truffe. Mais cela n'existe qu'en Périgord.

– C'est pourquoi elles sont si recherchées?

– Oui.

– Egalement lorsqu'elles ont une odeur de moisi?

– Matilda! Je vous promets que notre prochain dîner sera composé de bortsch, de concombres, de blinis et de pirojki!

Le tsarévitch toucha de l'index la cloche d'argent recouvrant un grand plat :

– Puis-je vous offrir ces aiguillettes de faisan? Mais je vous mets en garde : la chair en est restée rose. Je puis avoir confiance en mon cuisinier français, pourtant je crains de vous entendre dire : C'est de la chair crue!

– Elle est vraiment crue?

– Non, elle est « à point ».

– Ce qui signifie?

– Cuite exactement comme elle doit l'être. Une minute de plus et tout Français qui se respecte serait offensé de se voir servir un tel mets!

– Essayons ce plat, Niki. (Matilda riait et se frottait les mains. Le champagne la rendait joyeuse et noyait toutes ses réticences.) Voyons s'il a atteint ce « point » désiré!

– En l'accompagnant de vin rouge de Géorgie qui luit comme un rubis au soleil.

– Et pèse ensuite comme du plomb sur le cerveau. C'est bien cela?

– Nous le boirons avec prudence, Matilda.

Nicolas déposa sur leurs deux assiettes les aiguillettes découpées dans la poitrine dodue des faisans et versa la sauce par-dessus, y ajouta des petits légumes cuits à l'étouffée, déboucha le vin, le versa et servit le tout avec une adresse remarquable. Comme s'il n'avait fait que cela toute sa vie, lui qui avait une petite armée de laquais et de serviteurs qui lui épargnaient le moindre geste et que dirigeait un majordome portant le titre de comte.

Puis assis face à face, ils goûtèrent le vin capiteux de Géorgie et leurs regards se transformèrent.

– Ma mère m'a dit une fois ce qu'une servante lui avait confié..., commença Matilda. Les premières gorgées de vin rouge l'embrasaient comme un fleuve de feu coulant dans ses veines. Cela se passait sans doute là-haut, vers le Nord, dans un domaine appelé Novolandorska. Il appartenait au comte Mikhaïl Leontonovitch Probinsky qui fut un des derniers à abolir le servage dans ses terres. La servante s'appelait Marouta. Je me souviens très bien de toute l'histoire, parce que maman m'a dit : “ Ne l'oublie pas, il peut t'arriver exactement le même malheur en ce monde maudit. ” Ainsi

Marouta était jeune et jolie, fille d'un bûcheron du comte. Un jour, le comte Probinsky la vit par hasard qui travaillait dans les champs; elle binait des betteraves. Il l'appela, l'invita à monter dans sa calèche, l'emmena sur sa terre et comme elle voulait se sauver – le comte essayait de la toucher – il lui donna à boire du vin rouge. Marouta ne savait pas ce que c'était et s'imaginait boire quelque jus de fruits venu des régions méridionales, ainsi que le prétendait le comte.

» Lorsque Marouta revint à elle, elle était couchée dans la hutte du bûcheron, son père. Celui-ci pleurait amèrement, lui montrait un rouble en or et disait en grinçant des dents : " Si seulement je pouvais t'abattre ! " Mais comment tuer son enfant à coups de gourdin? Marouta mourut pourtant en accouchant et son père étrangla son petit-fils, à peine celui-ci commençait-il à respirer; par la suite, on le pendit pour ce crime. Ma mère me répéta : " Souviens-t'en, Matilda, si un élégant cavalier t'invite, t'offre du vin, c'est qu'il veut t'étourdir! Il n'a rien d'autre en tête... puis il s'en va, ne dit pas même merci et te laisse seule face à un avenir incertain. "

Elle leva son verre et but à la santé du tsarévitch :

– A cette soirée, Niki! Niki, je n'ai pas peur...

– Il ne s'agit pas de cela, Matilda! (Nicolas chipotait dans son assiette.) Il faut absolument que je parle à ta mère.

– Pourquoi sommes-nous réunis ici? demanda-t-elle.

Le tsarévitch éprouva un choc : quelle question!

– Le futur tsar rencontre secrètement une petite danseuse de son ballet. On ne peut pas dire que ce soit habituel... même après une première.

L'héritier du trône posa ses couverts et regarda en silence Matilda de ses yeux rêveurs, l'espace de quelques battements de cœur.

Puis il dit :

– Que voulez-vous que je vous dise, Matilda?

– J'ai appris à dire toujours la vérité : *Dis-la*, même si tu dois être abattue ensuite...

– Votre mère vous a-t-elle recommandé...? Ce doit être une femme extraordinaire.

– Maman... extraordinaire? Je ne sais pas. Toute sa vie, elle a frappé autour d'elle dans son combat pour survivre. Nous sommes deux femmes parmi les centaines de milliers d'individus qui composent votre peuple, Niki, qui, pour chaque jour où ils ont mangé à leur faim, remercient le ciel avec ferveur, parce que personne ne sait si le lendemain il sera encore rassasié. Maman voit le monde autrement que vous... mais est-ce extraordinaire?...

– Depuis notre première rencontre, j'ai toujours pensé à vous, dit le tsarévitch. Dès ce jour, je ne vous ai jamais perdue de vue. Je savais toujours ce que vous faisiez.

– Mustin le nain vous en faisait le compte rendu.

– Ainsi que Boris Davidovitch. Je sais naturellement que vous êtes installée au palais Stroïtsky, que Soerenberg a fait l'acquisition d'un traîneau-troïka... Je dois vous avouer que j'ai tremblé de jalousie.

– Niki!

Elle le regardait avec effroi.

– Dans mes pensées, dans mon âme, dans mes rêves, vous étiez toujours avec moi, Matilda. Est-ce une réponse suffisante à votre question : pourquoi sommes-nous aujourd'hui ensemble? C'est un début... Je souhaite encore beaucoup de soirées avec vous, Matilda, non pas dans une loge d'artiste, mais chez vous, au palais Stroïtsky, ou chez mes amis à Tsarskoïe Selo. Je... il faut que je vous voie! (Il repoussa brusquement son assiette.) C'est si bête de parler ainsi en compagnie d'un rôti de faisan! Riez de moi, Matilda, à présent je le mérite vraiment!

– Et que dira la cour? demanda-t-elle, le souffle coupé. Le tsar? La tsarine? Les grands-ducs?

– Ceux-là vivent-ils ma vie?

– Mais... vous êtes la Russie, Niki.

– C'est ce que l'on réclame de moi. (Nicolas regardait Matilda, l'air presque suppliant.) Vous doutez-vous combien ce fardeau est inhumain? Pour le déposer, m'évader quelques heures, pour être un homme de temps à autre aussi niaisement heureux que le plus humble koulak... C'est pourquoi je veux me trouver auprès de vous. Je vous en prie, sauvez-moi de cette attente cruelle : n'être jamais que le tsar à venir...

– Moi? Pourquoi moi? Que puis-je donc faire, Niki?

– Etre présente... embellir quelques heures... être un refuge pour moi où nul ne me trouvera. J'ai besoin de vous, Matilda.

Près de trois heures plus tard, Boris Davidovitch ramenait dans la nouvelle troïka Matilda chez elle.

Le tsarévitch avait quitté l'Opéra par une sortie de scène. Personne, parmi ceux qui cheminaient encore dans les rues de Saint-Pétersbourg, ne se douta que dans cette simple calèche qui cahotait lentement dans les avenues recouvertes de glace se trouvait l'héritier du trône.

Sa seule escorte était le nain Mustin.

Matilda, enveloppée de fourrures, la tête rejetée en arrière sous le ciel glacé clouté d'étoiles, était coiffée d'un bonnet aux poils longs qui ne laissait voir de son étroit visage que ses yeux et son petit nez. Elle avait posé sur sa bouche un carré de laine. Chaque respiration gelait aussitôt et se figeait en glaçons blancs.

– Il m'aime, Boris, dit-elle tout bas.

– Je le sais.

Soerenberg regardait fixement le dos du cocher. Les grelots attachés au bois recourbé sonnaient clair, les chevaux trottaient et leurs naseaux fumaient. Il était assis à côté de Matilda, enveloppé d'une pelisse de loup.

– Il dit qu'il a besoin de moi.

– Si le tsarévitch le dit, il faut le croire.

– Sans doute est-il malheureux, il préférerait ne jamais devenir tsar.

– Mais il y sera obligé!

– Tu n'en dis pas davantage? Tu m'aimes pourtant aussi.

– C'est tout autre chose, Matilda; notre amour durera jusqu'à notre mort...

Elle acquiesça d'un petit signe de tête et appuya son front contre son épaule :

– Je comprends. (Sa voix était à peine audible, du fait de ce châle couvert de glaçons, des sonnailles du traîneau, du trot des chevaux.) Je ne serai... qu'un épisode...

– Tu ne devrais penser à rien d'autre, même si tu aimes Nicolas Alexandrovitch.

– Je ne sais pas si je l'aime, Boris.

– Mais moi je le sais.

– Et tu le supportes? Tu peux en parler ainsi, tout simplement?

– Nous sommes semblables à un peu de terre, Matilda. La terre vit de pluie et de soleil, de vent et de sécheresse, de canicule et de gel. Elle s'entrouvre parfois et se referme. Elle est sans vie, grise, et soudain elle verdoie de nouveau, elle laisse les ouragans se déchaîner sur elle comme un incendie dévastateur... et pourtant elle a toujours de nouveau la force de donner des récoltes. Même un désert n'est pas mort. Il revit lorsque l'eau le pénètre.

Il se pencha sur elle, lui baisa les yeux et s'efforça de ne pas crier : Ce sont des mensonges, de stupides bavardages! Une ironie anesthésiante! Je pourrais embrocher le tsarévitch sur mon sabre lorsque je pense qu'il t'embrasse...

Mais il ne cria pas. Il s'adossa, fixa le ciel glacé vastement constellé et dit à voix haute :

– Je veux seulement que tu sois heureuse. Aujourd'hui, demain, toujours! Ce sera le devoir de ma vie.

– Jamais je ne pourrai te remercier...

– Il me suffit que tu sois là.

Au palais Stroïtsky régnait une grande inquiétude.

Rosalia Antonovna bondit à la rencontre de sa fille, jeta un véritable hurlement et serra Matilda contre elle :

– Que t'a-t-il fait, mon petit cygne? gémissait-elle. Dois-je le maudire? Nous, ses pauvres sujets, n'avons que le droit d'obéir même au lit! Boris, qu'as-tu à bayer aux corneilles? Fais quelque chose! Prépare une révolution, fais sauter en l'air toute la race des tsars! Ah! si j'étais un homme! Viens, ma chérie, repose-toi, sois bien tranquille, ne voyez-vous donc pas qu'elle a subi un choc? Le tsarévitch a écrasé une jeune vie! Comment ça a-t-il commencé, mon oiselet? Raconte, libère-toi de ce fardeau de chagrin...

– Avec du caviar et du champagne, répondit Matilda d'une voix lasse.

Elle s'assit sur le sofa et ôta sa toque de fourrure.

Dans la chaleur subite, les glaçons fondaient; l'eau coulait de ses cheveux sur son visage, on eût dit qu'elle pleurait.

Boris jeta sa pelisse dans un coin et se dirigea vers une table sur laquelle des carafons de cristal contenaient des vins doux, des liqueurs, du cognac. Il versa pour lui et Matilda un porto et apporta le verre à la jeune fille.

La Bondareva s'arrachait les cheveux.

– Du caviar et du champagne? Oui, ça commence toujours ainsi! C'est la manière distinguée de ces messieurs pour prendre une fille par l'estomac! Boris, tu ne me donnes pas un verre?

– Je ne peux en porter que deux, petite mère. (Boris se plaça entre la mère et la fille.) Le tsarévitch a soupé avec Matilda, pas davantage! dit-il durement.

– Rien? Y étais-tu?

– Dans l'antichambre.

– Le mur a-t-il un grand trou?

– Il serait préférable, petite mère, que tu ailles te coucher, il est déjà tard...

– Ah! on veut m'éloigner! Ecoutez-moi ça : on veut m'envoyer au diable, on veut me cacher la vérité, à moi, une mère tremblante d'angoisse! Caviar et champagne... et rien ensuite, seulement boire et manger? Qui croira ça? Et si c'est vrai : ciel, n'y a-t-il donc plus d'hommes? J'ai attendu ici, courant de tous côtés en m'arrachant les cheveux, puis je me suis agenouillée dans la chapelle, ensuite je me suis collée à la fenêtre dans l'attente du traîneau... Et la voilà qui arrive enfin, mon cœur de mère se déchire, mon âme brûle et je me dis : A présent, tu vas apprendre... que tu es devenue la belle-mère secrète du tsarévitch! Et que dois-je entendre? Rien n'est arrivé, malgré le caviar et le champagne. Oh! je meurs! Mon cœur s'arrête. Comment survivre à cette déception?

Elle se laissa tomber dans un grand fauteuil, étendit ses jambes devant elle et ne protesta pas lorsque Boris lui fit boire du vin à petites gorgées comme si elle était paralytique.

– C'est un timide, maman, dit Matilda pensive, je puis difficilement l'expliquer... mais lorsque je regarde ses yeux je deviens triste, car je sens qu'il n'aura pas une vie heureuse, plus tard, une fois tsar. Sais-tu ce que j'ai pensé lorsqu'il m'a raconté combien il est heureux à Tsarskoïe Selo où il se promène dans le parc ou s'assied au soleil dans un coin à l'abri des regards? Dieu le préserve de ce que je devine; j'ai pensé : Tu ne deviendras pas vieux, Nicolas Alexandrovitch...

– Encore ça! gémit la Bondareva. Non, quel malheur! Le futur tsar l'aime, et elle pense qu'il ne deviendra pas vieux! Est-ce ton affaire? Boris, comment expliquer à cette enfant qu'une femme vieillit plus rapidement qu'un homme, surtout si elle est aimée?

– Il n'y a rien à expliquer! trancha rudement Boris. Le tsarévitch viendra chez nous ces jours-ci, nous devons nous y attendre.

– Ici? s'écria Rosalia. Je tomberai de mon haut comme une vieille souche, s'il me donne la main. Par tous les saints, que cherche-t-il ici?

– Une tasse de thé, un gâteau, bavarder, se reposer. Peut-être amènera-t-il des amis. On chantera, on boira, on dansera. Il faut qu'il se sente à son aise...

– Chez moi avant d'autres?

– Chez Matilda! C'est à peine si tu le verras, petite mère!

– Suis-je un épouvantail? Faut-il qu'on me cache, qu'on m'enferme lorsqu'un si grand personnage pénètre ici? Je te dirai, Boris, que je savais parfaitement me comporter avec des comtes, alors que tu étais encore dans les langes! Vois donc...

Elle recula et fit une profonde bien que maladroite révérence de cour.

Boris resta muet devant cette parodie.

La Bondareva se redressa et rajusta son décolleté qui avait glissé sur ses seins surabondants.

– Ça t'épate, hein? s'écria-t-elle. Ça n'est pas interdit! Je me suis exercée devant ma glace! Avec Mme Lapêche; elle a une boutique de vêtements de location et fréquente les plus hautes sphères de la société. Il lui a même été permis de faire la révérence devant la tsarine! (Rosalia Antonovna ficha ses poings sur ses hanches proéminentes et regarda sa fille avec un air de triomphe.) Je suis prête à tout, ajouta-t-elle fièrement. Laisse-le seulement venir, notre tsarévitch, je me propose de lui préparer des concombres si succulents qu'il bottera le lendemain les fesses de son cuisinier et le jettera dehors! Nicolas Alexandrovitch n'aura jamais rien goûté d'aussi exquis!

On en parla jusqu'à l'aube.

Le lendemain matin, vers 10 heures, une calèche de la remise impériale apporta quatre immenses corbeilles de fleurs au palais Stroïtsky. Deux laquais du tsarévitch les portèrent dans le hall et remirent une lettre pour Mlle Matilda Felixovna.

Le tsarévitch écrivait :

« Quelle nuit! Je n'ai pas pu dormir. J'étais pénétré par ta voix, ton regard, les gestes de tes mains, ta démarche ailée, ton rire musical. Tout, autour de moi, est irréel, harmonieux, d'une pureté angélique, comment l'humanité peut-elle produire un être tel que toi ? Le monde s'est transformé pour moi; il est devenu aussi beau qu'il pouvait l'être dans les souhaits et les rêves. »

Une lettre débordante d'adoration.

Matilda la lut à sa mère qui, aussitôt, éclata en sanglots et s'écria :

– Quelle science ! Les pauvres gens de notre sorte ne savent pas tout ce que l'on peut faire avec les mots ! Oh, mon Dieu, comme notre existence va changer !

A l'heure du déjeuner parut le nain Mustin. Il baisa la main de Rosalia qui rougit comme une jeune fille, puis ils restèrent assis en vis-à-vis, le nain aux jambes d'araignée, à la tête d'hydrocéphale et la dame de la maison aux cuisses débordantes, affligée d'un si encombrant corsage. Personnages plus extraordinaires physiquement que ceux des contes de fées.

La domesticité des Stroïtsky, qui s'efforçait de s'habituer au changement de maîtres – car il y avait loin de la distinguée Valérie Maximovna Stroïtskaïa, toujours si mesurée dans ses propos, à la tonitruante Bondareva aux expressions fort libres – servait le repas et admirait en silence la solidité des nerfs de Rosalia à qui la compagnie d'un tel épouvantail! n'ôtait pas l'appétit.

Boris Davidovitch avait congé ce jour-là. Il en profita pour choisir des cadeaux de Noël destinés à Matilda et aussi pour passer chez le prince Ioussoupov qui l'avait prié instamment de venir.

Le prince Kramskoï, que personne n'osait prévenir de son état proche de la démence, avait lui aussi assisté à la première où triompha la Felixovna, comme on l'appelait déjà à Saint-Pétersbourg. Il faisait partie du cercle des privilégiés ayant reçu une invitation.

Le bras encore en écharpe, il était assis dans une loge, en habit couvert de décorations, et sa lorgnette lui avait permis de reconnaître tout de suite la personne fêtée ce soir-là. Jusqu'à cet instant, il ignorait le nom de la belle dont l'honneur vengé avait fait de lui un infirme. Enfin, il l'avait appris! Pendant l'entracte, en grinçant des dents, il attira d'un signe son ami le prince Ioussoupov et lui dit d'une voix tremblante de colère :

– A cause d'un rat d'opéra, ma vie est fichue! Une femelle qui va de lit en lit, comme un joueur d'accordéon passe d'une foire à une autre!

– Je ne crois pas que la Felixovna appartienne à cette catégorie, répondit Ioussoupov, prudent. (Il attira Kramskoï dans une niche pour éviter d'être vu :) Valentin Vladimirovitch, tu devrais oublier toute cette affaire!

– Oublier? Avec un bras paralysé? Une cicatrice sur toute l'épaule? Oublier? Je ne serai heureux que lorsque je me trouverai debout, devant la tombe de ce Soerenberg!

– Retire-toi dans tes terres! insista Ioussoupov. Autrement, je craindrais de te voir en conflit avec la cour.

– En quoi ma vie privée regarde-t-elle le tsar?

– En rien. D'ailleurs, tu es absolument dépourvu d'intérêt, mais on entendra encore beaucoup parler de la Felixovna. Si ce que l'on m'a dit est exact, après l'entracte, la loge de la ballerine sera transformée en roseraie. Un petit souvenir de la part du tsarévitch... C'est un adversaire trop fort pour toi.

Le prince Kramskoï s'était tu, rêveur, puis il avait simplement planté là son ami Ioussoupov pour regagner rapidement sa loge. Installé là, il ne cessa pendant toute la seconde partie du spectacle de braquer sa lorgnette sur la Felixovna tandis que ses lèvres frémissaient de haine.

Ioussoupov, qui l'avait observé de sa loge personnelle, redouta aussitôt un incident terrible.

– Que ferons-nous de lui? demanda le prince Ioussoupov à son hôte Soerenberg. (Ils étaient assis dans la bibliothèque du palais, buvaient une liqueur de café en fumant un cigare.) Il ne quittera pas volontairement Saint-Pétersbourg. Un avertissement anonyme ne servirait à rien, le chef de la police se gardera d'interroger un homme tel que Kramskoï. Mettre le tsar au courant me répugne. Malgré tout, je considére Kramskoï comme mon ami; d'autre part, j'ai le devoir, Boris Davidovitch, de vous prévenir, car je sais que la vie de Kramskoï n'aura plus qu'un seul but : vous détruire. Que dois-je faire? Mais n'allez pas me donner ce conseil classique : il doit être possible de faire disparaître un homme sans laisser de traces... Nous ne vivons plus au temps d'Ivan le Terrible.

– On ne peut que rester en alerte et au pire... attaquer, répondit Boris. Peut-être devrais-je aller voir Kramskoï.

– Avez-vous perdu la raison, Boris Davidovitch? Vous ne ressortiriez pas vivant de son palais.

– Si un homme veut se venger à tout prix, on ne peut pas l'en empêcher. Il trouvera cent possibilités et plus encore; il ne reste que l'exclusion définitive dès la première tentative qu'il se permettra...

– Oui, faites ainsi, Boris. Je ne puis pas vous y aider, je ne puis que vous mettre en garde si j'apprends quelque chose. Est-il d'ailleurs exact que le tsarévitch témoigne de l'intérêt à la Felixovna?

– Qui dit cela?

– Votre question est une réponse suffisante. (Ioussoupov eut un sourire contenu :) Allez-vous aussi vous battre avec Nicolas Alexandrovitch au point de l'estropier?

– Il n'essaierait jamais de s'approprier quoi que ce soit par la force.

– Supposons qu'il en soit capable.

– C'est impensable!

– Essayez tout de même de vous l'imaginer.

– Je l'abattrais d'un coup de feu, ce qui me serait facile car il me considère comme son ami.

– Vous agiriez ainsi pour une Matilda Felixovna?

– Rien que pour elle!

– Mon Dieu, que vous devez aimer cette fille, Boris Davidovitch! Et quel cœur vous avez pour assister à la cour assidue que lui fait le tsarévitch!

– Il ne s'agit pas de cœur, Votre Altesse, mais de nerfs solides, capables de supporter le destin. Peut-être quelque chose changera-t-il en Russie grâce à Nicolas et Matilda...

– Le croyez-vous? Un nouveau couple comme César et Cléopâtre. Ciel! N'attirez pas le malheur! César fut assassiné, Antoine se jeta sur son glaive, Cléopâtre se fit mordre par un serpent venimeux et deux empires, Rome et l'Egypte, furent anéantis! Souhaitez-vous cela à la Russie?

Dans l'après-midi, ce même jour, une explosion ébranla les murs du palais Stroïtsky. Le traîneau amené par le cocher, et dans lequel Matilda devait sortir, vola en l'air, se démembra en quatre parties et retomba en éclats dans la cour intérieure. Le cocher eut le ventre lacéré; les chevaux, tombés les uns sur les autres, jetaient des hennissements suraigus à glacer l'âme. Ils ruaient pourtant encore tandis que saignaient leurs corps déchiquetés.

Dans le hall, Rosalia Antonovna tomba évanouie non sans avoir crié auparavant :

– C'est la fin du monde! Seigneur, aie pitié.

Aucun doute : on avait caché une bombe dans le traîneau.

La question se posa alors : Que fait-on lorsqu'une bombe a explosé? La plupart des gens diront : Se mettre à couvert et se jeter à plat ventre. Coller au sol, la tête entre les épaules, le derrière aussi plat que possible afin de n'offrir aucune cible précise, et attendre ce qui peut encore arriver.

Réaction naturelle, car qui se montrerait héroïque quand il faut se mesurer à une bombe déposée en secret?

En Russie, surtout à Saint-Pétersbourg, après l'attentat à la bombe perpétré contre le tsar Alexandre II, on s'était habitué à voir des extrémistes, des communistes, des adversaires de la Douma ou du régime, des fanatiques, des sectaires religieux ou de simples mécontents manifester leur mauvaise humeur par des charges de dynamite plus ou moins fortes.

Non pas qu'il y eût tous les jours des détonations aux quatre coins de la ville, comme si l'existence était devenue un feu d'artifice sans fin, mais lorsque retentissait l'explosion d'une bombe, une commission spéciale de la police venait sur les lieux, un détachement de cosaques était mis en alerte et un bataillon de l'infanterie de la garde attendait, l'arme au pied, l'ordre de marcher sur les éléments incontrôlés. Le plus souvent, ils manquaient les coupables et frappaient des innocents.

Si quelque part des craquements sinistres se faisaient entendre, on arrêtait au plus vite tous ceux qui, par leurs propos, leurs écrits, avaient paru indésirables ou que l'on soupçonnait de déposer des explosifs. C'étaient des « innovateurs » politiques, des têtes folles éprises de liberté, ceux qui critiquaient le tsar, les socialistes particulièrement, bref tous ceux qui avaient de gros dossiers aux archives de la police secrète, la si redoutée Okhrana. Alors un soupçon suffisait pour les condamner, et les envoyer en Sibérie.

L'explosion d'une bombe était ainsi toujours le motif, pour quelques centaines de citoyens et citoyennes russes, de se terrer dans la clandestinité pendant un certain temps, même s'ils n'avaient rien à voir avec cette bombe.

Ceux qui avaient été atteints directement ne se mettaient plus à couvert, ils disparaissaient. Là où une explosion a eu lieu, on le savait d'expérience, une seconde bombe ne se fait pas entendre de sitôt, de même que dans un entonnoir ouvert par un obus, un autre obus ne tombe que rarement. Au cours d'une attaque, il servait même de refuge relativement sûr – jadis!

A peine la bombe avait-elle explosé dans la cour du palais Stroïtsky, mettant en pièces le traîneau de Matilda, que le maître d'hôtel, deux laquais et le palefrenier s'élançaient vers l'enchevêtrement que formaient les chevaux hennissants, saignants, le cocher et les débris fumants du traîneau. Ils firent tout de suite place nette. De leurs pistolets aux canons allongés, ils délivrèrent d'abord les chevaux de leurs atroces souffrances. Les horribles hennissements cessèrent. Quiconque a entendu hennir un cheval blessé garde toute sa vie imprimé au fer rouge dans son âme cet appel déchirant.

Puis on retira le cocher des décombres. Ce n'était plus qu'un amas de chair sanguinolente dans une longue pelisse de fourrure déchiquetée. On le déposa à l'écart dans la neige et on l'examina.

Il ne fallait pas être médecin pour diagnostiquer que le solide Semion Ivanovitch Toulpinev ne s'assiérait jamais plus sur son siège. La bombe lui avait ouvert le ventre d'où s'écoulaient les entrailles, vision d'horreur. Toulpinev avait perdu conscience, il ne sentait plus rien, mais les nerfs de son corps en loques réagissaient encore. Inutile de songer à prolonger davantage son existence.

Le maître d'hôtel, qui avait été sergent dans l'artillerie tsariste, s'agenouilla près du mourant, se signa et dit d'une voix émue :

– Semion Ivanovitch, le Seigneur soit avec toi. Tu as toujours été bon, nous en sommes tous témoins. Tu as mérité le paradis. Intercède là-haut pour nous, tes bons amis.

Puis il appuya le canon du pistolet contre la tempe du mourant et fit feu. Ce que l'on accorde à un cheval, on ne doit pas le refuser à un homme : la délivrance.

Deux laquais transportèrent le cadavre dans l'écurie pour l'étendre sur la grande table de la sellerie où Semion plaçait toujours les harnais qu'il astiquait si parfaitement à la graisse de bœuf.

Pendant ce temps, la caméeriste s'occupait de Rosalia.

Comme la Bondareva était trop lourde pour qu'on la soulève du dallage de marbre dans le hall, on l'avait traînée jusqu'à l'escalier et adossée à la rampe. Elle était donc assise à demi sur le sol, la tête penchée en avant, tandis que la caméeriste l'éventait avec un tablier. A chaque coup de pistolet dans la cour, elle sursautait et glissait plus avant jusqu'à s'allonger presque entièrement.

Matilda était en train de passer un manteau de fourrure lorsque la bombe explosa. Elle allait quitter sa chambre. Les fenêtres s'ouvrirent brusquement, des éclats de verre tombèrent en pluie à l'intérieur et, avec un grand cri, Matilda s'enfuit à l'abri derrière un grand fauteuil et se laissa tomber sur le parquet. Puis elle entendit les hennissements affreux des chevaux et appuya ses mains sur ses oreilles; enfin, elle tira son manteau par-dessus sa tête et s'y enroula comme un chiot mourant. Une heure plus tard, le palais Stroïtsky ressemblait à une forteresse investie par des militaires.

La commission spéciale des explosifs dépendant de la police de Saint-Pétersbourg, avait tout barré et interrogeait le personnel. Des experts recherchaient dans les décombres les morceaux de la bombe. Mustin, le nain, était assis au chevet de Rosalia dont il tenait la main, essayant de la consoler.

Boris était venu du palais Anitchkov avec un détachement de hussards. Il avait reçu une double mission du tsar, qui lui avait donné en personne l'ordre de protéger la danseuse Matilda Felixovna et de rester de service au palais Stroïtsky. Et le tsarévitch qui, à l'annonce de l'attentat, avait pâli jusqu'à la racine des cheveux, venait de supplier Boris de ne pas quitter Matilda des yeux.

– Ces vautours! avait dit Nicolas d'une voix sourde. Rien ne leur est sacré désormais. Déjà, ils tuent la beauté pour frapper la Russie! Qu'est-ce que ces humains-là? Que leur a fait Matilda? Et ces créatures se croient appelées à régner sur la Russie? Dieu du ciel, où va notre pays? Mon beau pays si pieux doit-il devenir un Etat d'assassins? Boris

Davidovitch, il nous faut trouver ces poseurs de bombes et les anéantir!

En Russie on pensait toujours *politiquement*, c'est une orientation qui ne change pas.

Comme présent du tsarévitch, une calèche remplie de fleurs fut envoyée chez Matilda avec un billet :

« Bien chère, Dieu t'a protégée. Comment dire l'horreur que j'éprouve à la pensée de cet acte abominable? Je ferai tout ce que je pourrai pour te protéger. Ce ne peut être que le geste d'un fou, je ne vois pas d'autre explication. N. »

11

Le seul qui, en dehors des criminels, savait la vérité ou du moins la devinait, était le prince Ioussoupov. Il se tut d'abord, frappé de stupeur. Puis il s'en fut en traîneau chez le prince Kramskoï où il ne prit pas le temps de se faire annoncer. Il poussa de côté le valet de chambre de Son Altesse et ouvrit violemment la porte du salon.

Kramskoï, assis sur une chaise longue, lisait un journal. Il eut une expression joyeuse et fit signe à Ioussoupov d'approcher. Comme il ne pouvait pas lever son bras droit, il s'était fait faire un pupitre de lecture sur lequel se trouvait le journal et il pouvait ainsi tourner les pages.

– Tu viens exactement à l'heure du thé! dit-il. Assieds-toi. Qu'as-tu à me regarder d'un air si grave? Que se passe-t-il? De mauvaises nouvelles de tes terres? Il faut s'y habituer, les meilleurs régisseurs, même les plus honnêtes, cultivent l'art de tromper leurs maîtres. Mon cher, les traditions s'effritent à vue d'œil...

Le prince s'assit.

– Voici une demi-heure, une bombe a explosé chez Matilda Felixovna! dit Ioussoupov d'une voix rauque.

Kramskoï s'adossa.

– C'est effrayant! Où donc? Dans la maison? Quelqu'un a-t-il été blessé?

– La bombe avait été cachée dans sa troïka, elle a éclaté trop tôt.

– Ah! (Kramskoï regardait d'un œil fixe le plafond peint du salon. Un artiste italien l'avait orné de figures allégoriques.) La nouvelle étoile de Saint-Pétersbourg est indemne?

– Imagine-toi... quelle malchance pour l'assassin! Seuls, les chevaux et le cocher sont morts. Matilda était encore chez elle. (Ioussoupov se rapprocha de son hôte, repoussa brusquement le pupitre et attaqua. Il arracha Kramskoï de sa chaise longue et le tira à lui :) Tu n'as rien à dire à cela? demanda-t-il d'une voix enrouée.

Les yeux de Kramskoï flamboyèrent.

– Tu veux toi aussi te battre en duel? dit-il sur un ton oppressé. Malheureusement, ce n'est plus possible au sabre et je tire mal de la main gauche, ce serait un combat inégal, mais nous pourrions nous cracher dessus à courte distance...

– C'est ce que je ferais volontiers à présent! (Ioussoupov lâcha Kramskoï :) Quitte la Russie... aussi rapidement que possible!

– Es-tu fou? Pourquoi?

– C'est la dernière fois que je me tais.

– Tu n'as pas de preuves.

– L'horloger Cyrille Abramovitch Stepoura a apporté hier chez toi une boîte en carton. Faut-il l'interroger?

– Stepoura a réparé une pendulette.

– Donnera-t-il ce même renseignement lorsqu'on l'interrogera à l'Okhrana dans la cave n° 3?

Ioussoupov alla vers la fenêtre et regarda au-dehors. Un balayeur des rues tout emmitouflé poussait la neige sur le pont en dos d'âne enjambant le canal gelé.

– Le tsar lui-même s'est mis de la partie! Aujourd'hui encore, j'agis envers toi en ami, Valentin Vladimirovitch! Mais cela devient de plus en plus difficile. Veux-tu, chargé de chaînes, aller en Sibérie, à Sakhaline? Lorsque la vérité sera révélée, personne ne sera plus là pour te protéger!

Kramskoï se taisait, mais dans ses yeux qui, de temps à autre, perdaient leur expression et rappelaient ceux d'un poisson, la haine brûlait.

– Un Kramskoï périrait donc par la faute d'une danseuse venue d'on ne sait où? murmura-t-il.

Ioussoupov revint vers le milieu de la pièce. C'est le début de la démence, pensait-il et il ajouta à voix haute :

– La commission spéciale a noté les allées et venues des complices. Attendras-tu jusqu'à ce que l'on relève un indice?

– Il n'y en a aucun.

– La bombe n'est pas venue se glisser d'elle-même dans la troïka!

– Tu veux me forcer à quitter ma patrie, à céder mes terres, à laisser mon palais tomber en ruine, parce que j'ai pris le droit de me venger?

– Que t'a fait cette Matilda?

– C'est que tout vient d'elle...

– Parce qu'elle n'a pas cédé à ta volonté.

Kramskoï eut un rire brutal :

– Qu'est-ce qu'elle s'imagine? C'est une fleur du ruisseau de Saint-Pétersbourg! La fille d'une servante! De père inconnu! Où pourrait se nicher en elle le sentiment de l'honneur! Tout ce qu'elle a à offrir se trouve sous sa jupe!

– Je m'attendais à ce que tu réagisses ainsi.

Ioussoupov s'approcha de Kramskoï avec décision et avant que celui-ci eût pu l'en empêcher, il l'avait frappé du pommeau d'argent de sa canne.

Avec un gémissement, Kramskoï s'effondra sur la chaise longue et appuya sa main sur son front où une bosse bleue se gonfla aussitôt.

– Chien! grinça Kramskoï. Tu frappes un paralysé! Mais les Ioussoupov non plus ne sont pas immortels!

– Je saurai m'organiser en conséquence. Tu as perdu avec moi ton dernier ami. Et tu ne *peux pas* rester en Russie!

– Je survivrai à tous! lança Kramskoï d'une voix sourde. Oui, à tous! Les Ioussoupov et les Troubetzkoï, les Orlov et les Vorontzov, les Cheremetiev et les Poutiatine! Et le tsar! Un jour, il n'y aura plus de Romanov, mais encore des Kramskoï!

– On croit entendre le délire d'un fou! dit Ioussoupov effaré.

– Tu verras! (Kramskoï s'adossa, la main toujours pressée sur son front meurtri.) Je me lierai avec les communistes pour vous anéantir! Quitte ma maison, Félix : je ne te connais plus!

– Tu seras surveillé, Valentin Vladimirovitch. (La voix de Ioussoupov était glaciale, dépourvue de toute pitié :) Je ne me tairai plus si tu prends une autre décision que celle de quitter la Russie.

Il sortit du salon sans un adieu.

Kramskoï le suivit du regard et serra le poing. Puis il sonna son valet de chambre et lui tourna le dos afin qu'il ne vît pas la bosse sur son front.

– On devrait s'occuper de l'horloger Stepoura, dit Kramskoï sur un ton détaché. Cyrille Abramovitch est un bavard. Il paraît qu'il parle même à ses pendules. Voilà qui m'intéresse. On devrait une fois écouter ce qu'il raconte...

Le soir même, on trouva l'horloger Stepoura le crâne défoncé parmi ses pendules. Un inconnu lui avait brisé la boîte crânienne avec un marteau d'argent... le même marteau avec lequel Stepoura vérifiait le carillon de ses horloges.

Mais la police elle aussi devenait ingénieuse. Lors de l'interrogatoire du personnel au palais Stroïtsky, on avait répété plusieurs fois que *pas un étranger* n'y était entré, sauf trois ouvriers qui avaient dans la matinée accompli leur travail à l'intérieur.

Le maître d'hôtel responsable eut d'abord les oreilles rouges d'émotion, puis il fut brutalement pris à partie par le commissaire de police Tchoumkassy qui le traita de « marmite rouillée », et ajouta qu'on saurait bien la fourbir ainsi qu'il convenait!

Boris Davidovitch, pour calmer les esprits, fit observer que l'on ne saurait rien tirer de raisonnable d'un homme à l'esprit troublé et Mustin lui-même s'immisça dans l'interrogatoire en ordonnant à tous de regarder dans le miroir rond qui ornait son turban. Puis il se mit à crier sur un ton de conjuration :

– Malheur à celui qui mentira, le miroir se ternira aussitôt! je reconnais ainsi les pécheurs. Regardez et déballez ce que vous devez dire! La plus petite contre-vérité et le miroir s'assombrit!

Cet interrogatoire fut vraiment une affaire sérieuse.

Même le commissaire Tchoumkassy n'était pas très sûr en ce qui concernait le miroir porté par Mustin et se demandait si c'était un miroir magique. Mais il ne doutait aucunement de son pouvoir considérable sur les délinquants.

On apprit enfin la venue au palais, le matin même, de trois ouvriers : un ébéniste qui avait recollé le pied d'une chaise, un tapissier pour réparer une tenture de soie dans le salon vert, un serrurier chargé de placer un nouveau verrou sur une porte de la resserre.

Les policiers se mirent à l'œuvre.

Dans la chaise recollée, on ne trouva pas de nouvelle bombe, la tenture de soie du salon ne cachait pas de niche creusée dans le mur propice aux méfaits des dynamiteurs et le verrou de la resserre fonctionna sans provoquer d'explosion.

Malgré cela, c'était forcément l'un de ces trois travailleurs qui avait introduit la bombe dans la troïka.

Tchoumkassy envoya ses hommes en ville et, au bout de deux heures, les trois ouvriers se trouvaient garrottés et chargés de chaînes dans les écuries du palais.

Les interrogatoires sont toujours des entreprises absolument individuelles s'ils ne sont pas régis par des lois ou des décrets. Dans le Saint-Pétersbourg tsariste, il y avait bien un code de procédure, mais il n'était connu que de ceux qui l'étudiaient. Le simple prolétaire de la ville ou de la campagne acceptait sans se plaindre ce que les autorités – surtout en uniforme – lui imposaient.

A quoi bon protester? C'eût été s'attirer un choc en retour.

Le commissaire Tchoumkassy avait sa méthode personnelle pour interroger les prévenus.

Personne ne s'en était jamais plaint. Ni rejetée, ni critiquée, ni même interdite, elle était simplement toujours couronnée de succès!

Et le succès, comme on sait, compense tous les scrupules.

C'était un interrogatoire de déshumanisation. L'ébéniste, le tapissier et le serrurier furent d'abord rossés par souci d'égalité dans l'entrée de l'écurie.

On les gifla, les piétina, leur tira la barbe, les oreilles, leur assouplit l'échine à force de coups, puis on dit à chacun avec bienveillance :

– Je suppose que tes pensées sont claires à présent comme l'eau de la Lena. Comment t'y es-tu pris pour placer la bombe dans le traîneau? Montre-nous...

Naturellement, aucun des trois suspects ne put faire la moindre démonstration.

Tchoumkassy s'y attendait. Les rossées étaient monnaie courante pour une telle racaille, on n'obtient pas la vérité par de tels arguments.

On traîna les pauvres gens l'un après l'autre dans la chambre des selles.

Là se trouvait étendu sur la table le cocher mort Semion Ivanovitch Toulpinev, sa pelisse de fourrure entrouverte sur son ventre déchiré. Le médecin légiste avait constaté le décès sans s'arrêter à ce détail : en plus de son éventration, le mort avait la tempe trouée d'un coup de feu. Mais la vue de ce corps déchiqueté suffisait pour écrire dans le procès-verbal : « Mort par explosion d'une bombe. » Le cocher était donc exposé sur cette table, tout sanglant, offrant une vision que seul un policier endurci, aux nerfs d'acier, pouvait supporter.

L'ébéniste n'avait pas ces nerfs. Il éclata en sanglots, tituba, dut être soutenu, reçut un coup dans la nuque en manière de réconfort et avoua dans un flot de larmes qu'il avait trompé son beau-frère copropriétaire de l'ébénisterie de cent trente-quatre roubles non versés dans son escarcelle. Mais il n'avait rien à voir avec Toulpinev mis en lambeaux.

Le tapissier considéra le mort avec effroi, eut un hoquet et s'effondra. Quand on a constamment affaire à des matières aussi délicates et douces que la soie et le velours, on a bien le droit d'avoir les nerfs fragiles. Le commissaire Tchoumkassy le fit emporter et tira ensuite le serrurier dans la salle des selles. Celui-là, un petit gars noueux, du nom de Dragonetz, fit un signe de croix devant le mort, tourna de l'œil, vomit. Dehors, dans l'écurie, il se mit à pleurer et pleura plus fort encore lorsque les deux policiers, qui entre-temps avaient fouillé sa maison, revinrent avec un petit sac de cuir. Ils amenaient aussi sa femme, la gémissante Dragonetzkaïa, qui jura qu'elle ignorait que son mari cachait dans son atelier un sac contenant deux cents roubles.

Le commissaire la crut aussitôt, lui cria de se comporter raisonnablement et fit déshabiller le tremblant Dragonetz. Filiforme, pitoyable et nu comme un ver, chargé de chaînes, on le plaça dehors par un gel peuplé de glaçons tintants, puis on versa sur sa tête un arrosoir d'eau. Celle-ci gela aussitôt et forma des stalactites bizarres autour du crâne, des épaules, et du corps de Dragonetz.

– Souviens-toi..., lui dit alors Tchoumkassy avec bonhomie. (Là aussi sa méthode d'interrogatoire se révéla fructueuse.) Qui t'a donné ces deux cents petits roubles et comment as-tu placé la bombe dans le traîneau? Celui qui t'a donné l'argent t'a aussi fourni la bombe, n'est-ce pas? Je ne veux pas en savoir davantage, je t'en prie, mon cher Dragonetz, souviens-toi...

Au bout de deux heures, le serrurier totalement gelé était mort. Son cœur avait simplement cessé de battre : son sang s'était figé, ses valvules avaient gelé. Il ne tomba même pas, car les flots d'eau et la glace qui s'était formée l'avaient fixé au sol. Petit mort nu, scintillant de cristaux, il restait planté dans la cour.

– Casse la glace sur ses pieds et emporte-le! lança Tchoumkassy à la veuve. C'était lui! Il a déposé la bombe! Les deux cents roubles sont confisqués, c'est le salaire de Judas!

Ainsi le coupable venait d'être découvert, mais non pas celui qui, resté dans l'ombre, l'avait chargé de cette mission criminelle. Il resta dans l'obscurité et pour la police le mystère subsista, car il n'y avait pas de motif! Qui donc pouvait avoir intérêt à tuer Matilda Felixovna?

Il ne restait qu'une explication que tout le monde accepta en Russie : la politique! Des extrémistes fanatiques qui font tout sauter de ce qui assure la solidité d'un ordre établi. Il s'agissait de détruire des valeurs, et également les valeurs culturelles. La nouvelle étoile au ciel des ballets russes était l'une de ces valeurs. Le rapport de police devint ainsi une accusation politique et rendit suspectes des personnes que l'on arrêta les jours suivants pour les amener à la forteresse Pierre-et-Paul, ce dont elles furent immensément étonnées.

Le soir de ce jour fertile en événements, de nouvelles corbeilles de fleurs furent déposées au palais Stroïtsky, cette fois pour Rosalia Antonovna. Le tsarévitch réclamait l'honneur de faire sa connaissance le lendemain.

La Bondareva sombra dans de nouvelles terreurs, mais elle ne tomba pas, car elle était encore au lit.

– Le tsarévitch vient chez nous? Il vient réellement? Le jour de Noël! Aidez-moi! Je veux me cacher! Matilda, dis-lui simplement que l'on me croit atteinte de la peste. Alors ils me laisseront en paix.

– Impossible, mamouchka, tu prépareras un bon

thé pour Nicolas Alexandrovitch. Je dois danser demain. Le tsar donne pour sa famille et son petit cercle d'intimes une soirée dans son théâtre privé. Ensuite, le tsarévitch me ramènera ici.

– Et moi je meurs ! râla Rosalia. Est-ce un soir de Noël ? Jadis, dans la Krasnogary, j'ai fait des gâteaux pour nous, et nous avons chanté en chœur. Certes, nous étions pauvres, mais heureux et satisfaits. Personne ne lançait des bombes sur nous, personne sous mes fenêtres ne gelait sur place des criminels; seul le cher, le vieux Minajev était là et nous offrait un cadeau tiré de sa boutique de brocante.

– Tu peux aussi préparer des gâteaux pour demain et chanter avec nous.

– Chanter avec le tsarévitch ! O Dieu !

Elle roula ses yeux, tira la couverture par-dessus sa tête et resta immobile comme une morte sous un suaire.

Plus tard, elle se leva tout de même, examina les splendeurs florales qui encombraient sa chambre et décida de préparer le lendemain une tarte au beurre pour le tsarévitch, comme on en fait à Noël dans la région des lacs, son pays natal.

Il ne faut pas s'imaginer que le choc de cette journée n'avait pas laissé de traces chez Matilda. Boris eut dans les premières heures beaucoup de peine à la rassurer; c'est seulement lorsque arrivèrent la lettre et les fleurs du tsarévitch et que Soerenberg lui eut fait boire quelques gouttes de cognac que ses nerfs se calmèrent.

– Qu'ai-je donc fait ? répétait-elle. Boris, dis-moi ce que j'ai fait ! Ça ne peut pas être vrai que l'on veuille me tuer parce que je danse bien, que je suis jolie, dit-on, et parce que j'ai eu du succès. Faut-il qu'à la suite de chaque représentation, je pense :

Rentreras-tu vivante à la maison? Quelqu'un va-t-il te tuer lorsque tu descendras de voiture?

– Je ne crois pas que cet attentat se renouvellera, répondait Soerenberg. (Lui non plus ne s'expliquait pas le drame, il ne pensait pas au prince Kramskoï.) Nous sommes devant un mystère! disait-il.

Plus tard, le petit Dragonetz devait geler sur place sans avoir ouvert la bouche, en emportant son secret en échange duquel il aurait peut-être pu garder la vie, s'il avait su profiter de cet atout.

Le mystère resta donc entier.

Dans la matinée du premier jour des fêtes de Noël, une forte escorte de hussards de la garde accompagna la calèche fermée du tsar qui était venue chercher Matilda pour l'amener à la soirée.

Boris se trouvait assis auprès d'elle, son pistolet de cavalerie chargé sur ses genoux.

Le nain Mustin, qui était venu dans la calèche du palais Anitchkov, resta au palais Stroïtsky auprès de Rosalia.

– Oui, vous êtes un vrai cavalier, Mustin Fedorovitch, lui dit la Bondareva d'une voix de stentor.

Debout depuis l'aube, elle tracassait la domesticité et conduisit au désespoir la cuisinière qui voulait confectionner des gâteaux au miel pour le tsarévitch, tout en refusant de faire une tarte au beurre, selon la tradition du pays des lacs; c'était, prétendait-elle, un gâteau de pauvre saupoudré de sucre et de cannelle...

Rosalia, déterminée à imposer sa volonté, lança la pâte du gâteau au miel contre le mur de la cuisine, traita la cuisinière de chatte puante et ordonna de tout préparer pour la confection d'un gâteau convenable.

– Vous allez m'aider, dit-elle au nain, c'est ce qui

s'appelle une véritable amitié. Commençons par mettre au travail cette valetaille fainéante. Que le monde serait beau, Mustin, s'il y avait davantage de gens comme nous!

Ils formaient un couple étrange, mais nul n'eût osé en rire.

Et tandis que Matilda roulait vers le théâtre privé du tsar, le palais Stroïtsky s'animait de courses folles, de bordées d'injures peu propices au recueillement. Pourtant, en quelques heures, tout avait pris un aspect de fête, et les bougies placées à profusion étaient ornées de petits nœuds de satin. C'était une idée de Rosalia. Même Mustin n'osa pas lui déconseiller ces enjolivements, tant elle s'en montrait satisfaite.

Sur le chemin du palais impérial, Matilda prit encore Tamara Iegorovna dans sa voiture. Celle-ci la serra sur son cœur comme si elle la retrouvait après de longues années.

– Tout Saint-Pétersbourg parle de l'attentat, dit-elle. Ton nom est sur toutes les lèvres. Il y a partout des arrestations! Tous jurent qu'ils n'avaient aucune raison de te tuer. Les plus connus des extrémistes désavouent ce mauvais coup. Ma colombe, comme tu as dû souffrir! Pourras-tu danser aujourd'hui?

– Le tsar le veut, répondit Matilda à voix basse. Aussi cela ira...

– Et si tes forces t'abandonnent?

– Non! (Elle eut un sourire radieux :) Il sera là, Tamara... je danserai pour lui... Niki...

Le tsarévitch la reçut lui-même, la souleva hors de la voiture et la mena, par de nombreuses galeries aux murs de marbre, ornées de statues, jusqu'au théâtre privé du tsar. Ils marchaient à quelques pas en avant de Boris, de la Iegorovna et de plusieurs personnes de la suite.

– Comment te sens-tu? demanda Nicolas. J'ai dit à mon père que tu étais au bord d'une fièvre nerveuse et qu'il ferait mieux de remettre cette représentation... Mais non, le tsar, cet ours, veut sa soirée. Pour cette heure, il s'est exercé inlassablement depuis des semaines, en emportant même sa contrebasse dans sa chambre à coucher.

– Qu'a-t-il fait? demanda Matilda effarée.

– Tu vas avoir l'explication : c'est une marotte de mon père que seul un petit cercle de la cour connaît. Nous arrivons à présent au théâtre par le haut... alors tu verras tout.

Nicolas ouvrit une porte tendue de velours. Ils pénétrèrent dans une loge et s'approchèrent de la balustrade. Devant eux rutilait la salle du petit théâtre rouge et or du tsar. Les fauteuils étaient encore vides; seul, l'orchestre était installé derrière la rampe et répétait quelques passages du *Lac des cygnes*.

En cet instant, tous les musiciens regardaient le chef d'orchestre de la cour, Vladimir Ievseïevitch Marabov, qui leur expliquait que le rythme était fautif. Il ne se servait pas pour cette critique de paroles désobligeantes ni de cris, comme il arrive à des chefs d'orchestre. Il parlait à mi-voix aimablement, avec de temps à autre de légers saluts.

Car cet orchestre avait une particularité : personne n'enviait à Marabov, son chef, l'honneur de le diriger.

– Regarde! Tu vas comprendre! dit le tsarévitch sur un ton bas. Le premier violon est l'archiduc Vladimir, le second le prince Bartytsch. Le solo de flûte est joué par le grand-duc Ivan, l'alto et la viole sont tenus par les frères comtes Novroky et celui-là, au violoncelle, qui se gratte la tête avec son archet, c'est mon père, le tsar Alexandre III. Mais le meilleur de l'orchestre, c'est le grand à la grosse caisse! Oui, celui aux moustaches tombantes, aux yeux de Chinois. C'est le général Gengis Khan, l'un des derniers descendants de la « terreur des peuples ». Lorsqu'il cogne sur sa grosse caisse, on croit entendre rouler le tonnerre! Mon père est enthousiaste de cet homme. Depuis des années, il cherche un compositeur capable d'écrire un morceau pour grosse caisse et contrebasse, mais il semble que personne ne s'y hasarde. (Le tsarévitch plaça un bras autour des épaules de Matilda et l'attira contre lui :) Tu vois donc notre orchestre impérial! Il jouera pour toi aujourd'hui, car il accompagnera ta danse.

Le pauvre Marabov frappa son pupitre de sa baguette.

– Encore une fois depuis la portée 32, si vous le voulez bien, s'écria-t-il en levant les bras. Votre Majesté, je vous prie : n'attaquez pas en plein à 36. Seulement un léger contact! Et que Votre Majesté daigne se rappeler qu'à partir de 38, la basse ne fait que souligner les glissandi des premiers violons...

– J'interprète cela autrement! cria Alexandre III. Vladimir Ievseïevitch, si Tchaïkovski était encore en vie, il me donnerait raison. En doutez-vous? Mon violoncelle exprime les sentiments les plus élevés – non pas seulement un accompagnement ainsi que vous le pensez! Messieurs, je vous prends à témoin : qui a raison?

Certainement le pauvre Marabov était bien à plaindre, malgré son titre de chef de l'orchestre impérial!

L'orchestre restait silencieux. On ne voulait pas approuver le tsar, puisque c'eût été désavouer Marabov et que l'on pensait comme lui que la contrebasse devait seulement accompagner les violons dans ce passage... C'est alors que le général Gengis Khan frappa de sa baguette sur sa grosse caisse et un grondement puissant retentit.

– Qu'est-ce que cela signifie? rugit le tsar.

– Marabov a raison, gronda Gengis Khan en réponse. Votre Majesté doit rester à l'arrière-plan. Tchaïkovski en avait décidé ainsi! C'est indiqué dans la partition!

– On peut rectifier ce qui est fautif, répondit Alexandre vexé. Les compositeurs peuvent aussi se tromper, un tsar jamais! N'est-ce pas évident?

– Pas dans *Le Lac des cygnes*, Majesté. (Le général mongol adressa au malheureux chef d'orchestre un petit signe encourageant :) Allons-y Vladimir Ievseïevitch! Avez-vous quoi que ce soit à reprocher à mes roulements?

– Non, rien, mon général...

– Ah! (Gengis Khan regardait l'empereur d'un air de triomphe.) Il faut avoir la sensibilité de le sentir!

La dispute ne rebondit pas, car un éclat de rire du tsarévitch mit fin à la controverse. Résigné, Marabov abaissa sa baguette.

– Qui a ri là-haut? rugit le tsar, levant la tête vers les loges obscures.

– Ton fils, petit père.

– Niki! (Le tsar posa son archet :) As-tu entendu ça? Ils sont tous contre moi! A présent même dans l'orchestre! Partout la rébellion, partout des soulèvements! On va jusqu'à contester mon interprétation personnelle, lorsque je joue de la contrebasse. Nous en sommes là, mon fils. Es-tu seul?

– Non, Matilda Felixovna est avec moi, père.

– Qu'elle descende! (Le tsar posa ses mains en auvent sur ses yeux et regarda vers les loges :) Où êtes-vous?

– Derrière la balustrade, père. Elle exécute justement une révérence de cour!... (Nicolas rit de nouveau.) Tu l'as effrayée, père.

– Descendez! (Le tsar fit signe des deux mains.) Lorsqu'elle dansera son solo, je ferai entendre ma basse à en faire frémir les cœurs! Que cela plaise ou non à Marabov et à Gengis Khan. Cela me plaira à moi! Si je pouvais encore parler à Tchaïkovski, il modifierait aussitôt ce passage! Messieurs, répétons encore!

Accompagnés par les harmonies du *Lac des cygnes,* Matilda et le tsarévitch descendirent vers l'orchestre.

Le tsar qui maniait son archet avec dextérité rit à leur vue.

Et pendant l'heure qui suivit, l'homme le plus puissant de la terre fut presque heureux.

A peu de mortels échut l'honneur d'être reçu et interpellé par le tsar. Il n'avait serré la main qu'à quelques personnes en leur disant : « Assieds-toi à côté de moi! » Mais à qui avait-il avoué : « Je suis enthousiasmé! »

Le tsar Alexandre III était grand, fort comme un taureau, emporté, pleinement conscient de son pouvoir absolu, vrai dieu déguisé en humain, monarque en toute chose, avec un crâne d'airain mais, tout au fond de lui-même, possédant un cœur tendre, ce que ne lui reconnaissaient que peu de personnes et pas du tout ses proches. Il gouvernait la Russie avec sévérité et justice, du moins le croyait-il. Profondément religieux, il respectait la famille et la fidélité conjugale, n'entretenait pas de maîtresses comme ses prédécesseurs et construisait des palais dans les plus belles régions de son empire. Il ignorait la signification du mot « favori » – ces lécheurs de bottes qui, jadis, conseillaient le tsar et recevaient en retour de beaux domaines. Alexandre III faisait davantage confiance à son inspiration personnelle, s'entourait de conseillers triés sur le volet et prenait cependant des décisions de son propre chef, ce qui irritait fort la Douma – le Parlement russe –, qui se considérait comme un organe politique authentique et tendait de plus en plus à faire du tsar une figure représentative.

Avant tout, les jeunes politiciens progressistes attisaient une résistance massive à la maison des Romanov et propageaient une nouvelle conception de la liberté : le gouvernement du peuple par des représentants élus par les masses.

Le tsar Alexandre III, cet ours monumental assis sur son trône, considérait ces tendances avec désinvolture ou grognait, selon son humeur. Mais quiconque parlait trop fort recevait, comme par le passé, un passeport pour la Sibérie et disparaissait dans l'étendue sans limites de la taïga. En cela rien n'était changé dans l'histoire millénaire de la Russie. Le tsar était-il aimé du peuple? Qui pouvait le dire?

Le peuple russe n'a, sans doute, jamais aimé aucun tsar; il a toujours respecté, craint, subi le tsar, considéré comme l'envoyé de Dieu, une des calamités imposées par le ciel contre lesquelles on est sans défense. Qui peut arrêter un ouragan? Qui peut contenir la poussée des eaux du Ienisseï? Bloquer les cieux afin qu'il ne neige plus, petit frère? Et tu veux supprimer le tsar? Va, allume un grand cierge pour la guérison de ton esprit perverti...

Matilda s'assit à côté du tsar sur une chaise de l'orchestre après qu'il l'eut relevée de sa profonde révérence.

Marabov, le chef d'orchestre, fit répéter le dernier passage et s'essuya le front en se demandant comment ce concert se passerait dans une heure, sur la scène. Le grand-duc Ivan, le premier qui avec sa flûte se ferait entendre en solo, lançait un regard de temps à autre et n'arrivait pas à maintenir le ton, ce qui pour Marabov était un supplice. Mais lorsqu'on a un tsar dans l'orchestre, on ne peut pas brailler : « Alors, quoi, des conversations pendant une répétition? Dehors, ceux qui ne jouent pas! »

Mais heureusement, cet auditoire distingué applaudirait de bon cœur, même si on avait ici ou là quelque peu violenté Tchaïkovski.

– Tu danses comme un elfe! déclara Alexandre à Matilda. J'ai vu beaucoup de danseuses, mais de toutes, tu es celle qui a le plus bel avenir devant soi! (Il la tutoyait tout naturellement, elle était une enfant du peuple, de son peuple, et il était le père de tous! L'appeler mademoiselle comme le tsarévitch ne lui serait jamais venu à l'esprit.) Tu nous aideras à faire aimer la Russie dans le monde entier. Ce que brisent les diplomates, l'art doit le réparer! En réalité, il ne faudrait avoir comme ambassadeurs que des chanteurs, des sculpteurs, des danseurs, des écrivains, des artistes dramatiques... Ce sont les seuls qui représentent la valeur vraie d'un peuple.

– Votre Majesté a oublié les musiciens, dit Marabov timidement.

– Et les militaires! grogna le général Gengis Khan.

– Tu les entends? (Le tsar caressait la joue de Matilda.) Ils veulent tous avoir quelque chose à dire! Où cela nous mènera-t-il? Encore heureux que je possède la voix la plus forte! (Il saisit de nouveau sa contrebasse, lança un clin d'œil à Matilda et leva son archet.) Continuons, commanda-t-il. Marabov, vieux corbeau, pourquoi m'envoyez-vous sans cesse des rappels à l'ordre? N'avez-vous pas entendu l'effroyable trémolo de l'archiduc Ivan?

Nicolas entraîna Matilda. L'audience était terminée. Ils quittèrent l'orchestre. Nicolas emmena Matilda dans sa loge et déposa un baiser sur ses yeux avant de la quitter.

– Rien de changé? demanda-t-il. Nous allons chez toi après la représentation?

– Maman se réjouit de votre venue, c'est le plus beau jour de sa vie.

C'était mal interpréter la réalité, car Rosalia n'était pas précisément enchantée. Elle s'était transformée en volcan rugissant.

Rien ne marchait plus au palais Stroïtsky. Ce que la Bondareva avait réussi magnifiquement pendant des dizaines d'années tournait au désastre : son chef-d'œuvre, la tarte au beurre de son pays natal, était un amas cireux!

En revanche, le gâteau au miel de la cuisinière se révéla une incontestable réussite! Comment supporter un tel camouflet!

La présence de Mustin empêcha Rosalia de gifler la triomphante cuisinière, mais elle ne put se retenir de traiter le maître d'hôtel d'âne castré.

Lorsque le chaos devint inextricable, au moment où Rosalia disait à Mustin : « Avant que le tsarévitch n'entre ici, j'aurai eu mon attaque! Mustin, mon cher, ai-je mérité une telle fin? » deux calèches de la cour apportèrent un grand samovar doré, de la porcelaine de Saxe, des couverts de vermeil, d'énormes pâtisseries avec de la crème – véritables œuvres d'art, dignes du plus habile des orfèvres –, de lourdes nappes damassées et des verres en cristal de Bohême.

Tout cela porté par des valets revêtus de la livrée impériale, commandés par un fonctionnaire de la cour, très imposant dans son habit de soie. Un cuisinier tout en blanc, coiffé d'une toque énorme, lui aussi apparut solennel, réservé et laconique.

Il visita la cuisine, la jugea acceptable, renifla le gâteau au miel de la cuisinière et déclara :

« Mam'selle, vous devriez le laisser refroidir, à notre connaissance les chiens se gâtent l'estomac à consommer de la pâtisserie chaude! » Il se débarrassait ainsi, avec élégance, de la cuisinière qui alla en pleurant se réfugier dans sa chambre.

– Allons! dit Mustin satisfait, lorsqu'en un clin d'œil tout parut organisé comme on en avait l'habitude à Tsarskoïe Selo, le tsarévitch ne réussira jamais à goûter tes blinis aux champignons, Rosalia Antonovna! Chaque fois, quelqu'un s'y oppose!

– Pas la prochaine fois! grommela la Bondareva. Aujourd'hui, ils m'ont roulée, mais la prochaine fois, je les jetterai dehors!

Ce n'était pas là une vantardise, Mustin faisait confiance, sur ce chapitre, à la Bondareva.

Cet après-midi-là, premier jour des fêtes de Noël de l'année 1893, commença pour Matilda et Nicolas un temps de parfaite félicité.

Presque tous les soirs, le tsarévitch venait dîner au palais Stroïtsky et Rosalia préparait pour lui des plats populaires, depuis l'épaisse soupe à l'orge mondé jusqu'à l'esturgeon farci. Et lorsqu'elle portait elle-même les plats, les hanches épanouies, le tablier encore noué sur son ventre, le visage rougi par le feu du foyer, traînant à sa suite les vapeurs de la cuisine, elle disait par exemple en s'asseyant à table, très fière :

– Niki, voici un lièvre des neiges tout à fait remarquable! Je l'ai acheté chez Vitia Leontinovitch, cet archicoquin marchand de gibier au coin de la Krasnogary. Il a voulu me glisser un vieux lièvre tout sec, mais je l'ai poursuivi dans toute la boutique et lui en ai envoyé une sur les oreilles! Alors il a été me chercher un beau lièvre bien frais dans l'arrière-boutique!

Ces croustillantes histoires accompagnaient le début du repas, et le tsarévitch se sentait heureux.

Ainsi s'enfuyaient les semaines de ce long hiver. Matilda dansait à l'Opéra, allant de succès en succès. Lorsqu'elle était libre un soir, elle s'asseyait devant la fenêtre, sachant que le tsarévitch viendrait. Elle attendait, impatiente, jusqu'à ce qu'elle entende le rythme des sabots de son cheval et l'aperçoive remontant l'avenue. Alors elle allait l'accueillir dans l'antichambre du palais et se jetait à son cou. C'était un bonheur jeune, exaltant, et Rosalia Antonovna qui, en femme d'expérience, voyait plus loin, disait parfois à son ami le nain Mustin :

– Comment cela finira-t-il? Comment?

– Attendons la suite.

– Il deviendra tsar un jour, et Matilda ne pourra jamais être tsarine.

– Impossible.

– Nous sombrerons tous dans le malheur, je te le dis! A moi, autrefois, ils n'ont fait qu'un enfant, mais je n'en ai pas été brisée. On fera pire à Matilda et elle en sera brisée! Ciel! aide-nous! Que faire?

Il n'y avait rien à faire.

Les soirs où Matilda ne dansait pas, le tsarévitch invitait ses meilleurs amis au palais Stroïtsky. On faisait de la musique après le dîner, on dansait, un ténor célèbre chantait des romances que le tsarévitch accompagnait lui-même au piano. On chantait en chœur de vieilles chansons populaires. On se masquait, et à cette occasion les déguisements les plus fantaisistes étaient primés. Des poètes encore inconnus lisaient leurs œuvres; à la fin de la soirée, ils étaient si impérialement comblés par quelques roubles d'or, qu'ils pouvaient pendant près d'un mois vivre en ignorant la faim.

Matilda Felixovna devint la grande dame de Saint-Pétersbourg – naturellement tout à fait en secret.

A chacune de ses visites, le tsarévitch lui apportait un bijou. Elle avait sa loge personnelle dans les théâtres et au cirque, elle possédait un équipage avec un cocher qui était un tireur émérite au pistolet et, lorsque au printemps la glace fondit en libérant la Neva et la mer, un voilier de luxe l'attendit à quai avec un capitaine, cinq matelots, un cuisinier et une cameriste.

De temps à autre, ils s'en allaient en voiture chasser aux environs de Saint-Pétersbourg. Alors Matilda restait sous une tente chauffée, tandis que le tsarévitch, avec ses amis, ses cousins et ses officiers, prenait part à la chasse à courre. Une fois, ils décimèrent toute une bande de loups. Nicolas Alexandrovitch se métamorphosa complètement en peu de temps. S'il avait été jadis un adolescent silencieux, replié sur lui-même, presque farouche, il se lançait à présent dans des chevauchées téméraires, de véritables attaques, il s'épanouissait et osait même, ce qui jusqu'alors eût été impensable, contredire son père!

Ce que la société de Saint-Pétersbourg sut au bout de quelques semaines, le tsar ne l'apprit qu'assez tardivement. Ce fut son ami et conseiller Pobedonoszev qui le mit au courant, estimant qu'il n'y avait plus rien d'autre à faire qu'avertir le tsar.

L'amour qui liait l'héritier du trône à la ballerine avait pris une gravité que l'on ne pouvait considérer que sous l'angle politique. L'ancien précepteur de Niki et son meilleur ami, le discret Katkov, dut reconnaître que Matilda Felixovna jouait un plus grand rôle dans la vie du tsarévitch que la perspective de devenir tsar un jour.

Alexandre III renifla bruyamment, fit venir Nicolas et lui dit, brutal :

– Qu'elle danse! Elle est née pour ça! Mais qu'elle laisse, dès à présent, le futur tsar en paix!

Et Nicolas osa dire pour la première fois à son père :

– Je ne suis pas content de toi, papa, tu me traites encore comme un enfant! Tu traites tous les autres comme des imbéciles! Je continuerai à vivre avec Matilda!

– Alors je l'exilerai! s'écria le tsar.

– Je la suivrai, où qu'elle aille.

Après cette conversation, Alexandre III fut ému à l'extrême, déconcerté.

– Il faut que mon fils ait le cerveau dérangé! dit-il à Pobedonoszev. Comment régner sur la Russie s'il se cache sous les jupons d'une danseuse? Constantin Petrovitch, il faut agir! Ne peut-on contrebalancer l'influence de cette Matilda?

– Une seule femme pourrait jouer ce rôle, répondit Pobedonoszev. C'est celle dont le tsarévitch s'était épris : Alice, princesse de Hesse.

– Cette Allemande! renifla le tsar, de la famille des hémophiles!

– L'hérédité n'est pas certaine, mais seule Alice a jusqu'à présent fait impression sur le tsarévitch. Aucune des princesses dont l'alliance serait possible ne l'a séduit.

– Attendons... Comment faire autrement? Préparez pour le printemps un voyage de Niki en Allemagne. Mon Dieu, il faut tout oser pour maintenir la dynastie!

– C'est, d'après mes informations, le moyen qui s'impose. (Depuis des semaines, Pobedonoszev était informé de toutes les rencontres de Matilda avec Nicolas.) Alice de Hesse est la seule femme, reprit-il, que l'héritier du trône échangerait contre Matilda Felixovna... s'il est convaincu que ce choix est d'une importance vitale pour la Russie! Malgré tout, c'est un Romanov!

– Dieu le veuille! dit le tsar solennellement. Je n'ai plus que peu de temps pour assister à ce dénouement.

Pobedonoszev se figea.

Pour la première fois, Alexandre III parlait d'une maladie que jusqu'alors personne ne soupçonnait.

12

Après l'attentat à la bombe manqué au palais Stroïtsky, la terrible mort par réfrigération du serrurier Dragonetz, l'assassinat mystérieux du pauvre horloger Stepoura qui avait fabriqué et livré la bombe au prince Kramskoï, le prince Ioussoupov parut une dernière fois au palais Kramskoï.

– Je suis venu, dit-il d'un ton dur, pour rompre l'amitié qui nous liait vous et moi, Valentin Vladimirovitch. Nous n'avons plus rien de commun. Si vous aviez l'intention de m'assassiner moi aussi, ce serait difficile. Dehors, vingt hommes de mes troupes personnelles attendent pour prendre votre palais d'assaut et vous mettre en pièces!

Le prince Kramskoï fit un léger signe de tête. Il savait qu'il avait perdu sur toute la ligne et que son ami Ioussoupov ne pouvait plus le protéger.

Le tsarévitch, son autre ami, le traitait mal depuis des semaines. Il n'était plus invité, il ne prenait plus part aux randonnées amicales dans la campagne, on l'abordait avec une froideur blessante lorsqu'on le rencontrait au palais Anitchkov.

Kramskoï savait d'où venait ce revirement. Jamais Niki ne se trouvait seul. Toujours Boris Davidovitch était à son côté, et si effectivement

Nicolas passait toutes ses journées chez Matilda Felixovna, mieux valait pour Kramskoï fuir Saint-Pétersbourg.

– Où aller? lança-t-il en fixant Ioussoupov d'un œil morne.

– N'importe où... avant tout, sortez de Russie!

– Ce sera une mort rapide, répondit Kramskoï d'une voix frémissante. Un Russe sans patrie...

– Stepoura est mort plus rapidement encore avec son crâne défoncé et Dragonetz a gelé plus vite qu'il ne s'y attendait. Tous deux auraient probablement préféré une mort plus lente, mais naturelle, en exil.

– Je ne les ai pas tués! hurla Kramskoï.

– Allons-nous chicaner sur la signification des termes? Qui est l'assassin? Celui qui a ordonné de tuer, ou celui dont la main accomplit le meurtre? Je vous méprise, Valentin Vladimirovitch. Vous méritez d'être déchiqueté par les chiens!

Lorsque Ioussoupov quitta le palais, Kramskoï pleurait et déchirait de ses ongles les bras recouverts de soie de son fauteuil.

Quatre jours plus tard, le prince Kramskoï partait en voyage avec une petite suite dans deux berlines. Sa destination : le port de Danzig.

Un paquebot l'amena en Angleterre où un homme d'affaires lui avait déjà acheté une propriété à la campagne, dans le Hampshire, au cœur d'une région vallonnée qui ressemblait à un immense parc.

A Saint-Pétersbourg, on s'aperçut à peine de son absence.

Seules, trois jeunes filles envisageaient l'avenir avec désespoir. Elles étaient enceintes et il les avait abandonnées sans secours.

A la fin de février 1894, c'en était trop, même pour cet ours, l'empereur Alexandre III. Il fit venir en grand secret son médecin ordinaire dans son cabinet de travail et se planta devant lui. Grand, large, formidable, capable de fendre un arbre d'un coup de pied.

– Comment me trouvez-vous? demanda le tsar à voix haute, que pensez-vous en tant que médecin lorsque vous me regardez?

– Invincible comme l'empire russe! répondit prudemment le médecin.

On ne savait comment réagir avec Alexandre.

– Ce serait triste, grogna le tsar. Ainsi vous ne voyez rien?

– Rien. (Le médecin de Sa Majesté devenait de plus en plus prudent. Il jaugea le tsar du regard, mais l'homme qui se tenait devant lui, solide comme un moujik, éclatait de santé.) Votre Majesté aurait-elle des malaises?

– Est-il normal d'avoir des élancements dans le dos?

– Majesté...

– Paix! Est-il normal qu'en urinant on en vienne à se tordre de douleur?

Le médecin ordinaire devint blême :

– Depuis quand Votre Majesté éprouve-t-elle ces sensations? demanda-t-il d'une voix enrouée.

– Depuis des semaines... des mois... (Alexandre repoussa d'un geste les paroles que le médecin allait prononcer :) Je sais : « Pourquoi en parlez-vous maintenant seulement? » La question stupide de tous les médecins! Un alibi commode!

– Nous connaissons tous la volonté de Votre Majesté de n'être jamais malade.

– L'ai-je été, hein? Quelquefois, un rhume, une

petite toux, une pointe de fièvre. Vous, les médecins, avez eu la tâche facile avec moi. Mais à présent, ça ne va plus! Depuis quatre jours, je me traîne avec des douleurs comme si l'on me déchirait! (Et il montra le bas de son dos.) Et là... (ses mains esquissèrent un cercle sur son abdomen) partout mes entrailles se crispent, est-ce normal?

– Il faut que nous vous examinions attentivement, Majesté. Une consultation...

– Pour que le monde entier l'apprenne? Plus il y a de médecins, plus il y a de bavards! (Le tsar déboutonna son pantalon et jeta sa veste.) Ici, voyez! Tout de suite! N'avez-vous pas le titre de professeur?

Toujours ce vieil amour-haine à l'égard des médecins, pensa le praticien. « Lorsqu'un médecin en viendra à me tripoter, je saurai que c'en est fini de moi », avait dit une fois Alexandre III et tout le monde avait ri. A présent, le tsar se déshabillait de lui-même et s'étendait à plat ventre sur son sofa.

L'examen dura vingt minutes. Alors le médecin de l'empereur devina la cause de la maladie d'Alexandre. Les deux reins étaient enflés... A la palpation, le tsar gémit et grinça des dents.

Le visage blême, le praticien se dirigea vers le lavabo au fond de la pièce et se lava les mains. Alexandre se mit sur son séant, nu, puissant, un corps d'homme qui inspirait tout ce que l'on pouvait imaginer, hormis une inquiétude de caractère médical.

Ou peut-être que tout de même?...

– Qu'ai-je? demanda le tsar.

– Je dois prier Votre Majesté d'ordonner la réunion d'un conseil de spécialistes : un urologue, un chirurgien, un cardiologue...

– Et peut-être aussi un gynécologue? aboya le

tsar ironique. Qu'est-ce qui a été se fourrer dans mon corps? Allons, parlez!

– Je crains une calcification des deux reins, ce qui a provoqué une double néphrite qui, si elle n'est pas enrayée après évacuation des calculs, pourrait amener une anurie compliquée d'urémie.

– M'a-t-on appris le latin au berceau? Parlez clairement! (Le tsar frappa le sofa du plat de la main :) Mes deux reins sont fichus!

– Pas encore, Majesté. Je puis me tromper, il faut qu'un urologue...

Alexandre III fit un geste qui repoussait d'autres explications. Son médecin se mit à l'admirer en silence. Les souffrances que cet homme endurait depuis des semaines sans une plainte devaient être atroces. Une crise de coliques néphrétiques peut vous briser les nerfs.

– Combien de temps vivrai-je encore? demanda le tsar brusquement.

– Nous commencerons par des lavages qui agiront sur l'inflammation et détacheront les calculs...

– Une opération?

– Une néphrectomie bilatérale? Impossible! Il faut un rein à l'être humain.

– Et j'ai les deux reins détruits, n'est-ce pas?

Le médecin ordinaire ne répondit pas.

Que répondre? Si le diagnostic s'avérait juste, il faudrait préparer au plus vite le tsarévitch à ses nouveaux devoirs de tsar. Une double néphrite...

A tout autre patient que le tsar, on eût dit :

– Petit père, prie! Dieu tient déjà sa porte ouverte...

Trois jours plus tard, Alexandre était examiné par un groupe de médecins. Les analyses de laboratoire étaient à leur disposition. Le premier diagnostic fut confirmé : les deux reins du tsar étaient devenus inguérissables.

L'ours du Nord allait tomber en poussière.

Comment oser le dire au tsar?

Il n'y avait qu'un moyen... Le médecin traitant mit la famille impériale dans le secret.

L'oncle du tsar, le grand-duc Michel, fils d'Alexandre Ier par conséquent, se chargea de dire la vérité à Alexandre III.

Un matin, ils se trouvèrent assis face à face. Calme, résigné, adouci, le tsar écouta le verdict qu'il attendait d'ailleurs. Il fut assez franc pour reconnaître qu'il avait beaucoup favorisé son mal en prétendant n'être jamais malade, même lorsqu'il avait constaté les signes avant-coureurs qu'il niait en grinçant des dents.

– Niki doit choisir une épouse! dit gravement le grand-duc Michel. Il devra monter sur le trône avec une tsarine digne de l'être à son côté.

– Alice de Hesse?

– Une bonne occasion s'offre en ce moment. En avril prochain, le grand-duc Ernest de Hesse épouse la princesse Victoria de Cobourg. Ce sera l'un des plus brillants mariages du siècle. Nous devrions y envoyer Niki comme représentant de la couronne impériale russe. Là-bas, il rencontrera Alice. (Michel posait sur son neveu un regard pénétrant.) Nous en avons déjà parlé dans la famille. Niki est au courant.

– Le complot autour du cadavre qui respire encore! remarqua le tsar avec amertume. Et que dit Niki?

– Il refuse, car il aime Matilda Felixovna...

– Comme tsarévitch, mais plus comme tsar!

Alexandre se redressa. Le grand-duc Michel leva

vers lui un regard étonné : ce chêne formidable était frappé à mort? Impensable! Inimaginable!

– Dès aujourd'hui, le tsarévitch recevra cet ordre : J'exige que l'héritier du trône se rende au mariage du grand-duc de Hesse afin de demander la main d'Alice de Hesse!

– Nous allons envoyer Serge et Vladimir en ambassadeurs pour préparer le terrain... Lorsque Niki arrivera, il trouvera des oreilles prêtes à l'écouter...

Le tsar eut un petit hochement de tête satisfait. Allons, pensa-t-il, resserrons encore les liens de parenté! C'est un atout pour la paix dans le monde, bientôt nous serons tous apparentés : la maison royale d'Angleterre, la maison impériale allemande, la haute noblesse de toute l'Europe... Déplorons seulement que les cousins se haïssent souvent plus encore que les peuples! Dieu protège la Russie!

Quelques jours plus tard, Niki dit à Matilda :

– Père est très malade. Ensevelis cette nouvelle dans ton cœur. Nul ne s'en doute! Il me faut aller en Allemagne ces jours-ci pour assister à un mariage. Lorsque je reviendrai de Hesse, j'aurai beaucoup de choses à te dire.

Ils s'embrassèrent. A nouveau, les yeux du tsarévitch exprimaient cette mélancolie que Matilda croyait vaincue depuis longtemps.

Elle lui fit encore signe de sa fenêtre, tandis qu'il s'éloignait à cheval dans la nuit, accompagné de Boris Davidovitch, ce grand résigné.

D'ailleurs, personne ne comprenait plus Soerenberg. Mais le nain Mustin dit une fois à Rosalia :

– Où trouverait-on un cœur aussi noble et fidèle? Crois-moi, il en sera récompensé. Il aura bientôt Matilda pour lui seul...

Le 4 avril 1894, Nicolas Alexandrovitch arriva dans le duché de Hesse. Boris l'accompagnait avec une escorte de hussards de la garde.

Tous les regards pétillaient d'attente, de curiosité. Avec l'héritier du trône de Russie, une partie de la destinée de ce monde s'annonçait en Allemagne.

« Je me trouvai soudain face à un parterre de rois », écrivait le tsarévitch dans son journal.

Ce n'était pas exagéré. Lorsque, le 5 avril, il pénétra dans le château, lieu de la réunion des têtes couronnées, tout le monde était arrivé et on l'attendait : la souveraine, ancêtre des maisons d'Europe, la vieille Victoria d'Angleterre, l'empereur Guillaume II d'Allemagne dans l'uniforme éblouissant des « gardes du corps (1) », singulièrement raide, mais obligeant à l'égard de son cousin russe, la moustache en crocs, la parole hachée. Avaient paru ensuite le grand-duc Vladimir et son épouse, les ducs de Cobourg et Gotha, les princes de Saxe, le grand-duc de Wurtemberg, les princes de Glucksbourg et Holstein, le prince de Bade, d'autres princes et princesses...

Le tsarévitch serrait des mains, bavardait d'une manière charmante, puis il fut entraîné à l'écart par le grand-duc Vladimir.

– Dans une demi-heure, tu verras Alice, dit-il d'un air significatif. Ciel, quelle tragi-comédie elle joue! Depuis cinq ans, elle apprend le russe! Si elle le veut, elle pourra s'entretenir avec toi dans notre langue! Mais elle fait des simagrées! Pourtant, elle a déjà pris contact depuis des années avec des prêtres orthodoxes, et quelle est sa conduite? Elle refuse de se convertir à l'orthodoxie, ce qui constitue la base

(1) En français dans le texte.

même de la dignité de tsarine! Elle veut que tu l'en pries. Ce que cela signifie t'apparaît clairement : il faut que tu te déclares! Et sais-tu qui insiste le plus vivement auprès d'elle pour qu'elle devienne orthodoxe? Guillaume II, protecteur de l'Eglise protestante! Il croit, une fois de plus, faire de la haute politique et ne s'aperçoit pas qu'Alice t'aime vraiment. Devant toi aussi, elle restera des plus réservées. Mais ne t'y trompe pas, elle n'attend qu'un mot de toi!

Le grand-duc Vladimir voyait juste.

L'empereur Guillaume II avait reçu un signe d'encouragement, la reine d'Angleterre joignait les mains. Quelque part dans un salon proche, Alice attendait.

Dans son uniforme cliquetant, Guillaume s'approcha de Nicolas et lui dit :

– Cher cousin, je sais où vont tes pensées. Ton bonheur est notre bonheur : saisis-le d'une main ferme!

Puis il prit les devants, le sabre traînant bruyamment, la moustache conquérante aux pointes cirées. Il ouvrit une porte et poussa Nicolas dans un salon. Satisfait, il referma la porte. Exemple réussi de la discrète politique allemande.

Ils se trouvaient face à face, silencieux, intimidés, se regardant avec de grands yeux, essayant un pâle sourire.

Qu'elle est jolie! pensait Nicolas. Si délicate et adorable : elle sera la plus belle sur le trône de Russie.

Quel air viril il a maintenant! pensait Alice. Sa barbe est plus fournie, ses yeux rayonnent, ses épaules se sont élargies, il est plus sûr de lui, beaucoup plus! Comme je voudrais courir vers lui et me jeter dans ses bras...

Mais ils avancèrent seulement l'un vers l'autre. Nicolas lui baisa la main et elle dit, d'une voix presque enfantine :

– Asseyons-nous, Niki.

Le soir même, le tsarévitch confiait à son journal :

« Elle arriva avec un visage mélancolique vers 10 heures du matin. On nous laissa seuls et alors commença entre nous cette conversation que je désirais et redoutais depuis longtemps. Nous avons parlé jusqu'à midi sans résultat. Elle ne veut toujours pas changer de religion. La pauvre, elle a beaucoup pleuré. Elle était plus calme lorsque nous nous sommes quittés. »

– Je te l'avais dit! lança le grand-duc Vladimir, lorsque Nicolas lui fit son compte rendu. Elle veut être conquise! L'empereur Guillaume court en tous sens comme si on l'avait insulté personnellement! Niki, il faut que tu lui parles encore demain! Une dépêche de ton père vient d'arriver : « Attends annonce. » Niki, tu l'aimes aussi?

Le 6 avril 1894, le tsarévitch écrivit dans son journal :

« Alice est venue. J'ai moins insisté sur la question d'hier, trop heureux qu'elle ait consenti à me revoir et à me parler. »

Ils firent plus ce jour-là. Ils s'embrassèrent. Alice pleura de joie, puis ils sortirent du salon au bras l'un de l'autre, le bonheur éclatant sur leurs visages tandis que le grand-duc Vladimir disait dans un coin du grand salon de réception :

– Enfin! Mes soucis pour la Russie se sont envolés...

Paroles qui n'atteignirent pas l'oreille du Seigneur, mais qui, alors, l'eût deviné?

Le 7 avril 1894, on annonça officiellement les fiançailles de l'héritier du trône de Russie et de la princesse Alice.

Une dépêche envoyée le 6 avril fut imprimée dès le 7 dans les journaux russes.

Le nain Mustin et la maîtresse de ballet Tamara Iegorovna s'en furent aussitôt chez Matilda pour l'assister dans son épreuve. Ils voulaient avant tout éviter qu'elle ne lise un journal avant qu'ils aient pu lui parler.

Ils arrivèrent trop tard.

Rosalia les reçut dans le hall du palais Stroïtsky. Elle regarda Mustin en roulant les yeux tout en brandissant en l'air un grand sabre :

– Tu es une exception! s'écria-t-elle, tu peux passer! Mais à ceux qui viendront de la cour, je trancherai la tête! J'anéantirai toute la cour du tsar!

– Où est Matilda? demanda la Iegorovna angoissée.

– Là-haut, dans sa chambre! Evanouie! Elle a jeté un cri, puis a déchiré le journal. Ensuite elle est tombée! (Soudain, la Bondareva abaissa son arme, pleura bruyamment et se jeta sur le nain comme s'il était une colonne de bois.) Ma pauvre petite colombe! Ma poulette étranglée! Elle en mourra! Son cœur se brisera, simplement. Si seulement nous nous étions enfuies à Odessa! Je maudis Saint-Pétersbourg, toute la race des tsars! Il faut une révolution! Une révolution sanglante! Chassez-les dans la mer, les tsars! Pendez-les!

Mustin put, non sans peine, empêcher Rosalia

Antonovna de courir par les rues pour y susciter la révolution.

La Iegorovna, assise au chevet de Matilda, lui rafraîchissait le front avec des compresses humides et tenait dans les siennes sa main brûlante. Son médecin prescrivit à Matilda une poudre calmante, elle s'endormit; mais, même dans le sommeil, son corps était agité de frissons.

Le 8 avril 1894, le tsarévitch écrivit dans son journal :

« Jour merveilleux, inoubliable de toute ma vie! C'est le jour de mes fiançailles, c'est le jour de mes fiançailles avec ma bien-aimée, l'incomparable Alice... Nous nous sommes expliqués l'un à l'autre. Mon Dieu, quel poids est tombé de mes épaules! Quelle réjouissante nouvelle je pourrai apporter à mes chers parents! Toute la journée, j'ai erré comme en rêve, je ne sais ce que j'ai... »

Et le soir même il écrivait à sa mère, la tsarine Maria Fiodorovna, née princesse Dagmar de Danemark :

« Je lui ai remis votre lettre et après cela elle ne m'en a plus parlé... Le monde entier est transformé pour moi, la nature, l'humanité, tout en un mot me semble bon et digne d'être aimé. »

Le même jour, 8 avril, le médecin disait à la Iegorovna :

– Le choc nerveux est énorme. Je doute qu'elle puisse de nouveau danser! Redeviendra-t-elle jamais celle qu'elle a été? Je ne puis le dire, mais je le vois dans ses yeux, je l'entends aux battements de son cœur : elle veut mourir! Sa volonté de vivre est brisée. (Il éleva les bras dans un geste de résignation :) Que peut faire un médecin contre un tel chagrin ?

Le retour d'Allemagne du tsarévitch eut lieu assez tranquillement.

Les journaux l'annoncèrent, mais la cour impériale ne donna aucune information. On en resta aux conjectures. Quelques personnes bien renseignées, que la police et l'Okhrana surveillaient sans relâche mais sans succès, firent le récit des jours de fête dans le duché de Hesse; des photos de la princesse allemande parurent dans la presse, mais en Russie on s'interrogeait assez peu sur l'avenir du grand-duc héritier. Le tsar vivait encore, cet ours fait homme et que rien ne pouvait abattre. Nul ne sut qu'il était au bord de la tombe. Rien ne filtra, si perméable que fût d'habitude le mur entourant la cour impériale. S'il y avait des secrets à la disposition des bavards, la maladie d'Alexandre III resta ignorée.

Boris Davidovitch arriva au galop sur sa monture au palais Stroïtsky après être revenu à Saint-Pétersbourg avec le tsarévitch, qui venait de lui donner congé en le serrant dans ses bras.

Nicolas était de la plus belle humeur; il courut aussitôt vers le bureau de son père et l'embrassa, geste qui lui était peu habituel depuis qu'il n'était plus un enfant. Leurs contacts étaient froids, souvent autoritaires et tyranniques de la part de l'empereur. Alexandre III agissait ainsi selon sa conscience, estimant que le tsarévitch était trop malléable, trop rêveur, trop influençable.

Un tsar devait être capable de dévorer de l'acier! On ne pouvait pas exiger cela de Niki, mais peut-être montrait-il parfois une certaine dureté à l'égard de tous ceux qui n'exerçaient pas le pouvoir en Russie au nom de la miséricorde divine.

Boris, au palais Stroïtsky, rencontra évidemment la Bondareva qui le reçut les poings aux hanches, la poitrine frémissante, ce qui annonçait chez elle un dangereux état de révolte.

– Ah! tu oses faire encore un pas dans cette maison! s'écria-t-elle aussitôt. Tu viens d'Allemagne où tu as amené le tsarévitch jusque dans les bras de l'autre! Tu as peut-être monté la garde devant la porte, afin que personne ne vienne les déranger! Tu permets que l'on offense ainsi ta fiancée, qu'on déchire ses nerfs, au point que la voilà à jamais paralysée! Monsieur l'officier est revêtu de son bel uniforme! Mais qu'y a-t-il dedans? Un pleutre! Regarde-moi! Moi j'ai agi : depuis quatre jours, je cours partout. Le peuple est de mon côté. Nous ferons une révolution, oui, une révolution!

– Le ciel t'en empêche! dit Soerenberg d'une voix enrouée. Les choses ne sont pas ce que l'on s'imagine.

– Niki s'est-il fiancé, oui ou non? hurla Rosalia.

– Oui...

– A-t-il en même temps piétiné mon petit cygne dans la crotte?

– Non.

– Ah! suppôt de tsar, l'a-t-il abandonnée, oui ou non?

– Pourquoi cries-tu, petite mère? Ne nous y attendions-nous pas tous? N'était-il pas évident dès le début que Matilda Felixovna ne deviendrait jamais tsarine? La séparation devait se faire un jour!

– Mais comment *s'est-elle faite*? Il vient ici, boit mon thé, mange mes gâteaux et dit : « Les heures chez vous sont les plus belles de la journée, madame! » Il me fait cadeau d'une croix d'or avec des perles et des rubis et, le lendemain, il part pour l'Allemagne et se fiance avec une princesse! Est-ce un comportement honnête? Hein? Ne pouvait-il dire franchement : « Petite mère, ce n'est pas tout. Tenez bon, prenez Matildouchka par le bras et consolez-la... Je dois me fiancer! » N'aurait-il pas pu agir de la sorte? Ç'aurait été déjà assez amer, mais j'aurais prévenu mon hirondelle avec tous les ménagements : « Ecoute, ma fille, les hommes sont tous les mêmes, que ce soit un bineur de betteraves ou un tsarévitch. Ça ne vaut pas la peine de pleurer à cause d'eux et moins encore de les regretter! Et si l'un d'eux est appelé à devenir tsar, il lui faut penser à son peuple, il doit fonder une famille, mais pas avec toi, car tu n'es qu'une danseuse, pas une dame de la noblesse... D'ailleurs, tu ferais mieux de penser : J'ai mon Boris Davidovitch, un homme excellent et qui est prêt à m'épouser. Ça c'est sûr! On sera baronne, baronne de Soerenberg, une noble dame tout de même. On n'a pas besoin de loucher tout à fait vers le haut! » (Rosalia reprit son souffle en reniflant avec bruit :) Ne crois-tu pas que cela aurait mieux valu? Matilda aurait compris ça! Mais s'en aller simplement et se fiancer! (Elle frappa le dallage du pied :) Il faut une révolution!

– Où est Matilda? demanda Boris, inquiet.

– Dans sa chambre à coucher. Elle ne veut voir personne, à part son médecin et... moi, naturellement!

– Il faut que je lui parle!

– Alors tu devras me tuer avant!

– Je suis son fiancé, petite mère, ne l'oublie pas!

– Qui donc l'a oublié, hein? Mon petit cygne pleure à fendre le cœur.

– Le tsarévitch lui expliquera tout.

– Il veut revenir ici? (Rosalia devint toute rouge.) Il osera se montrer à mes yeux? Qu'il sache que je l'empoisonnerai, car les gâteaux qu'il mangera seront mortels!

– Puis-je aller trouver Matilda? demanda Boris. Tu ne comprends pas que je l'ai enfin pour moi seul, que je pourrais crier de joie!

– N'ai-je pas dit que les hommes sont tous les mêmes, à croire qu'ils n'ont pas de cervelle! Réfléchis : Evidemment, tu as maintenant Matilda pour toi seul, mais qu'est-elle devenue? Une poupée fragile aux nerfs de verre filé, comme dit le docteur. Elle ne veut plus vivre! Aucune médecine ne la guérira!

Enfin la Bondareva laissa Boris monter l'escalier avec un geste théâtral des deux bras qui désignait l'étage supérieur :

– Monte! Et regarde-la! Va-t'en ensuite chez ton Niki et tue-le!

Matilda n'était plus dans son lit. Assise dans un grand fauteuil, enveloppée d'une robe de chambre garnie de fourrure, comme s'il faisait très froid, elle feuilletait un journal.

Lorsque Boris entra, elle laissa tomber le journal sur le tapis et le regarda fixement, comme s'il venait de l'autre monde. Il s'élança vers elle, l'étreignit et serra sa tête contre sa poitrine. Elle se sentait froide, comme couverte de glace. Il avait cru un instant auparavant que Rosalia exagérait selon son habitude, mais à présent il comprenait avec effroi que la volonté de Matilda s'était gelée et qu'elle attendait sa fin.

Pendant un long moment, ils ne prononcèrent pas une parole; il la caressait seulement, baisait ses lèvres glacées et ne comprenait que trop bien la Bondareva appelant, dans sa simplicité, la révolution à grands cris et son désir d'anéantir tous ceux qui habitaient le palais.

Matilda prit la parole la première. Elle dit d'un ton las :

– Depuis combien de temps es-tu à Saint-Pétersbourg?

– Nous sommes arrivés il y a deux heures.

– Comment est-elle? demanda Matilda dans un souffle.

Ses yeux exigeaient la vérité.

– Qui?

Soerenberg serra les lèvres.

Lorsqu'il eut prononcé ce mot, il se rendit compte combien il avait été maladroit.

– Ressemble-t-elle à ses photos? Ou ont-elles été retouchées?

– Alice de Hesse est une jeune dame digne d'être remarquée, dit Boris prudemment. Jolie... on ne peut pas le dire, mais elle force la sympathie par son sourire, son caractère, sa mélancolie, son intelligence, et par son ambition.

– Elle a donc tout pour être tsarine...

– On ne le sait pas encore.

– Est-elle plus jolie que moi?

– Comment serait-ce possible, Matilda?

– Faut-il qu'il l'épouse? Le tsar l'exige-t-il?

– C'est une histoire compliquée, ma chérie.

– Raconte!

– Je n'en ai pas le droit. (Boris s'assit en face d'elle et sortit de son dolman de hussard une mince enveloppe. Elle suivait ses gestes du regard et croisait ses doigts crispés.) Dans quelques mois, on en saura davantage; je t'en prie, n'essaie pas d'en savoir plus par moi : je n'ai pas le droit de parler. (Il éleva la lettre qu'il tenait à la main :) Je dois te remettre quelque chose.

– De... lui?
– Oui.
– Tu veux que je la lise?
– C'est selon ce que tu décideras.
– Que préfères-tu, Borja?
– Dis-moi : Jette-la dans la cheminée!

Matilda acquiesça faiblement de la tête.

D'une voix frémissante, elle répéta :

– Jette-la dans la cheminée!

Soerenberg se leva, jeta la lettre du tsarévitch dans les flammes et l'y laissa se consumer. Puis il retourna vers Matilda et l'embrassa en tenant solidement ses mains glacées.

– Ce que tu fais en ce moment est une faute, Matilda, dit-il tendrement. Tu ne veux plus vivre, tu attends que ton cœur s'arrête. Ce n'est pas bien. Le contraire serait juste! Serre les poings et les dents, fais appel à toute ton énergie, et vis! Vis avec un cœur plein de bravoure face au destin, vis pour ton art, pour les milliers de spectateurs qui veulent voir Matilda Felixovna partout dans le vaste monde, vis pour ton devoir, celui que Dieu t'a assigné : transposer la musique dans tes gestes, rendre les mélodies visibles. Dis-toi toujours : C'est moi, Matilda Felixovna... je passerai un jour pour la plus grande danseuse de la planète... c'est ça ma vie! Et non pas les heures passées avec un homme qui ne doit jamais m'appartenir. Sois fière! Il est tsar d'un peuple, tu es, toi, la reine de la danse, ce qui te donne le pouvoir sur des millions d'individus! Qui compte davantage, dis-le-moi : Nicolas Alexandrovitch ou Matilda Felixovna?

– Que dois-je faire, Borja?

– Danser, danser, danser, que tout le monde retienne son souffle en te voyant danser.

– Je ne puis plus faire un seul pas.

– Parce que tu t'y refuses.
– Je suis comme paralysée.
– Parce que tu ne t'es jamais dit que tu règnes sur les humains, mais pas sur le tsar! Prouve-le-leur!
Il se dirigea vers le petit piano blanc qui se trouvait dans un coin devant une haute fenêtre, l'ouvrit et posa les mains sur le clavier.
Matilda secoua la tête violemment :
– Je ne peux pas, Borja!
– Que dois-je jouer? Le grand solo du *Lac des cygnes*?
– Non! je t'en prie, je crie si tu joues...
Boris joua.
Ce n'était pas tout à fait conforme à la partition, car il ne connaissait pas celle-ci par cœur : c'étaient des mélodies de Tchaïkovski dans toute leur beauté séductrice.
Matilda ne cria pas. Elle était assise bien raide et droite dans son fauteuil et fixait le vide.
– Lève-toi! lança Soerenberg.
Comme elle ne réagissait pas, il la commanda comme lorsqu'il se trouvait devant son escadron :
– Debout! En position! Debout!
– Borja! s'écria-t-elle désespérée, je t'en prie...
– Sors de ce stupide fauteuil! Jusqu'à aujourd'hui, j'ai toujours cru qu'une danseuse était plus disciplinée qu'un soldat! Me suis-je trompé? Vas-tu te lever?
Il recommença la même mélodie.
Les yeux clos, Matilda se leva, rejeta son manteau d'intérieur bordé de fourrure et se trouva au centre de la pièce dans une longue chemise de nuit ornée de dentelle.
– A présent... en avant! commanda Boris. N'y a-t-il pas un saut dans ce passage? Halte, recommençons! Est-ce bien là une grande ballerine? Il y a de quoi

rire, tu sautilles moins bien qu'une servante de ferme qui nourrit ses oies. Encore une fois...

Et Matilda dansa.

Son visage ressemblait à un masque figé dans un manque d'expression absolu, ses yeux restaient fermés, mais son corps, ses jambes, ses bras, ses doigts jubilaient déjà en accord avec la mélodie et semblaient détachés de tout lien terrestre.

Au beau milieu de la danse, surgit Rosalia Antonovna. Elle avait entendu le piano et s'était précipitée en trombe vers la chambre de sa fille, s'imaginant que Boris accompagnait de sa musique la mort lente de Matilda.

Comme frappée par la foudre, elle s'arrêta sur le seuil, dévisagea sa fille qui, en longue chemise de nuit comme si elle sortait de sa tombe, dansait *Le Lac des cygnes* et planait à travers la chambre.

– Il va la tuer! cria-t-elle. Ma pauvre colombe, elle était paralysée, à présent il lui brise les os! Personne ne me viendra donc en aide?

Puis elle s'immobilisa, tremblant de tout son corps, en regardant, effarée, sa fille qui, jamais encore, n'avait dansé ainsi, défiant toutes les lois de la pesanteur.

On eût dit qu'elle dansait pour se libérer de tout le chagrin qui s'était emparé de son être, qu'elle voulait effacer son immense déception, et célébrer son adieu à un grand amour condamné au renoncement.

Lorsque Boris retira ses mains du clavier, Matilda s'effondra. Elle s'abattit sur son lit, les bras ouverts, comme frappée par l'orage. La Bondareva lança d'une voix sourde :

– Borja, tu es un assassin!

Naturellement, Matilda survécut à cette épreuve.

Le lendemain matin, comme métamorphosée, elle descendit pour le petit déjeuner, s'assit à table et demanda du thé, des gâteaux aux raisins et du beurre frais.

Rosalia, qui ne pouvait manger tant elle était secouée de sanglots, courait autour de la table, embrassait sa fille chérie, puis Boris Davidovitch, se signait devant une icône de saint Vladimir auquel elle demanda de remercier la Vierge de sa part pour la guérison de Matilda. Enfin, débordant de reconnaissance, elle embrassa même le nain Mustin sur son énorme crâne lorsque celui-ci apparut, malgré l'heure matinale.

Mais ce fut une courte joie.

Mustin remua ses oreilles, talent qui lui était particulier et amusait tout le monde – après tout, il n'était qu'un « fou » –, mais cette fois Mustin exprimait seulement son embarras. Il apportait un message de Son Altesse Impériale, le grand-duc Nicolas, qui annonçait sa venue, dans l'après-midi.

– Non! cria la Bondareva. Ah! comment, sale épouvantail, ai-je pu t'embrasser? Sors d'ici! Que tu oses m'apporter une telle nouvelle te ferme ma porte à jamais! Je voudrais te lancer contre le mur comme un chaton nouveau-né!

– Elle est toujours comme ça! gémit le nain en allant chercher refuge auprès de Soerenberg. Pourquoi ne comprend-elle pas que je ne suis qu'un zéro que l'on envoie en messager?

– Il vient donc! poursuivit Rosalia. C'est courageux de sa part, car je le fendrai en deux avec mon hachoir à viande!

Lorsque, dans l'après-midi, le tsarévitch arriva

seul à cheval – à distance seulement, quatre hussards montés le suivaient – Boris dit à Rosalia :

– Décide-toi, petite mère : enfermée dans la cave, à moins que tu ne décides de te montrer aimable envers le futur tsar?

La Bondareva se montra raisonnable; elle ne se laissa pas enfermer dans la cave et préféra se retirer dans son boudoir où elle se fit laver les cheveux par sa caméristе.

Le tsarévitch, portant l'uniforme des hussards de sa garde, salua Soerenberg en l'étreignant, geste qu'il n'avait que pour ses meilleurs amis.

– Comment va-t-elle? murmura-t-il.

– Elle attend dans la bibliothèque.

– Très triste?

– Elle a mis des vêtements noirs.

– Ne lui avez-vous pas tout expliqué?

– Jusqu'au point où cela était possible, Votre Altesse Impériale.

– Il y avait donc une limite, en l'occurrence?

– Certainement. Du fait qu'il convient de garder le secret de la maladie du tsar. J'ai donné ma parole...

– Matilda n'en sait donc rien?

– Aucune allusion! (Soerenberg regardait le tsarévitch d'un air interrogateur :) Vous voulez lui confier ce secret?

– Je le dois. Toutes les autres explications seraient mensongères, et je ne peux pas mentir à Matilda. Elle, avant tout autre, a le droit de connaître la vérité.

– Et aussi... que Votre Altesse Impériale aime vraiment la princesse de Hesse?

Le tsarévitch fixait le bout de ses souliers. Son joli visage étroit, à la barbe soignée, aux yeux de gazelle mélancolique – ainsi que son confident Constantin de Grünwald le décrivit – exprimait ce manque d'assurance qui angoissait Alexandre III et l'irritait contre son fils.

– Peut-on expliquer cela? reprit Nicolas à mi-voix. Une femme peut-elle comprendre que l'on puisse aimer deux femmes à la fois? Et qu'on voudrait n'en perdre aucune? Je ne le comprends pas moi-même, Soerenberg!

– Il faudrait donc éviter d'en parler, conclut Boris, et puis... il faudrait choisir.

– Renoncer à Matilda?

– La princesse de Hesse apprendra sans plaisir que Votre Altesse Impériale prend le thé au palais Stroïtsky et y dîne.

– Alice n'est pas encore à Saint-Pétersbourg.

– Mais elle y viendra! Et vous savez que Votre Altesse Impériale est attendue à Londres. La reine Victoria vous a invité.

Le tsarévitch répondit d'un signe de tête.

Le monde entier lui demandait de montrer un caractère résolu. C'était précisément ce qui lui répugnait le plus et s'opposait radicalement à sa nature. Il recherchait plutôt l'accommodement, le compromis, la fuite. La dureté le faisait souffrir, s'il devait l'employer.

– Quel comportement adopteriez-vous, Soerenberg, si Matilda voulait quitter la Russie?

– Je me suis souvent posé cette question. Il n'y a qu'une décision possible : je demanderais que l'on accepte ma démission et je la suivrais.

– Comme je vous envie, Boris Davidovitch, répondit Nicolas à voix basse, attristé. Vous êtes un homme heureux : on ne vous demande pas de devenir tsar!

Nicolas passa trois heures chez Matilda. On leur avait servi le thé, ensuite ils restèrent seuls. Rosalia et Boris attendaient dans le grand salon, Rosalia toujours prête à disparaître par une porte dérobée, si le tsarévitch se montrait.

– Il parle, parle, parle, dit-elle. Je connais ça, ensuite on est comme ivre de ses paroles, on ne comprend plus rien, on ne sait plus rien, on dit oui à tout et l'on finit par être content d'avoir survécu à cette épreuve! Qu'y a-t-il donc à expliquer dans son cas? Il est fiancé et se mariera. Il sera tsar, il a sa tsarine. Fini! A-t-on besoin de trois heures pour exposer ça? Va les trouver, Borja! Dis : Ça suffit, et jette dehors le tsarévitch! Que veux-tu qu'il t'arrive? Il poussera un profond soupir et n'agira pas, comme toujours! Quand donc viendra la révolution?

Peu après, ils entendirent des pas venant de la bibliothèque.

La Bondareva s'enfuit par une porte dérobée et Soerenberg se leva.

Ils se rencontrèrent au milieu du salon. Nicolas était seul.

Ce n'était pas bon signe, mais le visage de l'héritier du trône ne révélait aucune tristesse, aucun embarras. Il sourit à Soerenberg.

– Ce fut une bonne conversation, Boris Davidovitch, dit-il vivement. J'aurais commis une faute en l'évitant. Matilda est une femme remarquable : pas une larme, aucun reproche, pas de questions! Elle était plutôt détendue, animée... nous avons causé de tout...

– Egalement de la maladie du tsar?

– Oui. Matilda va prier pour lui.

– Et de la princesse de Hesse?

– Matilda a dit d'elle-même qu'un tsar...

Soerenberg fit un petit salut : ses propres paroles! La raison d'Etat! Le devoir envers le peuple russe!

Il regardait le tsarévitch en silence et le comprenait.

– J'ai... confirmé, annonça Nicolas, le vœu de mon père... Oh! Soerenberg, si vous saviez combien je suis tiraillé de tous côtés! Combien tout est chaotique en moi! A présent que j'ai revu Matilda et que je ne puis faire autrement que de penser en même temps à Alice... Je ne vous souhaite pas un tel conflit intérieur!

– Je n'en connaîtrai jamais de cette sorte, répondit Soerenberg avec assurance, je n'aime qu'une seule femme.

– Ne soyez pas si sûr de vous! Le monde est plein de jolies femmes! Vous connaissez ces éclairs qui frappent inopinément? On ne peut pas leur échapper! (Le tsarévitch entoura d'un bras les épaules de Sorenberg :) Boris Davidovitch, lorsque je serai tsar, je vous ferai prince, je vous donnerai des domaines dans la région de Tobolsk. Un ami tel que vous est rare...

– Si vous devenez tsar, Votre Altesse Impériale, je quitterai la Russie, dit Soerenberg gravement.

– Vous ne me ferez pas cela! Je m'y opposerai!

– Je serai toujours avec Matilda! Croyez-vous qu'elle dansera encore pour un tsar qui aura à son côté Alice comme tsarine?

– Oui, je le crois. (Nicolas serra Soerenberg sur sa poitrine.) C'est une artiste unique. Elle dansera toujours. En cela, je la connais mieux que vous! Dimanche prochain, elle dansera! Je vois votre étonnement, vous ne l'auriez pas cru, n'est-ce pas?

– Non, Votre Altesse Impériale.

Boris accompagna le tsarévitch vers la sortie.

Espérons, pensait-il, que plus tard, devenu tsar, on ne te mentira pas aussi facilement qu'aujourd'hui. Pauvre Russie, que deviendras-tu si ce tsar ne peut pas regarder la vérité en face?

13

Au mois de juin de l'année 1894, le tsarévitch, à bord du yacht impérial *L'Etoile du Nord*, s'en fut de Saint-Pétersbourg en Angleterre rendre visite à sa fiancée Alice de Hesse.

Le tsar Alexandre III, droit comme un donjon bâti d'un seul bloc, mais intérieurement de plus en plus épuisé par ses souffrances, donna son accord avec joie. Le monde devait voir combien Niki aimait son Alice.

Depuis ses fiançailles, la princesse vivait auprès de sa grand-mère la reine Victoria d'Angleterre, dans son domaine de Walton-on-Thames, et attendait nostalgiquement son tsarévitch. Niki fut reçu à bras ouverts – évidemment avec la retenue convenable – puis on laissa seuls les amoureux.

Ils faisaient ensemble de longues promenades dans le parc et à travers la campagne. Ils accompagnaient la reine Victoria dans ses tours de jardin quotidiens et, comme depuis peu la reine marchait difficilement, on avait fait construire pour elle une petite voiture traînée par un poney. Ce fut une photo qui fit bientôt le tour du monde : la vieille et respectable Queen dans sa voiturette basse tenant son ombrelle, tandis que, devant elle, le gai petit poney à la crinière flottante avançait d'un pas mesuré au côté du vieux cocher de Sa Majesté plein de dignité, le visage encadré de favoris blancs. Idylle d'un genre particulier...

Ce furent des jours heureux.

Alice et Nicolas allèrent à Windsor, puis aux châteaux Frogmore et Osborne. Ils recherchaient des heures paisibles dans les jardins de Balmoral ou visitaient Londres.

Nicolas écrivit dans son journal :

« Voyager à deux avec la chère Alice dans le wagon me procure un plaisir immense. »

Et comme il laissait traîner son journal un peu partout, Alice y ajoutait ses propres impressions, bien qu'elle ne comprenne pas toujours les passages écrits en russe. Mais elle mêlait son écriture à celle de Niki, elle écrivait des déclarations d'amour couvrant des pages entières, des prières pour la santé de Niki, pour son bonheur, et mêlait le tout de citations d'auteurs allemands, anglais et français. Le plus souvent, c'étaient des passages d'une haute moralité ou empreints de la plus vive ferveur religieuse.

Par un soir silencieux, dans une atmosphère de rêverie, à Walton-on-Thames, Nicolas profita de l'occasion pour confesser à Alice sa vie déréglée – croyait-il – de célibataire. Il fit aussi allusion à Matilda Felixovna, mais seulement en passant, sans insister. Avec toute la loyauté qu'il s'était promise à l'égard d'Alice, il lui semblait qu'il commettrait une trahison s'il livrait entièrement Matilda à l'oubli.

La princesse écoutait le tsarévitch avec des yeux étincelants.

Puis elle embrassa Niki et, plus tard, elle écrivit

dans son journal – lequel, comme d'habitude, restait ouvert – ces lignes que Nicolas devenu tsar devait relire inlassablement et qui fortifièrent son courage en mainte heure cruelle :

« Je vous aime plus encore depuis que vous m'avez raconté cette histoire. Je ne trouve pas de mots pour vous dire ma tendresse et mon admiration. Ce qui est passé n'est plus. Nous sommes tous soumis à des tentations lorsque nous sommes jeunes. »

Cependant Matilda dansait à Saint-Pétersbourg. On la fêtait comme aucune ballerine ne l'avait peut-être été avant elle.

Même le grand et vieux Marius Petipa osa encore danser avec elle dans *Coppélia* et s'avoua enthousiaste de son art. Les danseurs de ballet Nicolaï Legat et Enrico Cecchetti étaient constamment ses partenaires, des étoiles montantes telles que Nicolas Sergeïev et Mikhaïl Mordkine étaient assis muets d'admiration à l'orchestre, ou osaient quelques « passages » avec la grande Felixovna sur la scène des répétitions.

On eût dit que Matilda était prise d'une exaltation sans fin.

Si dure que fût Tamara Iegorovna avec ses élèves, à l'égard desquels elle ignorait l'indulgence, et bien qu'elle continuât à s'occuper de Matilda comme elle l'avait fait pendant près de dix ans, elle lui disait pourtant de temps à autre :

– Repose-toi, ma fille, ne danse pas à te briser le cœur. Il te faut vivre longtemps encore! Ce que tu fais là ressemble à un embrasement!

– Il faut que j'oublie, répondait Matilda, et comment y parvenir, sinon par la danse?

C'était une question à laquelle nul ne trouvait de réponse.

Le retour du tsarévitch d'Angleterre fut assombri par deux événements.

A Londres, il avait rencontré l'adversaire de Soerenberg, Kramskoï. Le prince avait ouvert un cabinet d'affaires et importait du caviar, des vins de Crimée, du cognac russe ainsi que des broderies ouzbeks. Cette entreprise en était encore à ses débuts et la principale occupation de Kramskoï semblait être de vaincre une petite armée de jolies filles qui s'étaient rassemblées autour de lui.

Nicolas le salua froidement. En revanche, la rencontre entre Boris Davidovitch de Soerenberg, qui avait naturellement accompagné le tsarévitch, et Kramskoï n'en fut que plus brûlante.

– Vous êtes ici, vous aussi! s'écria Kramskoï d'une voix enrouée par la haine. Décidément, la destinée nous favorise, Boris Davidovitch!

Le jour même où le tsarévitch s'en fut seul avec la princesse Alice à Balmoral, Soerenberg fut attaqué au cours d'une promenade matinale à cheval dans les environs de Walton-on-Thames.

Quelqu'un, posté en embuscade, tira sur lui. Ayant manqué sa cible, l'assassin s'enfuit. Boris fit faire un tête-à-queue fulgurant à son cheval et chargea au galop. Peu avant la lisière d'une forêt où le cheval de l'inconnu se trouvait attaché, il le rejoignit. L'assassin n'eut pas la possibilité de se remettre en selle.

– Vous êtes et vous resterez un porc, Valentin Vladimirovitch! s'écria Soerenberg. Attendre à couvert et me tirer dans le dos! Vous méritez d'être traité en bandit!

Il lui cravacha le crâne. Le prince rugit, s'élança

sur son cheval et arracha des fontes de sa selle un long pistolet de cavalerie.

A nouveau la cravache siffla dans l'air et atteignit Kramskoï au bras. Le pistolet trembla; le prince visa Boris.

Alors le cheval de Soerenberg se cabra et laboura le vide de ses sabots antérieurs tandis qu'il avançait comme en dansant vers le prince.

Kramskoï fut repoussé en arrière, trébucha et chercha à se retenir. A la même seconde, le coup de feu partit et l'atteignit à l'abdomen. Il tomba sur le dos et, le visage un peu levé, de ses yeux vides regarda Soerenberg.

Deux heures plus tard, Kramskoï mourait dans l'appartement du célèbre chirurgien sir Henry Blynten, qui était justement de service au château ce jour-là.

Impossible de le sauver. Ses intestins étaient perforés. On ne pouvait envisager un transfert à la clinique la plus proche.

Le tsarévitch devint très grave lorsqu'il entendit le récit de cet événement. Il serra Soerenberg sur sa poitrine, le félicita et fit enlever du château le corps du prince.

La princesse Alice pleura pendant des heures.

– Mes rêves doivent donc s'accomplir? demanda-t-elle à sa sœur Elisabeth qui avait épousé le grand-duc Serge. J'ai rêvé qu'il pleuvait du sang sur la Russie, qu'un séisme ravageait la terre... Mon pauvre Niki...

Le second choc frappa le tsarévitch Nicolas, tandis qu'il faisait à son père le récit du séjour en Angleterre.

Le tsar, qui ne voulait pas se reconnaître malade, avait l'air pitoyable. Le visage blafard, enflé, les sclérotiques jaunes, les mains frémissantes, tel il apparut à son fils. Car il refusait encore de s'aliter. Il était assis dans un fauteuil à haut dossier, ou marchait, angoissé, sans arrêt. Lorsqu'il était pris d'atroces coliques néphrétiques, il s'enfermait afin qu'on ne le voie pas se tordre de douleur. Il avalait des médicaments contre l'infection des reins, pour l'évacuation des calculs qu'ils renfermaient. Il buvait chaque jour jusqu'à cinq litres d'eau minérale pour rejeter ces concrétions mortelles. Mais tout fut vain. Les calculs étaient trop gros pour être détachés; quant à les ôter par une opération, aucun chirurgien ne s'y fût risqué en ce monde. On ne peut pas ouvrir deux reins ou les enlever. La médecine se heurtait là à une impossibilité absolue.

Peut-être dans dix, vingt ou cent ans! disaient les médecins. Peut-être un homme trouvera-t-il alors une machine qui permettra de vivre sans reins. Mais cela restera sans doute une utopie. Comment débarrasser mécaniquement le corps de ses poisons?

– On veut m'envoyer en Crimée, Niki, annonça le tsar accablé. (Plus il se rapprochait de la mort, plus il s'attachait à son fils. Nicolas avait toujours été son préféré, aussi avait-il cru faire son devoir en se montrant sévère à son égard.) Comme si l'air de Crimée pouvait par enchantement faire disparaître mes calculs! Mais ta mère le veut aussi. Les médecins disent que l'eau de là-bas, les bains quotidiens, les massages, lorsque les inflammations seront calmées, pourraient me faire du bien. Le crois-tu, Niki?

– Père, je ne suis pas médecin, mais je crois qu'il faut écouter leurs conseils. Tu n'as pas bonne mine.

– Je m'en rends compte moi-même! Je pourrais

parfois me jeter la tête contre les murs! Niki, qu'il ne t'arrive jamais de souffrir de ces coliques néphrétiques! Elles vous déchirent! (Le tsar se laissa tomber dans un fauteuil à l'épais capiton.) Qu'arrivera-t-il lorsque je mourrai? demanda-t-il après un silence.

– Nous ne devrions pas y penser, père, répondit le tsarévitch ému.

– C'est cette éventualité à laquelle il nous faut réfléchir, Niki! A celle-ci surtout! J'ai régné douze ans. J'espérais avoir plus de temps devant moi! Pourtant j'ai réussi à ne faire aucune guerre! (Il se redressa fièrement :) Je suis l'un des rares tsars qui n'aient pas déclenché une guerre. Dans le peuple, ils m'appellent « Mirotworjez », le gardien de la paix, ce qui est une joie pour moi et un motif de fierté. Niki, je te le demande instamment : lorsque tu seras tsar, pense toujours à garder la Russie en paix! Ne te laisse pas entraîner dans une guerre, on peut régler tous les conflits par des négociations. Tous! On n'a pas besoin d'y ajouter des morts. Et lorsque les autres grands de ce monde feront cliqueter bruyamment leurs sabres, pense à ceci : la Russie est si vaste, si puissante et si riche, qu'on ne pourra jamais la vaincre! Les autres le savent aussi, mais il leur plaît de jouer au plus fort. Ne te laisse pas influencer par leur jeu, Niki!

– Je n'oublierai jamais, père. (Nicolas baisa la main de son père.) Mais nous espérons et prions tous pour que notre « Mirotworjez » vive encore longtemps.

Au mois d'août, les souffrances de l'empereur devinrent intolérables. Derrière les portes fermées, on entendait Alexandre III rugir sourdement comme un taureau garrotté.

– C'est effroyable! disait Nicolas à Matilda.

A présent, il venait moins souvent la voir, tout au plus deux fois par semaine et secrètement, en civil. Le préfet de police avait reçu mission de surveiller le palais Stroïtsky. L'ordre venait de la tsarine.

On lui avait murmuré que le tsarévitch, même après ses fiançailles avec la princesse de Hesse, allait encore chez Matilda Felixovna. C'était pour l'avenir une situation inadmissible, estimait-elle, et il n'y eut plus d'autre possibilité que de faire surveiller le palais. Chaque personne qui s'y rendait faisait l'objet d'un rapport à la tsarine.

– Mon père se meurt, disait le tsarévitch à Matilda. Il meurt chaque jour un peu. C'est atroce d'assister à cette fin, d'entendre ses gémissements. Il doit si cruellement souffrir! Mais lorsqu'on le voit, il est toujours le chêne que rien ne peut abattre. Combien de temps cela durera-t-il?

A l'automne de l'année 1894, Alexandre accepta enfin d'aller en Crimée. Dans son palais au bord de la mer, entouré de jardins en fleurs. C'est là qu'il voulait attendre la mort.

Lorsqu'un tsar mourait de mort naturelle – ce qui était peu fréquent – il y avait autour de son lit non seulement des médecins, mais également un grand nombre de popes ayant à leur tête le métropolite. Des moines chantaient des chœurs solennels en dehors de la chambre du mourant ou priaient pour le salut de son âme qui se préparait à comparaître devant son Juge.

Certes, un tsar était élu par Dieu afin de gouverner le grand peuple russe. Chacun savait cela et chacun devait le croire. Mais on n'avait pas tout à fait confiance en la paix éternelle. Les prières duraient tant que le malade respirait encore. Elles se muaient en un long cri après le dernier soupir. A présent, le tsar se trouvait devant le Seigneur et il s'agissait de convaincre celui-ci que cette vie éteinte malgré toutes ses fautes avait été bonne selon la volonté de Dieu.

Pour Alexandre III il en alla tout autrement.

Naturellement, il reçut lui aussi les princes de l'Eglise, il se laissa bénir et pria avec eux, mais personne ne parla de la mort. D'ailleurs, le tsar n'était pas couché dans son lit, ainsi que les médecins l'en priaient instamment – un ours ne se tapit pas sous les plumes, il s'abat de toute sa hauteur! Un lit de malade était pour le tsar quelque chose d'abominable, d'amollissant, de honteux; la seule concession qu'il accorda à son entourage fut de s'asseoir dans un fauteuil au dossier droit où, déchiré par ses souffrances, il trônait et se comportait comme s'il était immortel.

Entre-temps, toute la famille s'était rassemblée en Crimée. Alice de Hesse elle aussi était venue d'Angleterre afin d'être présente à la mort de son beau-père. Elle aidait la tsarine à le soigner, pour autant qu'Alexandre consentît à se laisser soigner. Elle lui faisait la lecture, jouait au piano des sonates, des études, et chantait de sa jolie voix des ariettes de Mozart.

– Je suis appelé auprès de mon père, dit le tsarévitch un jour d'octobre 1894 à Matilda à qui il avait de nouveau rendu visite, habillé comme un simple citadin.

D'ailleurs, ce subterfuge ne servait pas à grand-chose. Les espions de la police l'avaient reconnu depuis longtemps. Ils l'annoncèrent au bureau central, où l'on en avait été fort préoccupé.

La tsarine avait demandé la rupture de la liaison avec la ballerine. Mais comment faire? On ne pouvait tout de même pas empêcher le tsarévitch de pénétrer dans le palais Stroïtsky. Impossible également d'éloigner Matilda. Oui, cela s'était révélé absolument irréalisable.

Le préfet de police avait lui-même tenté sa chance au cours d'un entretien avec Matilda. Mais au bout de deux heures, il quitta le palais, épuisé, en s'épongeant le front : il était battu. Il comprenait enfin le tsarévitch : Matilda Felixovna était une femme merveilleuse! On ne pouvait faire autrement que de l'aimer! Cependant cet amour ne devait pas exister, si Nicolas Alexandrovitch devenait sous peu le nouveau tsar...

Que faire?

Ce soir-là, Nicolas annonça à Matilda :

– C'est la fin, chérie. Demain, je pars pour la Crimée. Je reviendrai... comme tsar... pour père, il n'y a plus d'espoir...

Alors il pleura, la tête contre la poitrine de Matilda, tandis que celle-ci caressait sa chevelure brune. Elle savait qu'avec ce voyage, sa propre vie serait elle aussi fondamentalement changée.

« Je reviendrai comme tsar... » C'était la fin de son grand, de son incomparable amour.

Ce soir-là, elle dansa pour Nicolas seul le ballet qu'il préférait : la mort du cygne, du *Lac des cygnes*, de Tchaïkovski.

Pour la première fois, la musique provenait d'un appareil étrange que le tsarévitch avait rapporté et offert à Matilda. On l'appelait un phonographe. C'était l'invention d'un Anglais, Edison. Objet invraisemblable que l'on remontait comme un treuil avec une manivelle, ce qui mettait en marche un plateau sur lequel était posée une plaque de cire : une aiguille fixée à un instrument rond suivait les rainures gravées d'avance dans la plaque. Dominant le tout, un vaste cornet de cuivre amplifiait le son et, lorsqu'on remontait la mécanique et que l'aiguille avançait dans les sillons, éclatait soudain une musique familière!

Cela semblait inexplicable et le tsarévitch lui-même ne comprenait goutte à ce procédé dont il disait pourtant qu'il était clair pour les initiés. Mais comment les autres y auraient-ils compris quelque chose?

Lorsque Mustin le nain tourna la manivelle pour la première fois et que s'échappa du cornet de cuivre sur un ton rêche, métallique, mais parfaitement reconnaissable, une valse, Rosalia Antonovna tomba à genoux, se signa et s'écria :

– Arrière, Satan!

Pendant deux jours, il fut impossible de la rassurer. Elle avait planté deux cierges de part et d'autre du phonographe afin d'en éloigner les mauvais esprits, mais lorsqu'elle se fut fait violence jusqu'à tourner elle-même la manivelle et que les harmonics d'une danse légère retentirent, elle fut tellement enthousiaste de cette machine qu'elle passa son temps à la remonter, surtout lorsque personne ne l'observait.

Ainsi, ce soir-là, aux sons émis par le grand cornet de cuivre, Matilda dansa seule pour le tsarévitch la dernière scène du *Lac des cygnes*. Rosalia, placée contre la manivelle, pleurait en silence. Puis elle s'éloigna.

De ses mains tremblantes, le tsarévitch releva le « cygne mort »... Matilda s'était effondrée sur le parquet où elle restait étendue comme le cygne mourant après que la dernière note de musique se fut tue.

– Ma chérie..., balbutia le tsarévitch. Oh! ma chérie... vis encore! Vis pour nous tous! Tu n'es pas cette reine des cygnes... tu es la meilleure danseuse de l'univers! Tu ne dois pas renoncer maintenant! Tu *dois* danser encore!

Etroitement enlacés, ils restaient dans le boudoir et pleuraient. Ces larmes emportaient, ils le savaient, une partie de leur vie, peut-être la plus belle. En tout cas, la plus heureuse.

La vie d'un tsar laisse peu de place au bonheur.

Le lendemain matin, Nicolas partit pour la Crimée.

Matilda savait à peu près l'heure de son départ. En cet instant, elle était assise à sa fenêtre, le regard perdu au loin dans les brumes matinales, elle priait :

– Dieu soit avec toi, Niki... J'ai peur. La Russie est un fardeau trop lourd pour toi.

En Crimée, Nicolas retrouva sa fiancée Alice. Elle était pâle, tourmentée pour le tsar, et jeta aussitôt en sanglotant ses bras autour du cou du tsarévitch. Peu après, elle lui dit :

– A présent, il faut que tu montres que tu es le futur tsar! Il y a beaucoup d'hommes autour de ton père qui n'espèrent qu'en sa mort pour mettre à exécution leurs projets politiques. Fais-leur front, Niki!

Pour la première fois se révélait l'immense ambition d'Alice de Hesse. Le tsarévitch ne le comprit pas, il hocha seulement la tête, préoccupé. Puis s'attendant au pire, il alla trouver son père.

Il n'en était rien. Alexandre III trônait dans son fauteuil, jaune de visage, les sclérotiques teintées, enflé par tout le corps... L'urémie qui étranglait sa vie l'avait marqué. Chaque jour, on lui retirait de l'urine à l'aide de sondes et de cathéters, non sans lui occasionner d'atroces souffrances. Mais l'infection générale ne pouvait plus être contenue. Son propre corps empoisonnait le tsar.

Mais Alexandre III, installé dans son fauteuil, accueillit son fils aîné comme d'habitude, avec une cordialité mêlée de sévérité. Il le jaugea d'un regard critique et le trouva comme toujours « trop mou ».

– Tu as pleuré, jeta-t-il, grossier.

– Père...

– Un tsar ne pleure pas! Un tsar ne pleure que devant Dieu ou pour son peuple! A eux seuls appartient sa vie! Me comprends-tu?

– Oui, père.

– Je sais que je vais mourir! Est-ce que je me plains? Est-ce que je supplie Dieu de me venir en aide?... Non! Je mets de l'ordre dans mon empire que tu prends en main! Aussi, écoute-moi bien, Niki, ne me laisse pas partir inquiet pour vous tous. Ma Russie pourrait changer! Surveille avant tout les communistes et les socialistes, et souviens-toi : quiconque porte le drapeau rouge est ton ennemi! Les idées qu'abrite ce drapeau sont dangereuses, destructrices. Elles brisent l'ordre des choses, mais n'en donnent pas d'autre en échange. Elles créent seulement un chaos d'idées confuses et de phrases pompeuses! Un peuple comme celui de la Russie a besoin d'une poigne rude. Sois dur, Niki...

C'étaient les mêmes paroles, mais avec un sens plus précis, que celles prononcées par Alice à son retour. Le soir même, Nicolas écrivait dans son journal au sujet de sa fiancée :

« Mon Dieu, quelle joie de la trouver ici dans mon pays et de l'avoir avec moi! Il me semble que la moitié de mes soucis, de mes tristesses, se sont dispersés... »

Et Alice écrivit dans le journal de Niki qu'elle pouvait se permettre de lire :

« Mon cher enfant, je t'aime si tendrement, si profondément! Sois fort et ordonne à tes médecins de te voir chaque jour... tu es le fils chéri de ton père, il faut que l'on te dise tout, qu'on demande ton avis en toute chose. Manifeste ta volonté et ne permets pas qu'on oublie qui tu es. »

C'était assez clair.

Alice de Hesse se préparait à revêtir sa dignité de tsarine. Elle voulait perpétuer l'esprit rigoureux d'Alexandre III.

Qui pouvait se douter alors que ce serait elle qui manquerait lamentablement à son devoir et qu'elle se réfugierait dans des assemblées de spirites, qu'elle se confierait à un moine miraculeux tel que Raspoutine, et se complairait dans une exaltation religieuse paralysante?

Le tsar mourut le 20 octobre 1894. Même ce jour-là, il refusa le lit. Il resta assis dans son fauteuil, ours jusqu'au dernier soupir. Lorsque son cœur faiblit, épuisé par le poison propagé par ses reins, on eût cru qu'il penchait un peu la tête de côté pour un petit somme.

Une mort par urémie peut être assez douce. La tsarine joignit les mains. Le médecin constata le décès, la famille et les moines se mirent en prière. Pétrifié, solitaire au milieu des siens, Nicolas se tenait près du mort.

Le nouveau tsar.

Alice s'empara doucement de sa main. Celle-ci était glacée. Il saisit ses doigts et les retint solidement. Même lorsqu'on a été préparé toute sa vie à cet instant, c'est un sentiment écrasant de se savoir maître d'un empire tel que la Russie.

Ce jour-là, le tsarévitch, qui bientôt allait être tsar, confia à son journal :

« La tête me tourne, tant la terrible réalité me paraît impossible. Je suis épuisé de chagrin. Seigneur Dieu, sois avec nous en ces jours d'épreuve. »

Le terrible fardeau d'être tsar pesait déjà sur lui : le monde attendait de Nicolas II un *signe.*

Il répondit en faisant connaître sa décision d'épouser Alice en toute simplicité au château de Livadia.

Il essuya alors sa première défaite : la famille impériale, l'impératrice douairière en tête, s'opposa à son désir.

D'abord auraient lieu l'enterrement pompeux et ses solennités à Saint-Pétersbourg et à Moscou. Ensuite on pourrait – la cour aussi – interrompre un jour le deuil et célébrer le mariage au palais d'Hiver. Peut-être en novembre; il faudrait encore aviser à ce sujet.

Le tsarévitch se plia aux volontés de sa famille et ce que l'on avait craint parut évident : la mort de son père l'avait complètement désemparé. Il restait assis pendant des heures sur le rivage de la mer Noire, plongé dans de sombres pensées.

Il reçut un peu plus tard le gouverneur militaire de Crimée, le comte Moussine-Pouchkine, l'un des quelques dignitaires de l'empire qui étaient présents à Livadia à la mort du tsar.

– J'ai lutté moralement de toutes mes forces, lui déclara Nicolas d'une voix étranglée. Je renoncerai à la couronne!

Et Moussine-Pouchkine répondit :
– Votre Altesse Impériale ne doit pas agir de la sorte! Vous avez accepté un devoir dynastique!
– Pour la seule raison que je suis l'aîné?
– Oui! C'est le destin voulu par Dieu, vous êtes le Romanov qui doit succéder à Alexandre III et qui montera sur le trône des tsars. Vous devez...
Au cours de l'une de ces journées, le tsarévitch se confia aussi à l'un de ses amis des temps heureux de son adolescence, le grand-duc Alexandre Mikhaïlovitch.
– Que dois-je faire? demanda Nicolas désespéré. Je n'ai pas été préparé à régner. Je ne sais rien des affaires de l'Etat, je n'ai pas la moindre idée de la manière dont je devrai parler à des ministres. Je n'ai jamais voulu être tsar! Mon vœux le plus cher fut toujours de voyager à travers le monde sous l'uniforme d'officier de marine. Je n'ai jamais voulu régner sur cet empire qui compte cent millions de sujets. Que dois-je faire?
Ce fut Alice qui le consola, le réconforta. Nicolas se raccrocha avec un désespoir véritable à son aide :
– Que serais-je sans toi, à présent, dans cette épreuve? lui disait-il avant le départ pour Saint-Pétersbourg. Comment supporterais-je ce qui m'attend?
Par un jour froid, mais clair, le grand cortège funèbre défila dans les avenues de la capitale. La foule massée sur les côtés priait à genoux. Tandis que le cercueil avançait lentement, la multitude se signa et ses regards se fixèrent avidement sur la princesse allemande assise dans le carrosse auprès du futur tsar.
C'était donc elle la nouvelle impératrice! Toute en noir, enveloppée de voiles de deuil, les yeux

rougis par les pleurs, les lèvres serrées, ainsi Alice traversa-t-elle Saint-Pétersbourg. Avant de quitter la Crimée, elle s'était convertie à la religion orthodoxe et s'appelait désormais Alexandra Fiodorovna.

Même Rosalia Antonovna s'était placée sur le chemin du cortège pour voir la nouvelle petite mère de la Russie. Elle était assise à côté de Matilda sur la banquette d'une calèche. Enveloppée de couvertures, Rosalia dominait la mer des badauds.

Un silence oppressant régnait, tandis que passait le carrosse sombre du tsarévitch et de sa fiancée Alexandra, cette silhouette voilée de noir, figée dans le deuil et la dignité.

On entendit alors une voix précise, claironnante, celle de la Bondareva, crier du plus profond de sa poitrine sonore :

– Dieu tout-puissant! Pardonne-nous! C'est un oiseau de malheur!

Deux jours plus tard parut le nain Mustin. Comme tous ceux qui appartenaient à la cour, il portait un crêpe mais à sa façon, car il avait voilé le miroir de son turban de cet insigne macabre.

– Niki veut te voir, dit-il à Matilda. Il reçoit constamment des visites de condoléances des délégations, des gouverneurs, des membres de la Douma, des ministres, des atmans de cosaques, des sénateurs, des ambassadeurs. Sous peu arriveront les reines de Serbie et de Roumanie qu'il redoute particulièrement parce qu'elles sont de vraies sangsues! Mais pour demain, il s'est libéré, car il compte se reposer à la chasse. Il veut te rencontrer sur la chaussée Wolkonski. Il y a là un grand champ et une grange...

– Matilda n'ira pas! s'écria Rosalia tranchante. Qu'y a-t-il encore à dire? Elle n'est pas un petit chien que l'on siffle!

– Quand? murmura Matilda.

– Tu n'iras pas! hurla la Bondareva.

– Le matin vers 10 heures.

– Je viendrai...

– Je l'attacherai! hurla Rosalia. Sa fiancée est arrivée... Que veut-il donc encore?

– Je crois que Nicolas n'oubliera jamais Matilda, dit le nain, très grave. Il veut faire ses adieux comme il convient.

– Il a des principes par-dessus le marché? piailla la Bondareva. Ah!

– Comme moi qui reste assis auprès de toi.

– Ah! tête de grenouille!

– Tiens-toi tranquille, monstre criard!

Rosalia souffla l'air par ses narines, mais l'ordre était rétabli. On se comprenait sur cette base.

Elle prépara le thé, apporta des gâteaux et demanda à entendre un disque sur le phonographe, une mélodie triste.

Le lendemain matin, Matilda monta en voiture pour se rendre sur la chaussée Wolkonski.

Boris l'accompagnait à cheval. Il se montrait très silencieux ces derniers jours, très réservé, et paraissait à peine. Il restait auprès de Nicolas et disait à Matilda qu'il était constamment de service à cause du deuil national. En savait-il davantage?

Rosalia voulait absolument lui poser des questions. Elle le provoquait :

– Es-tu fiancé, ou serais-tu idiot? Aimes-tu, oui ou non, Matilda? Que les hommes sont devenus veules!

Mais Boris se taisait obstinément. Il ne faisait que

passer de temps à autre, ne restait pas longtemps et dormait toutes les nuits à la caserne ou au palais impérial Anitchkov.

Ce matin-là, il vint chercher Matilda. A présent, il se tenait à ses côtés, à l'heure la plus cruelle peut-être de sa jeunesse.

Lorsque parut la calèche de Matilda, un brouillard léger flottait au-dessus de la plaine déserte où se trouvait une longue grange au toit de chaume. La chaussée était barrée à cause de la chasse impériale. Lorsque Boris se fut présenté, le peloton chargé du barrage laissa passer la calèche et le cavalier qui l'accompagnait.

Seul au loin contre la grange, dans le brouillard, sous le ciel gris, attendait un cavalier. Image de la solitude. Symbolique : le nouveau tsar délaissé de tous, exposé de toutes parts dans un espace immense où il n'était qu'un point infime. Un homme chétif, malheureux, dans une Russie qui désormais lui appartenait.

Boris, chevauchant contre la portière, se pencha vers la fenêtre. Matilda appuyait son visage à la vitre et regardait fixement le cavalier solitaire.

– Je reste en arrière, dit Soerenberg lorsqu'elle baissa la glace.

– Tu veux me laisser seule?

– Pour la dernière fois, Matildouchka. (Boris était très sérieux. Même son sourire qui devait encourager Matilda se figeait sur ses lèvres. Pour lui, ce matin était tout autant que pour elle un tournant de sa vie. Il s'y était préparé pendant les longues heures qui avaient suivi la mort du tsar.) Sois courageuse...

– Je le suis, Borja!

Il fit un geste. Le cocher claqua de la langue, et

lentement la calèche roula dans le champ en direction de la grange.

A quelques mètres du cavalier en attente, elle s'arrêta. Le cocher descendit de son siège, ôta sa coiffure, s'inclina presque jusqu'à terre et retourna ensuite rapidement vers la chaussée où il attendit, tournant le dos à la grange, le col de son manteau relevé. Il ressemblait à un épouvantail environné d'écharpes de brouillard.

Nicolas avança à cheval vers la calèche, sauta de sa monture et continua à pied à la rencontre de Matilda qui ouvrit la portière. Ils se regardèrent en silence. Ils avaient tant à se dire. Mais leurs gorges étaient étranglées de larmes contenues. Le chagrin consumait toutes leurs paroles.

– Matilda, dit le futur tsar à voix basse. O Matilda!

– C'était notre destinée dès le début, dit-elle, le souffle court. Nous... nous le savions bien, Niki...

– Je voulais fuir ce destin.

– C'est impossible.

– Je voulais renoncer à la couronne.

– Oh! non, jamais, jamais... tu ne dois pas. Tu appartiens au peuple russe, j'appartiens à la danse...

– C'est ta réponse?

– La seule réponse, Niki, celle de la raison.

– Quel ange tu es!

– Non, Niki, pas un ange, je sais seulement le peu que je suis, Niki, c'est tout. Nous avons eu ensemble quelques mois de bonheur. Allons-nous en être attristés? Serons-nous ingrats à l'égard du destin qui nous a donné des heures si merveilleuses? Pourquoi pleurer si la vie reprend son cours comme il se doit? Niki, je t'ai... beaucoup aimé...

– Je t'aimerai toujours, Matilda. (Nicolas attira

ses mains à lui et les baisa :) Je voulais te demander pardon...

– Pourquoi? A cause d'Alice? Elle te convient, elle sera une bonne tsarine et tu l'aimes, elle aussi!

– Matilda! Toutes les issues vers le bonheur sont tellement barrées!

Elle vit de nouveau des larmes dans ses yeux et se demanda à son tour comment il était possible que cet homme gouverne bientôt le plus grand empire du monde. Il était né artiste, amoureux de la beauté, et ignorait la politique et l'intrigue.

– Je... vais bientôt me marier. Le conseil de famille a choisi le 14 novembre.

– Je prierai pour toi, Niki, dit-elle d'une voix à peine audible.

– Si ce n'était que ça! (Le tsarévitch enfouit son visage dans ses mains.) A l'occasion du mariage, la cour assistera à un ballet et... il faudra que tu danses devant nous...

Il la sentit se raidir, mais elle dit, très calme :

– Je ferai cela aussi, Niki. Evidemment ce sera *Le Lac des cygnes*?

– Oui! (Les mots s'étranglaient dans sa gorge.) C'est le désir d'Alice.

– Alexandra...

– Elle ignore notre amour.

– Le crois-tu?

– Oui, j'en suis sûr. Elle a exprimé ce vœu sans arrière-pensée. Mais tu pourrais être malade... Tu pourrais quitter Saint-Pétersbourg auparavant... aller à l'étranger... à Paris... Londres... Rome...

– Me crois-tu si lâche, Niki? Je danserai!

– Je pourrais t'aider... mes courriers pourraient t'amener... où tu veux...

– Non, Niki, je veux rester à Saint-Pétersbourg. Je

veux être près de toi. Je veux... te voir au moins de temps à autre. Dans la loge de l'Opéra, au concert, sur le champ de parade, aux manœuvres, aux fêtes, aux visites officielles, aux réceptions... Il y aura tant de possibilités de te voir! Et si je te vois, Niki, alors je me dirai tout bas : « Regarde-le, Matilda, c'est le grand tsar Nicolas! Il t'a aimée jadis. Nous avons été très heureux ensemble. Dieu protège le tsar! » Et je serai toujours heureuse tant que tu seras toi-même heureux!

– O mon Dieu, ta bonté vraiment céleste me déchire!

Le tsarévitch baisa encore les mains de Matilda, puis il l'attira contre lui et déposa des baisers sur ses lèvres glacées – pour la dernière fois, cela était clair pour l'un et l'autre. Elle lui jeta ses bras autour du cou. Ils restèrent longtemps ainsi, comme s'ils avaient été pétrifiés dans cette étreinte.

Soudain, Nicolas s'arracha à ses bras, tourna le dos et se dirigea vers son cheval.

Il se mit en selle et laissa sa monture faire un temps de galop. Mais il pesa tout à coup sur le mors, prit une allure plus lente et s'éloigna comme s'il tirait à sa suite un fardeau gigantesque. De temps à autre, il se retournait.

Matilda restait seule sur cette étendue chauve. Petite, fragile. En arrière-plan, la grange et la calèche... Elle restait là debout, dans sa longue pelisse de fourrure, comme un brin de paille qu'on a oublié de faucher.

Matilda ne fit pas un geste. Elle restait immobile et le regardait. Il s'arrêtait de nouveau, le cœur serré; il luttait contre lui-même, contre l'envie de retourner, bien qu'il sût que cela n'avait plus de sens... Il poursuivit donc sa chevauchée... La silhouette devant la grange rapetissa de plus en plus, les écharpes de brouillard l'enveloppaient, estompaient ses contours, puis la soulevant du sol, la ravirent à ses yeux...

Alors il éperonna rudement son cheval, se pencha sur l'encolure et se laissa emporter dans un galop furieux qui l'arrachait au passé.

Matilda le suivit des yeux jusqu'à ce que le brouillard eût aussi effacé sa silhouette. Alors elle se détourna, remonta dans la calèche, claqua la portière et se serra dans le coin rembourré de la banquette. Elle ne pleurait pas, seulement ses dents déchiraient son mouchoir. Elle prit une inspiration profonde lorsqu'elle entendit le cocher remonter sur le siège, tandis que les roues se mettaient à rouler. La calèche oscilla de nouveau à travers champs.

Fini... fini... fini..., grinçaient les roues en cadence. Ainsi se terminent des phases de notre vie. L'être humain meurt à jamais et par lambeaux... A présent elle comprenait le sens de ces paroles...

Sur la chaussée, Boris Davidovitch, le fidèle, la rejoignit. Il chevaucha à son côté et eut la sagesse de ne rien dire. Il ne jeta pas un regard à l'intérieur de la calèche. Mais Matilda l'observait. Son visage avait pris des lignes plus dures, il regardait droit devant lui et chevauchait impassible.

O Boris! pensait Matilda, que tu dois m'aimer! Que puis-je pour toi? Comment te remercier de tout ce que tu as fait pour moi? Que de chagrins silencieux tu as su me cacher!

Elle s'adossa, tira son bonnet de fourrure sur son front et ferma les yeux. Elle les sentait brûlants, mais ils n'avaient pas de larmes pour éteindre ce feu.

Je suis vidée entièrement, pensa Matilda, comme l'une des poupées du ballet de *Coppélia* : je danse parce que j'ai un mouvement d'horlogerie dans la poitrine.

Dieu! aide-moi à vaincre ma peine!

14

Le mariage de l'héritier du trône avec celle qui allait devenir l'impératrice Alexandra eut lieu le 14 novembre 1894, dans la chapelle du palais d'Hiver à Saint-Pétersbourg. Toute la cour était présente, les grands-ducs et grandes-duchesses de l'Empire russe, la noblesse de l'univers. Le jeune couple fut béni aux accents assourdis d'un chœur de religieux. Ce fut une fête éblouissante. Nicolas portait l'uniforme rouge de colonel des hussards de la garde. Il avait jeté sur ses épaules le dolman chamarré d'or. Le futur tsar était très grave; lorsque fut prononcée la bénédiction, son regard se chargea de mélancolie.

Alexandra Fiodorovna rayonnait d'une beauté que nul n'eût cru possible. Sa robe de mariée était de soie blanche filetée d'argent, sur laquelle elle portait un manteau de cour de brocart d'or. Sa traîne était si longue que cinq chambellans devaient la soutenir. Sur sa haute coiffure étincelait le diadème de brillants des tsarines, couronne de valeur inestimable portée un peu avant l'heure.

Très droite, fière, consciente de son pouvoir, elle marchait au côté de Nicolas entre les deux haies d'invités et pénétra dans la cathédrale, accueillie par un *Te Deum* pompeux. Ensuite elle se trouva assise près de son époux dans le carrosse traversant Saint-Pétersbourg. Le peuple jubilait, envoyait des bénédictions à ce beau jeune homme, agitait des drapeaux, s'agenouillait ou appelait les bienfaits du ciel sur leurs têtes. Un nouveau tsar! Un beau tsar! Un tsar plein de bonté, cela se voyait.

Un vent nouveau allait-il souffler sur la Russie? Y aurait-il plus de liberté? Une politique éclairée serait-elle instituée? La Russie s'éveillerait-elle de cet immobilisme que l'ours despote Alexandre III avait préconisé et qu'il jugeait nécessaire?

– Il fera tout de travers! prédisait le nain Mustin ce jour-là. (Il se tenait derrière Rosalia Antonovna dans la gigantesque cathédrale de Kazan et écoutait le *Te Deum*. Ils formaient un couple étrange : le nain à la tête de géant et la grosse femme à l'énorme corsage.) Aujourd'hui, ils crient encore tous de joie, mais ils s'apercevront bientôt que sur les vingt conseillers du nouveau tsar, il y a vingt et un coquins!

Dans le quartier du marché, les communistes étaient réunis et s'accordaient sur un point : la Russie changera. Ce tsar, on pourra le rejeter au loin comme des feuilles d'automne devant la porte.

Le soir même, Matilda remporta son plus grand succès à l'Opéra dans *Le Lac des cygnes*.

Haletants, les spectateurs braquaient leurs lorgnettes sur la scène où se passait quelque chose d'incompréhensible : était-ce une créature humaine qui dansait? Seul, un elfe, un ange, un être extraterrestre pouvait montrer tant de ferveur.

Lorsque mourut le cygne, lorsque les battements de bras de la ballerine cessèrent peu à peu, lorsque tout ce prodige s'abîma en un flot de tulle blanc, lorsqu'un dernier tressaillement passa sur ce corps gracile dont l'amour avait aspiré la vie... il y eut un soupir dans tous les rangs de l'assistance.

Le visage de marbre, Nicolas Alexandrovitch était assis dans sa loge. Sa jeune femme Alexandra avait les joues en feu.

– C'est un miracle, Niki! ne cessait-elle de murmurer. Un miracle! Niki, comment peut-on danser ainsi? Mon Dieu, ne meurt-elle pas vraiment...

Mais Matilda ne mourait pas.

Après que le rideau se fut baissé et que les dernières mesures de l'exquise musique se furent évanouies, elle se releva, et d'un petit signe de côté fit remonter le rideau. Avec une révérence de cour irréprochable, elle s'approcha de la rampe, enveloppée par les applaudissements et les acclamations frénétiques. Elle porta la main à son cou, les yeux levés vers la loge impériale. Alors seulement on s'aperçut qu'elle portait un sautoir de perles. De grosses perles d'un rose pâle d'une beauté rayonnante.

Fut-ce un geste maladroit de sa part, ou un sursaut d'effroi devant la violence des applaudissements qui lui étaient adressés... Le sautoir se rompit tout à coup, les perles roulèrent de sa main sur la scène et jusque dans la fosse d'orchestre.

Cependant, le visage de Matilda restait impassible, inexpressif. Enfin elle ouvrit la main et laissa le reste des perles qu'elle tenait encore cascader sur la scène. Alors seulement elle sourit faiblement, fit encore une profonde révérence et baissa la tête en direction du couple impérial.

Le rideau tomba.

Nicolas restait assis, comme paralysé. Il avait compris. Il connaissait bien ce sautoir de perles qu'il avait offert à Matilda le soir même où ils avaient connu ensemble le plus grand bonheur.

Une chaîne pour l'éternité! A présent, elle la brisait et dispersait les perles sur la scène.

« Adieu », signifiait ce geste. « Adieu à jamais! Tu es le tsar, je suis la ballerine, il n'y a plus de lien entre nous. Plus de chaîne qui nous lie l'un à l'autre. Vois comme ces perles roulent, disparaissent! Tes souvenirs aussi s'en iront, bribe par bribe, et je ne veux pas les ramasser pour les nouer ensemble de nouveau... »

Adieu Niki!

Malgré les applaudissements, un triomphe immense, Matilda ne revint pas sur la scène. D'ailleurs, elle ne l'aurait pas pu, car debout dans sa loge, le visage pétrifié, elle déchirait en silence son costume de reine des cygnes.

Tamara Iegorovna, toute pâle, le dos appuyé au mur, la regardait faire sans l'en empêcher. Il ne s'agissait pas d'une rage destructrice. C'était un froid règlement de compte avec une courte époque de sa vie. La destruction d'un beau rêve. Le retour à la rude réalité.

– C'est bien ainsi! déclara la Iegorovna lorsque Matilda, au milieu d'un envol de lambeaux de tulle, eut déchiré son costume en petits morceaux. Te sens-tu mieux?

– Oui! (Matilda ouvrit tout grands ses bras.) Et maintenant je voudrais du champagne, beaucoup de champagne! un fût de champagne! Où est Borja?

– Dans la loge du tsar, où veux-tu qu'il soit?

– Cherche-le! Il faut qu'il vienne, et si Niki ne le laisse pas venir, alors fais-le savoir au tsar : Je veux voir Borja, maintenant! Je veux voir Borja tout de suite!

– Matilda! (La Iegorovna se dirigea vers la porte.) Tu veux donc un scandale? Celui des perles suffit...

– C'est un accident, Tamara!

– Je le sais mieux que toi, je te connais!

– Allons, qu'on aille me chercher Borja! Et apportez-moi aussi du champagne! Dis à mamouchka qu'elle vienne... Et aussi Mustin... Aujourd'hui, on fête un baptême au champagne! Une fille vient de naître : Matilda Felixovna, l'étoile mondialement célèbre!

Elle se laissa tomber sur son tabouret de maquillage, à demi nue dans son étroit maillot. Les cheveux sur le visage, elle lança au loin ses chaussons de danse dont les bouts étaient presque percés.

– Cours... rassemble-les tous!

Dix minutes plus tard, Mustin, la pleurnichante Rosalia – qu'on avait trouvée derrière le décor, l'Opéra étant réservé au grand monde – et aussi Boris se réunissaient dans la loge de Matilda.

Soerenberg portait comme son tsar l'uniforme de gala des hussards de la garde au dolman bordé de fourrure. On n'avait pas eu à le séparer du tsar, Nicolas lui-même avait murmuré en quittant la loge impériale :

– Va tout de suite trouver Matilda! Immédiatement! J'ai peur pour elle!

Un témoin distrait aurait pu croire que le tsar donnait un ordre sévère à son officier.

– Vous voilà donc tous! s'écria Matilda, extatique. (Elle avait jeté sur ses épaules une matinée de dentelle et frottait ses pieds nus l'un contre l'autre.) Tamara, débouche les bouteilles! Nous n'avons pas de verres? Qu'importe! Chez nous, on boit la vodka au goulot de la bouteille! N'est-ce pas, petite mère?

– Ne sois pas si vulgaire! répondit Rosalia sévère. J'ai honte pour toi!

– Débouchez le champagne! répéta Matilda en applaudissant.

Avec une détonation sèche, Mustin fit sauter le bouchon de la première bouteille et le champagne écumant jaillit. Matilda arracha la bouteille des mains de Mustin, la porta à ses lèvres et but. La Bondareva leva les bras au ciel, puis frappa ses paumes l'une contre l'autre.

– Qu'on n'aille pas dire que je lui ai appris ces mauvaises manières! piaula-t-elle. Ce n'est pas l'éducation qu'elle a reçue de moi! Je rougis de honte!

– A toi, Borja! (Matilda tendait la bouteille à Soerenberg.) Bois un long trait, mon cher, et trinquons! Pose tes lèvres où je les ai posées, et bois! bois! (Mustin ouvrit la seconde bouteille.) Aujourd'hui, nous célébrons une grande fête! J'ai décidé de quitter Saint-Pétersbourg, je veux m'en aller par le vaste monde, je veux danser partout où l'on désire me voir... Je renais...

– Amen! lança la Bondareva d'une voix sourde. Arrosez-la de champagne, mes enfants, ma petite est devenue folle!

– A ta santé, Matildouchka! (Boris but, puis dit en passant la bouteille à la Iegorovna :) Tout est prêt. Demain arrive Chamitja Maximovitch Aronov, le grand imprésario qui connaît tous les opéras du monde. Il n'attend qu'un signe de toi! Il a un premier contrat pour l'Opéra royal de Stockholm...

Le silence s'établit soudain dans la pièce. Seule, Matilda dit à mi-voix :

– Borja, tu es l'homme le meilleur de ce monde, mais que deviendras-tu?

– Je te suis. (Soerenberg, d'un geste symbolique,

ôta son dolman de ses épaules.) J'ai demandé aujourd'hui même à quitter l'armée. Le tsar en décidera. Je crois savoir déjà quelle sera sa décision.

Lorsque l'on rencontrait dans la rue Chamitja Maximovitch Aronov, on avait envie de l'éviter ou de lui glisser un kopeck dans la main, afin qu'il puisse se faire raser ou s'offrir un petit pain. Il avait un aspect minable. Maigre, affamé, semblait-il, de taille moyenne, il promenait un visage morose, secoué d'une toux persistante qui cependant n'avait rien d'inquiétant. Les médecins la qualifiaient de toux allergique sans en avoir découvert la cause. Quant à lui, il l'expliquait ainsi :

– Je suis allergique à l'humanité. Chaque être humain provoque ma toux. Si je me trouve en compagnie de chiens ou d'oiseaux, tout va bien!

Aronov avait vingt-neuf chiens et une grande volière pleine d'oiseaux exotiques. Son guignon, son « destin écrasant » selon sa formule, c'était son métier, car celui-ci le mettait le plus souvent en contact avec des humains.

Et avec des artistes en particulier, qu'il considérait comme des êtres déments.

Cependant il était devenu l'un des agents les plus fameux, et il fallait passer par lui pour être engagé sur les grandes scènes d'Europe et du Nouveau Monde. Quiconque était recommandé par Aronov avait son rôle dans un théâtre. Tout le monde le savait : Aronov ne procure pas de mazettes! Les protégés d'Aronov étaient des étoiles aux cieux de l'opéra et du ballet!

Il se trouvait assis pour la première fois au palais Stroïtsky face à Rosalia armée de son esprit critique. Lui, cassé, toussant, pitoyablement vêtu, se trouva submergé à la vue de cette puissante femme par une vague de violente allergie.

La première phrase de Rosalia l'avait atterré :

– Quoi, vous êtes Chamitja Maximovitch? Ma fille ne se destine pas au théâtre populaire! Dois-je vous apporter une soupe bien chaude, petit père?

Aronov eut une toux violente, fit un geste de refus et s'adossa dans son grand fauteuil.

– Il se trouve aussi des idiots affublés d'habits de gala! dit-il de sa voix grinçante. C'est le plus souvent ce qui arrive! Rosalia Antonovna, achetez-vous l'emballage ou le contenu?

– Quelle question!

– Je ne tiens pas au luxe! J'habite une maison de trente-neuf pièces entourée d'un grand parc, je me contente de la plus petite. Les autres restent vides ou servent à loger mes animaux. Oui, j'ai trois soigneurs, une cuisinière, un jardinier et un laquais qui était lutteur de foire auparavant...

Au bout de dix minutes, ils s'étaient suffisamment mesurés l'un à l'autre. Rosalia fit le thé et apporta son fameux gâteau au miel.

Aronov en mangea, ou plutôt en dévora sept morceaux et dit en conclusion :

– Chez vous, j'en arrive presque à oublier ma toux!

C'était de sa part le plus beau compliment.

Après le thé, il parla de son métier et de sa chance d'être le « manager » de Matilda. Puis il annonça que l'Opéra royal de Stockholm l'attendait. Plus tard viendraient Londres, Rome, Milan, Berlin et naturellement, comme couronnement, le grand Opéra de Paris. Le monde s'ouvrait devant elle.

Aronov, homme prudent, demanda négligemment, comme par hasard :

– Accompagnerez-vous partout notre étoile, Rosalia Antonovna?

– Non! répondit Rosalia sans hésiter. Que ferais-je à l'étranger? Je suis une femme russe, ma place est en Russie! Je reste ici.

– C'est une décision très raisonnable, approuva Aronov, rassuré. Car nous mènerons une existence mouvementée. Mais Boris Davidovitch nous suivra, lui?

– Si le tsar lui permet de quitter le service...

Deux heures plus tard, Matilda revint de ses répétitions quotidiennes. Soerenberg était avec elle. Il portait encore l'uniforme des hussards de la garde. Nicolas avait refusé de lire sa lettre de démission.

Matilda, à son tour, fut surprise par l'aspect d'Aronov, mais quand on est habitué à regarder le nain Mustin, un Aronov ne saurait vous faire peur.

Chamitja Maximovitch déplia le contrat proposé par l'Opéra de Stockholm, puis un second contrat liant Matilda à l'imprésario Aronov. Celui-ci demandait dix pour cent d'honoraires.

– Ce n'est rien, plaisanta-t-il, mes autres esclaves me paient davantage! Mais pourquoi en prendre plus à une reine de la danse comme vous? Que faire de ce maudit argent? Capitonner mon lit de roubles en billets?

– Nous partons déjà dans quatre jours! dit Boris dans le salon de Matilda. (Ils étaient encore assis à boire du porto dans de petits verres de cristal taillé.) Le vapeur attend au large, car le port risque de geler d'un jour à l'autre. On nous y amènera sur un voilier. Il partira du port des vieilles galères.

– Seras-tu libre à ce moment-là, Borja? demanda-t-elle craintive, redevenue une petite fille sans défense. Je ne partirai pas seule.

– Si Nicolas ne me libère pas, je m'enfuirai! Je pars en tout cas avec toi!

– Tu veux déserter? Mais c'est le peloton d'exécution!

– Hors de la Russie, je serai en sûreté, seulement je ne pourrai jamais plus revenir en Russie.

– Et tu le supporterais, Borja? Ne jamais plus revoir la Russie...

– Je t'ai, Matilda! Tu seras alors pour moi la patrie!

– Jamais je ne te témoignerai assez ma gratitude, Borja. Je le répète sans cesse...

– Il suffit que je sois à tes côtés. (Il sourit faiblement.) Un jour, la « blessure tsarévitch » se cicatrisera... alors il y aura place pour moi dans ton cœur...

Il n'y avait plus de mots pour un tel amour... Matilda l'éprouvait au plus profond d'elle-même, aussi resta-t-elle silencieuse...

Elle saisit la main de Soerenberg et la serra fort.

Le tsar Nicolas II, qui n'était pas encore couronné mais que déjà on entourait du respect dû au souverain, accepta un jour avant le départ de Matilda la démission de l'armée présentée par Boris Davidovitch de Soerenberg.

Il le reçut au palais Anitchkov, dans le bureau de son père Alexandre III, où rien n'avait été changé. Il était seul... tout le monde dut rester dans l'antichambre lorsque Soerenberg entra.

Nicolas semblait profondément mélancolique; il considéra Boris d'un air triste, et se tourna vers la fenêtre, le regard perdu dans les profondeurs du parc. Vue à contre-jour, sa silhouette élégante semblait fragile, presque transparente. Pour un homme qui allait gouverner la moitié de l'univers...

– J'accepte ta démission parce que tu accompagnes Matilda, dit-il enfin. C'est la seule raison! Autrement tu aurais été envoyé dans une lointaine garnison. A Tschita, en Sibérie, commandant d'un camp disciplinaire de représailles.

– J'aurais déserté et je me serais évadé, Majesté.

– Que me dis-tu là?

– Nous sommes seuls et j'ai le courage de parler parce que je sais que vous me comprenez.

– Qu'est-ce que je comprends, Borja?

– Qu'une femme telle que Matilda vaut tous les sacrifices.

– Vraiment?

– Je connais quelqu'un qui voulait lui sacrifier une couronne...

Silence.

Alors le tsar demanda d'une voix à peine perceptible :

– Quand partez-vous?

– Demain, vers midi. Un canal est encore libre en direction du port des vieilles galères. A la fin de la semaine, tout sera entièrement pris par les glaces. Nous ne voulons pas partir par la route, c'est trop difficile.

– Je vous donnerai un train spécial!

– Par mer, ce sera plus facile!

– Je veux encore une fois parler à Matilda!

– Pourquoi? Les blessures que l'on met à vif longuement ne guérissent jamais.

– Tu veux faire la leçon à ton tsar?

– Non... je veux être utile à un ami et épargner une souffrance à Matilda. Elle est étonnamment résignée, après la rencontre sur la chaussée. Elle se réjouit d'aller à Stockholm, Majesté... Je vous en prie... laissez-nous prendre la mer demain.

Nicolas II fit en silence un signe d'assentiment; il tournait encore le dos à Soerenberg et regardait par la fenêtre.

– Avez-vous de l'argent? demanda-t-il soudain.

– Matilda reçoit son traitement. Stockholm met une villa à sa disposition; j'ai quant à moi la somme résultant de la vente de mon domaine...

– Cela suffit? Je ferai donner des instructions à mon trésorier!

– Nous n'avons pas besoin d'argent, Majesté.

– En cas de besoin, tu peux demander n'importe quelle somme, Borja. (Le tsar se retourna. Ses yeux sans joie étaient ternes :) J'ai toujours cru, Boris Davidovitch, que nous ne nous séparerions jamais. Seule, la mort nous eût forcés à un adieu. Je te voyais devenu général toujours à mes côtés. Mon aide de camp! Nous aurions été chasser à cheval, nous aurions visité le monde, nous aurions fait de la musique aux heures paisibles et joué aux échecs. Tu aurais aidé Alice auprès de mes enfants. Tu devais cela à la Russie! Mais à présent, te voilà en civil, à voyager d'un opéra à un autre opéra! Est-ce une vie pour un soldat?

– Oui... au côté de Matilda.

– Je suis perdant. (Nicolas haussa les épaules.) Dieu soit avec toi, Borja! Le ciel vous bénisse tous deux! (Il se détourna pour regagner la fenêtre. Après une longue pause, il reprit d'une voix basse, frémissante :) A présent, ma solitude sera plus grande encore.

Soerenberg quitta le bureau du tsar sur la pointe des pieds.

Il était au bord des larmes et n'en avait pas honte.

Rosalia ne pouvait vraiment pas se rendre au bassin des vieilles galères pour voir sa fille monter à bord du voilier et lui adresser des signes d'adieu. Non, c'était impossible!

Après quatre jours de préparatifs, de courses en tous sens, de cris et de gémissements, la Bondareva se trouvait à bout. Elle ne savait plus que pleurer, déchirer son châle comme le font seulement les veuves. Puis elle parut frappée de paralysie. De l'avis général, il était impossible de la transporter au port dans cet état, car là-bas, il n'y aurait pour elle que deux éventualités : son cœur se briserait ou elle sauterait à l'eau pour nager à la poursuite de Matilda.

Dans un cas comme dans l'autre, ce serait sa fin.

Mustin, le nain, s'occupait d'elle d'une manière touchante. Il préparait son thé avec beaucoup de rhum et le corsait encore avec de la vodka chauffée, ce qui avait l'effet dévastateur qu'on peut imaginer. Bref, Rosalia Antonovna était à peu près ivre morte lorsque Matilda et Boris lui firent leurs adieux.

– C'était le seul moyen, déclara Mustin. On n'aurait pu la retenir, même avec des chaînes d'acier! Dieu vous garde; je me chargerai d'elle, je vous le promets. J'ai les nerfs qu'il faut pour tenir bon auprès d'elle! Qui donc a-t-elle encore au monde? Elle pourra m'agonir d'injures, je fermerai mes oreilles. Dieu vous bénisse!

Matilda embrassa sa mère sur ses cheveux gris, l'étreignit, s'arracha à ses bras et sortit du palais en courant.

En chemin, ils firent arrêter la voiture une fois

encore devant la cathédrale de Kazan, y prièrent tous deux devant l'iconostase dorée et, comme un couple de paysans, se firent bénir par un pope qui ne les reconnut pas. Lorsqu'ils déposèrent dix roubles dans la sébile du religieux, celui-ci, éberlué, fit un dernier signe de croix, comme en manière de supplément.

Au même moment, le tsar Nicolas II, en costume civil, se faisait transporter de l'école militaire du palais Mentchikov qu'il avait visitée officiellement jusqu'au port des vieilles galères à travers l'île enneigée de Wassilievskoï.

Il s'arrêta devant l'un des entrepôts, mit pied à terre et entra seul à l'intérieur. Penché en avant, il se plaça derrière une fenêtre brisée, en écarta les toiles d'araignée à l'aide de son haut-de-forme et regarda vers le môle.

C'est là que se trouvait amarré le petit voilier, les voiles encore repliées. Des matelots déchargeaient une voiture qui venait d'arriver : malles et sacs, les bagages de Matilda Felixovna.

Le tsar respirait violemment. Il s'essuya les yeux, remonta les épaules et ferma le col de fourrure de son manteau.

Un vent froid soufflait de la mer. Sans doute était-ce le dernier jour où le canal serait libre de glaces. Dans la nuit, ce couloir se refermerait.

Un peu plus tard arriva la calèche.

Nicolas II se pencha plus en avant et vit Matilda descendre de la voiture. Elle portait un long manteau de fourrure. Le capitaine du navire l'accueillit, ils montèrent rapidement à bord. Puis suivit Boris Davidovitch, son ami. Il était accompagné d'un petit homme d'aspect minable, coiffé d'une calotte à oreillettes en tricot. C'était le grand Aronov.

Puis, trop rapidement au gré de Nicolas qui les

observait, ils disparurent tous à l'intérieur du bateau.

La passerelle fut retirée, les amarres lancées sur le quai, le foc monta en claquant, le bateau glissa lentement en s'éloignant du môle, libéré enfin de la terre. Les voiles se déployèrent avec un crissement, la toile du grand mât se gonfla et luit dans le froid soleil : c'était une voile rouge d'une tonalité si inhabituelle que Nicolas II se pencha davantage encore à la fenêtre vermoulue pour la contempler.

Le bateau voguait majestueusement hors du vieux port dans le goulet. La voile rouge se découpait sur le ciel bleu, gigantesque tache de sang dont la teinte se reflétait dans l'eau et la glace.

Le sang de mon cœur, pensa Nicolas douloureusement. Une goutte du sang de mon cœur t'accompagne, Matildouchka.

Le tsar de toutes les Russies aurait pu pleurer à cette vue, comme un petit garçon tombé en courant qui voit couler son sang. Matilda, Dieu veuille te prendre dans ses bras...

Il éleva timidement la main et adressa des saluts à la voile rouge qui s'éloignait.

C'est tout ce qui reste de toi, pensait-il : une tache rouge. Jamais ce rouge ne me quittera, il sera mon destin! Je le sens... le rouge, un jour, mettra fin à tout...

Matilda se tenait sous la voile rouge, protégée du vent par une paroi du poste de barre. Elle regardait en arrière vers la ville de Saint-Pétersbourg qui s'effaçait lentement. Sur les cieux se découpaient les silhouettes des tours, des coupoles, des vastes palais, des bâtiments du gouvernement, la petite et la grande Neva avec leurs nombreux ponts, leurs îles proches, leurs campagnes, leurs forêts... Une ville que l'on appelait la Venise du Nord. Beauté devenue pierre.

Hymne à l'éternité de la Russie.

Boris se tenait auprès d'elle, un bras autour de sa taille. Aronov, dans l'entrepont, toussait. Il avait déjà si souvent quitté Saint-Pétersbourg en bateau que cette vision d'une ville s'engloutissant à l'horizon le laissait indifférent. Assis dans sa cabine, il buvait un thé bouillant et se préparait à subir un formidable mal de mer.

Il connaissait cela. Chaque fois qu'il devait voyager en bateau – ce qui était inévitable lorsqu'il allait en Angleterre – il était saisi au bout d'une heure de ce malaise qui l'amenait au voisinage de la mort. Aussi haïssait-il la mer et il demandait dans son testament à être immergé après son décès :

– Cette maudite mer sera polluée par ma présence et pour moi ce sera une joie de la salir de mon corps!

– Nous retournerons à Saint-Pétersbourg, n'est-ce pas, Borja? demanda Matilda à mi-voix... On ne sait quand, mais un jour...

– Oui, un jour, sûrement.

– Nous sommes seulement en voyage! Notre patrie sera toujours la Russie.

– Toujours, Matildouchka.

– Ce sera long jusqu'à notre retour?

– Qui sait? Sûrement pas l'an prochain.

– Non? (Elle le regarda, atterrée. Il secoua la tête.) En 1895, il y aura Rome, Vienne, Milan, Berlin, Londres et Paris...

– Et où habiterons-nous? Toujours à l'hôtel?

– Chamitja Maximovitch veut louer une villa sur la Riviera, dans les environs de San Remo. Un climat doux, des palmiers sur la promenade, des buissons de camélias dans les jardins, le parfum de la lavande et du jasmin dans l'air, la mer bleue à tes pieds. Tu te sentiras bien.

– Loin de la Russie? Sans la Russie? Est-ce possible, Borja?

– Nous en prendrons l'habitude, ma colombe, et il la serra plus fort contre lui.

Matilda appuya la tête contre sa poitrine et regarda disparaître au loin Saint-Pétersbourg. Le port des vieilles galères était à peine visible; seules, les tours des églises avec leurs doubles croix dorées brillaient au loin dans le soleil.

– On peut vivre partout lorsqu'on est heureux.

– Serai-je heureuse?

– Je ferai tout pour que tu le sois.

– Ce sera difficile, Borja. Tu es à présent tout pour moi et il faut que tu sois tout à la fois : père, mère, ami, amie, Saint-Pétersbourg et la Russie... Est-ce trop?

– Tu oublies quelque chose.

– Quoi donc, Borja?

– Amant et mari...

– Je l'ai pensé sans le dire. (Elle éleva ses mains et par gestes adressa ses adieux à la ville.) Laisse-moi un peu de temps, chéri.

– Tant que tu voudras Matilda. Je suis tout de même toujours auprès de toi.

Le petit voilier était à présent bien dans le vent et filait à belle allure; les quais de la ville s'estompaient de plus en plus vite.

Nicolas II était resté debout devant sa fenêtre brisée dans le vieil appentis et suivait le bateau du regard. Déjà il n'en voyait plus la coque. Seule, la tache rouge éclatant sur le ciel bleu brillait encore.

Le tsar éleva la main une dernière fois et l'agita dans un geste d'adieu. Puis il se détourna, remit son haut-de-forme, l'ôta de nouveau, essuya de sa manche les toiles d'araignée et se tourna encore vers la fenêtre.

Loin, loin, à l'horizon, un point luisait encore.

Du bonheur qui pour lui avait failli changer le monde, il ne restait qu'une voile rouge. Nicolas II quitta l'appentis, remonta dans sa calèche et regarda son cocher d'un air qui imposait le silence.

– Retour au palais Mentchikov, dit-il durement. Que sais-tu de cette promenade?

– Elle n'a jamais eu lieu, Votre Gracieuse Majesté, répondit le vieux cocher avec un visage de pierre.

15

Matilda passa toute une saison à Stockholm. Les triomphes qu'elle recueillait éveillèrent l'intérêt du monde entier. Matilda Felixovna... ce nom fut bientôt inscrit sur tous les programmes à venir de tous les grands opéras.

Chamitja Maximovitch se frottait les mains, élevait ses prix et faisait savoir à chacun des directeurs d'opéra qu'il était un « chanceux » si la Felixovna dansait chez lui.

L'année 1895 était complètement retenue; pour 1896, les grandes villes s'inscrivaient sur des listes d'attente. New York s'était mise sur les rangs et annonçait que la Felixovna serait reçue comme une reine. Mais Aronov commença par refuser.

– L'Amérique attendra! dit-il, péremptoire. En 1896, nous serons de retour à Saint-Pétersbourg!

– Nous serons quoi? lança Boris étonné.

– Nous danserons à l'Opéra impérial! A Saint-Pétersbourg et à Moscou! J'ai partout des oreilles et on leur a murmuré : L'an prochain, le tsar sera officiellement couronné. Que serait le couronnement du tsar sans Matilda? Ce sera un point culminant de sa carrière!

– Le sait-elle déjà? demanda Soerenberg.

– Non! Il ne faut pas qu'elle le sache. Mon Dieu, nous signons des contrats pour des années, et elle peut demain se casser la jambe : terminé! Pour toujours! Ne tentons pas le destin, Borja. Et, l'Amérique... il y a ce maudit océan qui nous sépare. Nous n'irons en Amérique qu'après le couronnement. (Il loucha vers Boris :) Quand allez-vous enfin vous marier?

– Nous n'en parlons jamais, Chamitja Maximovitch.

– Mais vous couchez tout de même ensemble?

– Je ne veux pas contraindre Matilda.

– Qui pourrait vous comprendre? (Aronov joignit ses mains.) Elle se réchauffe contre toi au lit comme un oiselet transi et toujours t'échappe ensuite! Cela y changerait-il quoi que ce soit?

– Un mariage est pour Matilda un lien que rien ne dénoue.

– Elle veut donc s'en aller un jour?

– Non! Mais pour Matilda le mariage impose la fidélité.

– Tu es le seul homme dans son lit, tu le sais.

– Mais dans son cœur? Dans ses pensées?

– Niki? lança Aronov sans une ombre de respect. Ça ne reviendra sûrement pas! Peut-on vivre avec un fantôme? Peut-on être marié avec un souvenir?

– Je ne sais pas, Chamitja Maximovitch. Matilda est assez loyale pour se taire tant que ce souvenir demeure en elle. Dernièrement, lorsqu'elle a lu dans le journal que la tsarine était enceinte, elle m'a demandé d'une voix parfaitement calme : « Qu'aurait fait Niki si j'avais été enceinte? »

– Oui, qu'aurait-il fait? répéta Aronov. Les tsars ne se sont jamais montrés fort délicats en l'occurrence. La mère de l'enfant naturel disparaissait le plus souvent. Niki n'en eût pas été capable. Il aurait peut-être acheté un domaine à la campagne pour Matilda et l'aurait anoblie, et puis oui... (Il regarda Socrenberg droit dans les yeux :) Il t'aurait demandé de l'épouser et de reconnaître l'enfant. En récompense, tu serais devenu prince. Tu aurais obéi ?

– Oui, répondit Boris d'un ton ferme.

– Si je te survis, je ferai scier ton crâne pour voir s'il contient un cerveau ! Quelle idiotie ! Ta tête n'est qu'une coque vide !

– Personne ne peut me comprendre, dit Boris.

– Il est vrai que c'est difficile.

– Impossible, tu veux dire !

Aronov crispa les paupières :

– Il faut que je consulte un oculiste, ma vue baisse ! Je ne vois plus l'auréole qui nimbe ta tête !

De tels propos s'échangeaient souvent entre eux, mais ils ne nuisaient pas à l'harmonie qui régnait entre ces trois personnes.

Matilda dansa en privé au château de Stockholm devant la famille royale et le corps diplomatique. Elle y fut couverte de fleurs et de cadeaux. Souvent s'y ajoutaient des invitations flatteuses ou des demandes en mariage.

Un nabab des Indes, venu à Stockholm consulter un spécialiste de l'estomac, mit à ses pieds ses immenses richesses. Comme apéritif, il envoya à la ballerine un éléphant en or, gros comme le poing, entièrement incrusté de rubis, de perles et de diamants. Cet éléphant à lui seul avait plus de valeur que la villa louée par Matilda sur la Baltique.

– Ce n'est que le début ! jubilait Aronov, avide d'argent. Attends seulement que nous ayons dansé à

Paris, habité à San Remo et que nous nous soyons pavanés à Monte-Carlo. Les gros sacs s'aligneront devant ta porte... et plus fort tu diras : Non! plus ils videront leurs poches! Tant les mâles sont d'une imbécillité stupéfiante! Ah! ce sera une vie!...

Comme il était impossible qu'un imprésario tel qu'Aronov se consacre uniquement à Felixovna, il voyageait souvent afin de veiller au sort de ses autres protégés. Il représentait quatre ténors, trois barytons, trois basses, six sopranos, un mezzo, trois soubrettes, en plus de quelques danseurs et danseuses célèbres, mais qui restaient bien loin, quant au talent, de Matilda, l'éblouissante étoile.

– Ma vie est effrayante, leur confia une fois Aronov, alors qu'il revenait de Paris. Mais c'est une vie passionnante! J'ai réussi à produire Tino Mandula dans *Le Trouvère* au grand Opéra. Un triomphe, vous dis-je! Et que fait Tino? A peine le rideau baissé, il envoie un coup de pied dans le tibia du chanteur qui tient le rôle du comte Luna, le prestigieux Piero d'Angelo, et siffle, furieux : « Tu as filé ta dernière note quelques secondes de plus que moi! » Imaginez cela, ces brutes se rossaient, chaque fois que le rideau était baissé... Mais ce fut tout de même superbe...

Matilda mena à cette époque une existence très retirée dans sa villa blanche au bord de la mer. Boris lui avait appris à monter à cheval, ils passaient leurs heures de liberté à suivre la côte sur leurs montures, parcourant des forêts clairsemées, des collines sablonneuses ou contournant des lacs aux eaux dormantes.

Plusieurs fois, Mustin leur écrivit des nouvelles de Saint-Pétersbourg. Il racontait les dernières anecdotes de la ville, mais jamais aucune ayant trait à l'entourage du tsar. Rosalia Antonovna, qui ne savait pas écrire, racontait les péripéties de son existence par l'entremise de Mustin. Le préfet de police était venu la voir en personne pour la remercier du départ discret de Matilda, et elle en avait profité pour jeter ce fonctionnaire à la porte du palais Stroïtsky.

« Ce fut terrible, écrivait Mustin (la Bondareva ne pouvait le lire). Je crois que le préfet de police sait à présent toutes les paroles malsonnantes qui peuvent s'échanger devant un éventaire au marché... »

Matilda dansa au cours de cette année 1895 à Rome et à Vienne, à Londres et à Berlin, à Monte-Carlo et à Dresde.

Le roi de Saxe la reçut après la représentation dans la loge de la cour et lui tapota la joue :

– Vous avez remarquablement sautillé, dit-il plein de condescendance. J'en ai eu beaucoup de plaisir! Tâchez de revenir bientôt!

Chamitja Maximovitch reçut même un ordre saxon, qu'il rangea avec toutes les décorations dont il avait déjà été honoré par d'autres potentats et qui ne s'accordaient guère avec ses costumes.

Le 9 avril 1896, un télégramme envoyé de Saint-Pétersbourg rejoignit Matilda à l'Opéra de Madrid. Il venait de la maison impériale, envoyé par le nouveau général, aide de camp du tsar.

« Le couronnement de Sa Majesté le tsar aura lieu le 9 mai de cette année à Saint-Pétersbourg et à Moscou. Pour le 9 mai a été prévue une représentation du *Lac des cygnes.* Le tsar serait heureux de voir danser Matilda Felixovna. »

Boris tendit sans un mot le télégramme à Matilda, qui le lut et regarda Soerenberg en silence.

Nous y voilà, disait ce regard. Saint-Pétersbourg m'appelle, la Russie m'appelle, le tsar m'appelle. Niki...

– Que dois-je faire, Borja? Aide-moi, je t'en prie... Dois-je de nouveau danser devant Niki?

– Nous prenons l'express du 22 avril pour Saint-Pétersbourg, dit Boris d'une voix parfaitement calme. Evidemment, tu danseras au couronnement. Notre tsar nous appelle... nous sommes russes, nous obéissons. (Il prit le télégramme de la main soudain sans force de Matilda et le plia soigneusement.) Es-tu contente?

– Je ne sais pas, Borja.

– C'est une représentation comme toutes les autres, reprit Boris. Elle a lieu par hasard à Saint-Pétersbourg... C'est ce que tu dois te dire, Matildouchka! D'ailleurs, Chamitja demandera le cachet le plus élevé jamais offert à une danseuse! Tu ne feras pas de cadeau au tsar...

Le retour de Matilda Felixovna ne fit pas sensation. Seuls, sa mère Rosalia qui avait beaucoup maigri et le nain Mustin l'attendaient sur le quai de la gare lorsque arriva l'express de Varsovie.

Venant de Madrid, Matilda, Boris et Chamitja avaient voyagé pendant près de quatre jours.

Fatiguée mais heureuse, Matilda se jeta au cou de sa mère et pleura de joie. Boris remarqua aussitôt combien Rosalia était changée.

Tandis que mère et fille ne cessaient de s'étreindre et de s'embrasser, il murmura, penché vers Mustin :

– Que lui est-il arrivé? Elle est toute changée, bien plus maigre! Est-ce dû à l'absence de Matilda?

– Pas seulement! (Le visage de Mustin était très

grave et plein d'inquiétude :) Le médecin l'a examinée trois fois. Elle souffre de mauvaises digestions, a-t-il dit! Cela ne lui ressemble guère, mais c'est ainsi. Quelque chose grossit dans son estomac et lui ôte ses forces. Le médecin a dit le nom de son mal : cancer, et il a ajouté : « Une opération n'aurait pas de sens, car il est déjà trop tard, il n'est pas question de la guérir... » (Mustin eut une grimace d'affliction :) Elle ne s'en doute pas, on lui a dit que ce ne sont que les nerfs. Elle le croit, car elle se rend compte elle-même de son extrême nervosité. Tout la surexcite et la fâche.

Dans le palais Stroïtsky, les pièces étaient fleuries. Le vieux cocher baisa la main de Matilda et pleura de joie de la revoir une fois encore.

Le tsar n'avait envoyé ni fleurs ni lettre.

– Il sait que tu viens, dit Mustin; il s'en est informé avec précision. Il ne peut pas faire plus pour le moment : les préparatifs du couronnement, la naissance de son premier enfant...

Matilda répondit en silence d'un petit signe de tête. Elle avait appris la nouvelle à Rome : en novembre 1895 était née la grande-duchesse Olga. Les photos montraient un tsar rayonnant, une tsarine pâle, jolie, souriante. Un couple merveilleux.

Matilda avait longuement contemplé cette photo, puis posé le journal. La vue du tsar en époux comblé ne lui faisait plus mal... elle se réjouissait même de cette petite Olga et se fit conduire à Saint-Pierre, où elle offrit un grand cierge à l'intention de l'enfant.

A l'Ecole de ballet, Tamara Iegorovna enseignait toujours avec son habituelle sévérité mitigée de tendresse maternelle.

De nouveaux talents se révélaient qui promettaient de brillantes carrières, si les jeunes élèves, garçons et filles, possédaient la force intérieure nécessaire, c'est-à-dire : souffrir les exercices jusqu'à l'épuisement, jusqu'au tremblement des muscles, jusqu'à en avoir mal dans les os.

La Iegorovna conduisait Matilda fièrement parmi les danseurs de l'école, lui présentait les futures ballerines et en fit même danser quelques-unes devant elle.

Mince et timide comme jadis, mais tout de même reine de la danse, Matilda s'assit sur une chaise de scène dorée et vit évoluer les jeunes danseurs et danseuses.

Le souvenir se réveilla alors de cet après-midi où le tsarévitch avait visité l'école et de cette jeune élève qui avait dansé devant lui, puis s'était abîmée dans une profonde révérence pour s'évanouir enfin d'émotion lorsque la main de l'héritier du trône s'était posée sur elle.

Y avait-il seulement trois ans de cela?

Ou un siècle?

Oh! Niki, comme trois ans peuvent paraître longs dans le souvenir lorsqu'on a rompu avec le passé! Avec quelle rapidité de tels événements sombrent dans le néant et comme les pensées s'estompent vite autour d'un bonheur enfui!

J'aime Borja, je l'aime vraiment, mais je ne sais si je l'épouserai jamais. C'est déraisonnable, je le sais, mais je crois que je suis de celles qui ne devraient pas se marier. Je ne puis l'expliquer... je le sens seulement!

Le lendemain matin, Matilda rendit visite à l'Opéra impérial.

Là aussi on la reçut en grande artiste qui avait daigné accepter de danser devant le tsar à l'occasion de son couronnement.

Dans le bureau du directeur, on lui montra les

maquettes des décors, les croquis des costumes. Ceux-ci lui plurent beaucoup. Enrico Cecchetti, chef du ballet, déploya devant elle la liste des rôles. Elle pouvait exprimer ses désirs et choisir ceux qui danseraient avec elle.

Le grand Marius Petipa se chargea de la chorégraphie de cette représentation de gala du *Lac des cygnes.* Ensuite il dut se rendre à Moscou pour tout préparer en vue de la seconde partie des fêtes du couronnement. Comme l'intronisation des tsars se déroulait encore selon les rites établis par le grand-duc Basile III de Moscou au xve siècle, Moscou était depuis des semaines en proie à une fièvre de solennités.

Les chapelles du Kremlin furent parées, le palais du Kremlin porté à son plus grand éclat, on établit des plans pour endiguer les masses populaires. Plus d'un million de Russes viendraient rendre hommage à leur nouveau tsar... Fête énorme, telle que la Russie n'en avait pas célébré lors des deux derniers couronnements.

Petipa voulait aussi faire exécuter *Le Lac des cygnes* à Moscou et désirait se rendre compte des possibilités sur place.

– Tout me convient, disait Matilda modeste, je ne désire qu'une chose : rester à Saint-Pétersbourg.

Cette phrase eut l'effet d'une charge de dynamite.

Elle explosa d'abord derrière des portes fermées : comme dans la Russie tsariste les espions étaient partout et toujours aux aguets, comme les idées révolutionnaires se répandaient de plus en plus et que chacun se méfiait de chacun, en particulier à la cour du tsar qui se sentait menacé, cette remarque de la Felixovna fut aussitôt transmise et interprétée ainsi qu'il convenait.

Dès le lendemain, un landau fermé s'arrêta devant le palais Stroïtsky et un homme corpulent, en civil, coiffé d'un haut-de-forme cérémonieux, pénétra à l'intérieur. Le maître d'hôtel eut un haut-le-corps à sa vue et se hâta d'annoncer le visiteur.

– Monsieur le préfet de police vient d'arriver au palais, dit-il, accablé.

Rosalia Antonovna qui buvait son thé et mangeait sans joie un triangle de pâte feuilletée – elle avait perdu depuis des semaines les joies presque ferventes que lui donnait sa gourmandise – jeta son gâteau contre le mur, appuya ses poings sur ses hanches et tonna :

– Qu'il vienne! Ce qu'il a manqué l'autre jour peut être rattrapé : sortir de ma maison plus vite qu'il n'y est entré!

Le préfet de police, encore sous le coup de sa première visite à la Bondareva, s'était muni d'une boîte de douceurs qu'il portait devant lui comme un bouclier derrière lequel il ne se sentait qu'à demi rassuré.

On savait que Rosalia ne résistait pas lorsqu'on l'abordait en tenant à la main quelque chose de savoureux. Le préfet de police n'en fut que plus horrifié lorsqu'il s'entendit dire :

– Ces pralines sont inutiles, vieux pot fêlé! J'ai mal au cœur rien qu'à vous regarder. Vous êtes en grande partie responsable de ma maladie d'estomac! Que cherchez-vous ici?

– Votre aide maternelle, Rosalia Antonovna.

– Dois-je vous nourrir à la cuiller?

– Matilda Felixovna pose de nouveau un problème...

– Ah! c'est encore ça! Mais cette fois-ci, vous pissez sur vos éperons, petit père! Matilda est ici par la volonté du tsar! Elle ne serait jamais venue d'elle-même, jamais! Elle en a soupé de certains visages tels que le vôtre!

– Elle doit danser lors du couronnement.

– Dire que vous savez déjà ça! s'écria la Bondareva moqueuse. Que notre police sait bien travailler!

– ... Et de ce fait, elle devrait retourner à Madrid...

– ... A New York! répliqua Rosalia fièrement. Elle fera la conquête de l'Amérique!

– Vous n'en savez donc pas plus? demanda le préfet de police, la mine amère.

– Qu'est-ce que je ne sais pas?

Rosalia se pencha en avant. Dans son estomac, une douleur sourde la vrillait, depuis des semaines! Elle était supportable, ne piquait pas, ni ne brûlait (le médecin lui avait posé la question). C'était un poids de plus en plus pesant, comme si elle avait avalé une pierre.

De temps à autre, la Bondareva avait des renvois et aussitôt un goût amer dans la bouche. Elle buvait alors du thé ou, secrètement, de l'eau-de-vie, ce que son médecin lui avait sévèrement interdit. Mais la Bondareva le traitait devant Mustin de parfait idiot.

– Matilda Felixovna a, dit-on, exprimé le désir d'habiter de nouveau Saint-Pétersbourg, poursuivit le préfet de police. (Il reprit bruyamment sa respiration :) Elle a même ajouté que son agent Aronov proposait un contrat à la direction de l'Opéra. A bien suivre tout cela, on en viendra à la conclusion que ce choix pourrait provoquer une catastrophe! La tsarine apprendrait ce qui a été jadis...

– Qu'est-ce qui *a été*? Pauvre ver! rugit la Bondareva. Quoi? Je vous écrase sous ma pantoufle!

– Il faut que Matilda Felixovna reparte après le couronnement! lança le préfet de police opiniâtre. Il faut la raisonner et la faire renoncer à Saint-Pétersbourg!

– Moi? Moi, sa mère? Qui ai tant désiré le retour de ma colombe! Depuis son départ, j'ai brûlé quarante-neuf cierges et je vais dès demain allumer le cinquantième, un cierge gros comme le bras!

– Il faut l'éloigner avant qu'elle ne détruise le bonheur du tsar...

Ce fut une faute lourde de conséquences de la part du chef de la police de dire clairement ce qu'il pensait, du moins aussi directement devant la Bondareva.

Il le comprit aussitôt, quand il vit voler vers lui une tasse de thé qu'il n'évita que de justesse par un pas de côté.

– Dehors! cria Rosalia. Et si votre police entre dans ma maison, je ferai tirer au canon par les lucarnes du toit afin que toute la ville apprenne ce qui se passe ici! Oh! mon estomac! (Elle appuyait ses mains sur son ventre et regardait fixement le préfet de police de ses yeux flamboyants.) Tout cela me tue! Mes pauvres nerfs! Vous voulez ma mort! D'ailleurs, vous avez déjà sur la tête un haut-de-forme noir : vous êtes venu me tuer...

Il était inutile d'insister davantage avec la Bondareva. Le préfet de police jeta la boîte de pralines sur un sofa, mit son chapeau et sortit.

Derrière lui, il entendit Rosalia soupirer et gémir.

Elle paraissait vraiment malade, ce qui le désemparait fort, car il s'était résigné à considérer Rosalia comme aussi solide et indestructible que les murailles des palais et les ponts de Saint-Pétersbourg.

Le soir même, lorsque Matilda et Boris revinrent

d'une sortie à Peterhof, ils furent accueillis par ce qui avait tout l'air d'un conseil de famille. Comme Rosalia Antonovna, avec le poids de sa personne, représentait toutes les parties, le tribunal était assez réduit, mais des plus agissants. La présence de Mustin n'avait rien d'étonnant : il faisait partie de la famille.

Le nain et la géante formaient le couple le plus surprenant qu'ait jamais connu ce turbulent Saint-Pétersbourg.

– On t'a bien renseignée, mamouchka! répondit Matilda sans hésiter lorsque Rosalia, avec des larmes dans la voix, mais aussi avec une fureur contenue, leur fit part de la nouvelle.

– Si c'est possible, je resterai à Saint-Pétersbourg. On est prêt ici à faire de moi la *prima ballerina assoluta*. Que souhaiter de plus?

– Le monde entier t'attend! s'écria la Bondareva.

– On peut aussi de Saint-Pétersbourg atteindre tous les pays du monde. Pourquoi ne pas rester ici?

– Tu me le demandes?

– A cause du tsar?

– Tu l'as dit! Il est marié, il a un enfant, il en aura sans doute d'autres...

– Qui l'en empêche?

– Chaque fois qu'il te verra sur la scène, il sera en proie à ses souvenirs! Et chacun des regards qu'il t'adressera sera une infidélité envers la tsarine! Et puis vous n'en resterez pas aux regards... vous vous rencontrerez de nouveau... Ce n'est pas imaginable!

– Je veux danser, c'est tout! Et j'ai bien essayé, petite mère, de vivre au loin, mais un Russe n'est vraiment heureux qu'en Russie. Je... j'avais le mal du pays partout où j'allais... (Elle regarda sa mère, Mustin, puis Boris.) Je resterai en Russie, si l'on ne m'en bannit pas.

– Cela pourrait arriver en effet! prédit Mustin.

– Sans l'ordre du tsar?

– Oui. Il y a des tribunaux qui rendent leurs jugements au nom du tsar. Ce qu'ils font a naturellement son approbation. Ils ont tous les pouvoirs. Le tsar n'apprendra jamais leur verdict, c'est-à-dire où l'on t'aura exilée. Pas une lettre, aucune pétition ne parviendra jusqu'à lui. On t'*éteindra* en silence comme une veilleuse. Un être sans nom...

– Mais ma voix sera entendue de tout Saint-Pétersbourg! s'écria la Bondareva.

– On commencera par l'étouffer! Ensuite Boris Davidovitch deviendra l'une de ces « âmes mortes », quelque part loin à l'est de la taïga, et moi, on m'écrasera comme une puce! Qui donc à Saint-Pétersbourg s'inquiétera de moi? (Mustin considéra tristement ses bras démesurément longs.) C'est à peine si Nicolas Alexandrovitch me reçoit encore. La nouvelle tsarine me dédaigne, elle veut qu'il se détache de moi. Elle a ses propres favoris et ses conseillers. Lorsqu'elle me voit, elle ouvre de grands yeux comme si elle venait de marcher sur un crapaud. Mon temps au palais Anitchkov prend fin, je m'en rends compte de jour en jour. Les amis se dispersent. Les lèche-bottes s'enfuient, je suis mis au coin, comme un meuble démodé. Si je me pétrifiais sur place, nul ne le remarquerait. C'est ainsi qu'ils savent aimer! Le tsar? Cette main puissante? Le tsar est heureux lorsqu'on le laisse en paix. Il rêve comme son ours de père de régner en autocrate et ne voit pas qu'une volonté de changement s'est emparée de la Russie. La jeunesse surtout aspire aux nouveautés, à plus de droits pour le peuple. (Mustin en balançant sa grosse tête poursuivit :) J'aime mon maître. Je pourrais mourir pour lui... mais la fidélité ne m'aveugle pas! Ce fut une faute d'en faire un tsar! Dieu aurait dû l'envoyer en ce monde comme « bourgeois Romanov ». Il n'aurait rien fait, mais aurait vécu heureux. Il ne désire pas davantage.

– Qu'est-ce que tout cela a à voir avec Matilda?

Mustin croisa ses mains :

– On pourrait anéantir Matilda dans l'intention de supprimer Nicolas II. Il est possible de tuer un être sans le blesser lui-même.

– Quel est ton avis, Borja? demanda la Bondareva.

– Je veux que Matilda soit heureuse, répondit Boris. Si elle n'est heureuse qu'à Saint-Pétersbourg, il faut qu'elle y reste. Nous sommes ici pour la protéger.

– Qu'il en soit donc ainsi! conclut Mustin en frottant son grand nez avec une expression très grave. Nous serons entourés d'une foule d'ennemis. La Russie se transformera... Je crois qu'on ne peut plus l'en empêcher!

Les répétitions se succédaient sans incident. Déjà, après les premiers tableaux, Petipa savait qu'il n'avait plus rien à apprendre à Matilda. Il ne s'occupait que des autres solistes et du corps de ballet. Le partenaire de la Felixovna, Eugenovitch Samkajine, auquel on prédisait une carrière mondiale et qui sortait de l'école de Tamara Iegorovna, était également en pleine possession de son art. Il dansait, malgré ses paquets de muscles, comme en apesanteur, surtout inégalable dans les figures où il élevait sa partenaire à bout de bras et dans ses grands jetés.

Les préparatifs pour les solennités du couronnement s'accéléraient, la ville se parait, de tous les points cardinaux les foules ferventes accouraient vers Saint-Pétersbourg. A Moscou aussi on dépensait l'argent sans compter...

Lorsque Nicolas II ferait son entrée au Kremlin, ce serait une fête d'un apparat si fastueux qu'elle resterait mémorable dans l'histoire de la Russie. Le programme des solennités et des réceptions s'étendait du 9 au 25 mai 1896. Chaque jour serait une nouvelle fête, une démonstration de l'invincible richesse de la Russie.

Le 18 serait un jour particulièrement magnifique. Selon la tradition, ce même jour commençait la grande foire annuelle de Moscou. Dans cette perspective, on mit à la disposition du public le grand terrain de manœuvres des soldats du génie, énorme étendue proche de la ville appelée Chodynski, mais qui avait le désavantage d'être parcourue de tranchées et trouée d'entonnoirs. C'était là que l'armée s'exerçait au combat de rase campagne et à l'assaut des abris couverts.

Les chefs de la police de Moscou firent creuser entre l'étendue des boutiques et le champ de manœuvres un fossé de cinquante mètres de large et de huit mètres de profondeur, afin d'éviter que les foules attendues ne se déversent des boutiques de la foire vers la ville.

Le tsar Nicolas II, comme preuve de son intérêt pour le peuple, promit un cadeau à chacun de ceux qui se rendraient au couronnement de Moscou : provisions de bouche, bière légère, gobelet de fer-blanc qui portait, imprimé au fond, l'aigle héraldique russe et les initiales des jeunes époux. Cadeaux qui coûteraient plusieurs millions de roubles au Trésor, car on attendait un million de spectateurs.

Depuis des semaines, les autorités de Moscou s'occupaient des préparatifs. Le grand-duc Serge, gouverneur de Moscou, frère du tsar défunt Alexandre III, dirigeait l'ensemble des célébrations du couronnement. Il prit ses précautions pour avoir à sa disposition un grand renfort de policiers, car il connaissait ses chers concitoyens. Soixante-dix ans auparavant, la fête populaire avait dégénéré en bataille au cours de laquelle il y avait eu beaucoup de morts et d'innombrables blessés. Or, en ce temps-là, cette réjouissance avait eu relativement peu de participants; mais les décennies suivantes, c'était devenu une fête populaire augmentée d'une foire annuelle comme il n'y en avait nulle part ailleurs au monde. Cette fête de mai à Moscou était bien à la mesure de la gigantesque Russie.

Comme cette année-là, elle tombait à la même date que le couronnement, les autorités de la ville s'arrachaient les cheveux. Mais on tiendrait bon. La Russie avait déjà dominé d'autres problèmes grâce à son don génial d'improvisation, domaine dans lequel les Russes étaient inégalables.

Ainsi, tout le monde s'apprêtait à vivre des semaines solennelles, lorsque le 7 mai eut lieu la répétition générale du *Lac des cygnes.* Déjà, la loge de Matilda était pleine de fleurs. Le monde élégant de Saint-Pétersbourg, surtout les jeunes viveurs de la plus haute noblesse qui avaient introduit le « style parisien » quintessencié dans la société russe, envoyait corbeilles et gerbes, non sans mendier dans une lettre jointe à l'envoi la grâce d'un dîner en tête à tête ou d'un souper dans l'un de ces établissements raffinés où, dans des cabinets particuliers, on se régalait princièrement sans s'inquiéter du prix du champagne.

Matilda avait pris l'habitude de tout cela à Rome,

Londres, Milan et Berlin. Dans chaque ville où elle dansait, elle remettait toutes les lettres sans les avoir lues à Boris, qui se faisait un plaisir d'y répondre.

Chacun de ces aimables messieurs recevait le même texte; jusqu'alors, il avait toujours laissé une forte impression car, par la suite, on n'entendait plus jamais parler de ces honorables personnages.

Ainsi Boris Davidovitch fit écrire par son secrétaire :

« A Sa Seigneurie Jefim Ivanovitch Voronovïev, comte de Tjilma,

» Votre invitation adressée à Matilda Felixovna m'est parvenue ainsi qu'il se devait. Nous l'acceptons avec grand plaisir. Nous préférons cependant vous proposer de ne point nous rencontrer à 11 heures du soir au palais Lila, mais le matin à 6 heures au champ de manœuvres Kamennyi Ostrov, sur la rive de la grande Neva.

» Pour aller à votre rencontre, je propose une distance de vingt pas. Les pistolets seront apportés par un officier de la garde absolument impartial.

» Je m'appelle Boris Davidovitch de Soerenberg, précédemment capitaine des hussards de la garde impériale et quatre fois porteur du cordon d'or décerné au meilleur tireur au pistolet. Matilda Felixovna est ma fiancée. Ce sera pour moi un honneur et un plaisir, demain matin à 6 heures, de vous expédier dans l'éternité.

» Avec ma plus haute considération,

» B. D. de Soerenberg »

Jusqu'alors Boris n'avait reçu aucune réponse. Il lui en parvint pourtant une de Madrid, trois jours plus tard, il est vrai. Elle était accompagnée d'une grande et grosse oreille velue et sanglante ayant appartenu à un animal.

L'expéditeur écrivait :

« Au lieu du cavalier impétueux, j'ai abattu mon meilleur taureau. Il m'a, il est vrai, grièvement blessé, mais j'ai encore pu lui porter l'estocade. L'oreille est pour vous, señor, en hommage à un homme qui, à sa façon, a prouvé qu'il tenait à son honneur et savait le défendre. »

Le jour de la répétition générale, Matilda triait une fois de plus les billets qui accompagnaient les bouquets de ses soupirants. Soudain elle remarqua une gerbe de tulipes rouges réunies à de longues tiges d'épines d'un vermillon incandescent. Cette gerbe se distinguait tellement dans sa simplicité des roses et des orchidées de serre, que Matilda ouvrit la lettre qui s'y trouvait épinglée.

C'était une feuille imprimée, un manifeste par lequel un groupe révolutionnaire inconnu, qui se disait être « la Russie éclairée des travailleurs », menaçait le régime tsariste. « La Russie se libérera du joug des riches actuellement au pouvoir. Nous partagerons les fortunes, et les pauvres auront enfin le droit de vivre. Liberté pour le peuple! Mort aux exacteurs! »

Sous cet appel, quelqu'un avait écrit à la main : « J'admire votre talent, Matilda Felixovna, mais je vous méprise si vous êtes la poupée dansante des riches! Voilà ce que vous deviendrez dans cette Russie pourrie. Quittez la Russie après le couronnement. Je vous veux du bien. Il ne faut pas que vous soyez victime d'une révolution. Et celle-ci approche! Plus vite que les gros sacs ne s'en doutent. Nous pouvons dès aujourd'hui faire cette promesse dont la réalisation changera le monde : le couronnement du parasite Nicolas II sera le dernier couronnement d'un tsar en Russie! Matilda... attendez hors de Russie l'avènement de la Russie nouvelle! Nous vous rappellerons... »

Matilda plia ce manifeste et l'apporta à Boris qui, dans le bureau du directeur, attendait le début de la répétition générale. Il lut la missive d'un air grave et la transmit à ceux qui l'entouraient.

– Quelle insolence! s'exclama le grand-duc Alexis, scandalisé. (Il était venu incognito s'enquérir au sujet d'une petite danseuse du corps de ballet qui réjouissait ses vieux jours.) Il faudrait les balayer d'un torrent de feu! Niki est bien trop faible. Ramasser toute cette racaille, la bourrer dans un wagon de chemin de fer et en route pour la Sibérie! Déboiser les forêts, assécher des marécages, extraire des blocs de pierre dans les carrières... Au moins, ils serviraient la Russie!

– Je ne crois pas que nous les exterminerons de la sorte! (Soerenberg reprit la lettre.) C'est comme l'hydre dont on abat une tête tandis qu'il en repousse trois autres! Je crains qu'on ne puisse arrêter ce processus...

– Soerenberg, vous êtes contaminé! s'écria le grand-duc, offusqué. L'hydre aussi a été vaincue... Nous arracherons les rouges de leurs positions! L'armée est toujours derrière nous!

Boris se taisait, il avait recueilli d'autres renseignements. Non pas parmi les gardes de l'empereur, mais dans les régiments moins en vue. Le levain révolutionnaire fermentait secrètement. Dans la marine, la « propagande rouge » roulait de navire en navire. Impossible de prévoir comment l'armée réagirait si une révolution éclatait parmi le peuple.

– Matilda cédera-t-elle à cette incroyable menace? demanda le directeur de l'Opéra impérial.

– Non! nous restons à Saint-Pétersbourg.

– Bravo Boris Davidovitch! (Le grand-duc Alexis applaudit.) Cela mériterait une décoration!

– Décernez-la à Matilda. (Soerenberg ne craignait pas de dire la vérité.) Elle veut rester! Voilà qui est déterminant. Accordons-lui – puisque Dieu et la politique le veulent – quelques années de bonheur.

– Vieil oiseau de malheur! lança le grand-duc rudement mais avec gaieté. Donnez-moi ce torchon, Soerenberg, je l'apporterai à mon neveu! Nous nous en servirons pour allumer nos pipes!

La répétition générale fut mauvaise.

Matilda n'arrivait pas à se concentrer. Elle manqua le grand « pas de deux », trébucha et mourut sa mort du cygne sans aucune ferveur. Petipa, revenu de Moscou pour deux jours, renonça à lui adresser ses rugissements habituels. Etant au courant de la lettre, il négligea, à la grande surprise du corps de ballet, de relever toutes les fautes qui offensaient son regard.

– Excusez-moi dit Matilda d'une voix à peine perceptible. Je sais combien j'ai été mauvaise. Mais ce sont seulement les nerfs...

– En scène?

– Tout s'arrangera, Marius. N'aie pas peur! Lorsque la répétition générale est mauvaise...

– Je sais, je sais!

Petipa fit un geste qui mettait fin aux regrets de Matilda.

La représentation de gala du *Lac des cygnes*, le 9 mai 1896, a sa place dans l'histoire du ballet et restera inoubliable.

La Felixovna n'était plus une créature humaine, mais un cygne, la reine des cygnes en personne, mourant d'avoir aimé un homme.

– On n'a jamais dansé comme elle! reconnut l'exigeant Petipa, embusqué dans les coulisses.

Assis dans sa loge, le tsar Nicolas II avait près de lui la tsarine Alexandra Fiodorovna, rutilante de joyaux, jolie, mais comme environnée d'une atmosphère de mélancolie. Elle avait donné un enfant à la Russie, mais une fille, et non pas un héritier du trône. C'était, en fait, ce qu'on attendait d'elle. Dans son sein résidait la destinée des Romanov, la continuité de la puissance tsariste.

Elle regardait la scène, mais pensait à tout autre chose qu'à la fin de la reine des cygnes. Elle voyait un ballet dansé avec talent... pas davantage.

Elle pensait au couronnement, à son entrée à Moscou, à la minute où le tsar s'agenouillerait dans la cathédrale de l'Ascension au Kremlin et recevrait la couronne impériale de la main du métropolite.

Alors toutes les cloches sonneraient à la volée, des millions de sujets se signeraient et éclateraient en cris d'allégresse.

Où un tel spectacle se renouvellerait-il jamais?

La Sainte Russie leur appartenait... A lui, à son Niki, et à elle, la tsarine Alexandra Fiodorovna.

Dieu, garde ta main au-dessus de nos têtes!

Nicolas II, assis dans son fauteuil, considérait la scène avec un visage de pierre. Ce qu'il pensait en cet instant, ce qu'il éprouvait, lui, l'homme le plus puissant de l'univers et que la couronne qu'il ne portait pas encore accablait, personne n'eût pu le deviner.

Le grand-duc lui avait remis le manifeste reçu par Matilda dans sa loge. Il l'avait transmis à son paternel ami et conseiller Pobedonoszev, qui avait lu ce texte en grinçant des dents.

Le soir même, des espions se répandaient dans Saint-Pétersbourg afin de recueillir des renseignements au sujet de ce milieu de révolutionnaires. De bon matin, le jour suivant, trente-sept suspects furent arrêtés. Ils protestèrent de leur innocence même sous le bâton et le fouet.

Le succès de Matilda se traduisit par une ovation qui n'en finissait plus.

Puis le public se tourna vers la loge impériale et applaudit Nicolas II. Il remercia gravement, avec dignité.

Il sourit même un instant, lorsque son aide de camp lui murmura :

– Devant l'Opéra, il y a des centaines de milliers de personnes, ivres de joie. Le peuple aime Votre Majesté!

Il m'aime, pensait Nicolas, pourquoi?

Dans sa loge, qui évoquait un océan de fleurs, Matilda ne reçut aucun bouquet du tsar. Un hussard l'attendait et lui remit une lettre, pour disparaître aussitôt. De ses doigts tremblants, elle déchira l'enveloppe.

Son écriture! quelques courtes lignes, un cri...

« Ce fut une erreur de t'appeler ici. Si seulement tu n'étais pas venue! Je t'en prie, retourne bientôt sur la Riviera. Fais un grand détour, loin de la Russie. J'ai peur pour toi. Je te vois toujours disparaître sous la voile rouge. »

Lorsqu'il vint dans sa loge, Matilda tendit la lettre à Boris. Il la lut, la lui rendit, et demanda d'une voix enrouée :

– Alors?

– Je suis russe, répondit Matilda d'un ton ferme, une Russe comme des millions d'autres femmes russes : je reste à Saint-Pétersbourg.

16

La décision prise par Matilda parut justifiée : il n'y eut pas de révolution.

Mais ce calme était trompeur.

De plus en plus, et de plus en plus fort, on entendait parler des bolcheviks, un groupe radical ayant à sa tête un certain Lénine qui, par la suite, fut exilé à Zurich, d'où il continua à tout diriger.

Des « journées du Parti » étaient organisées à Bruxelles ou à Londres, des proclamations introduites secrètement en Russie grâce à de mystérieuses complicités; elles appelaient le peuple à la résistance contre la noblesse régnante et les grands propriétaires.

Dans les quartiers pauvres des villes, des agitateurs surgissaient de plus en plus nombreux; même au cours des fêtes de famille, on agitait des drapeaux rouges; dans les marchés, les chalands se rassemblaient et écoutaient avec passion ce qu'on leur promettait :

Chacun sera nourri à sa faim. La terre sera partagée entre les paysans, les riches n'auront plus de pouvoir, la monarchie sera abolie, il y aura un gouvernement populaire...

– En fait, ils ont raison! reconnaissait Rosalia qui, de temps à autre, rendait encore visite à son vieil ami le brocanteur Tichon Benjaminovitch Minajev.

La rue Krasnogary n'avait pas changé, on y rencontrait les mêmes visages patibulaires. Seul, Minajev s'était ratatiné, restait assis sur un siège haut derrière son comptoir et toussait toute la journée.

– Je mourrai comme ma chère femme! dit-il à la Bondareva. La défunte Natalia elle aussi crachait le sang et ses poumons par morceaux à force de tousser. Que faire? J'ai à présent soixante-seize ans et le docteur me dit : « Petit père, c'est un bel âge! Qui prétend devenir aussi vieux? En ce cas, il est permis de tousser à rendre l'âme. Réjouis-toi encore de la vie... Mais pense toujours à l'éternité! Aussi pas de pilules, pas de gouttes, rien. » Ainsi parle la jeunesse aujourd'hui : Tu as vécu assez longtemps! Alors je reste ici jusqu'à ce que j'aie fini de tousser!

Là-dessus, Rosalia lui apporta chaque semaine les meilleures provisions du palais : rôtis, crème, gâteaux. Minajev dévorait tout comme une bête de proie; il grossit... et ne toussa plus.

Quelques mois plus tard, s'étant mis à vendre secrètement des drapeaux rouges, il déclara à la Bondareva effarée :

– Te voilà, femelle capitaliste! Sors-moi ton rôti! Il faut profiter de vous comme on peut!

Rosalia entendit ces propos à deux reprises; au troisième accueil socialiste, elle envoya à Minajev une gifle magistrale qui plaqua le vieux au mur et elle lui cria :

– D'où suis-je venue, vieux singe, n'ai-je pas vécu chez toi la moitié de ma vie? Dans un réduit puant? L'as-tu oublié? Pas moi!

Elle releva Minajev en le tirant par le col de sa

redingote, l'accota contre le mur et lui administra encore deux gifles retentissantes.

Le vieux roula des yeux affolés, renifla et dit enfin :

– Maintenant te voilà redevenue ma vieille Rosalia, ton chapeau à plumes, tes robes de soie, tes petits souliers... c'était infâme!

Ainsi en avait-il été avec Minajev.

Et chaque fois que la Bondareva émergeait de ses sinistres souvenirs, elle restait assise immobile à ronchonner, dans son magnifique palais, puis elle disait au nain Mustin :

– Bon Dieu! nous sommes tous des parasites. Sais-tu que toute une famille pourrait vivre deux mois du prix de mon chapeau? Nos chevaux ont un gros ventre à force de bouffer et, autour de nous, des milliers d'enfants ont un gros ventre à force d'avoir faim! La répartition des richesses est injuste!

– ... prétend Lénine! (Le nain était assis sur un sofa dans le salon des dames et enfonçait une cuiller dans une pomme cuite arrosée de sauce au miel.) Mais que tu parles ainsi... dans un palais...

– J'ai honte aussi d'habiter un palais.

– N'as-tu pas, en revanche, sacrifié toute ta vie? Comment as-tu élevé Matilda? Y eut-il jamais pour toi une heure de repos? N'étais-tu pas au marché assise derrière ton éventaire par la pluie, la tempête, la canicule, le gel? N'as-tu pas travaillé davantage que la plupart de ceux qui, aujourd'hui, parlent de révolution? Tu as gagné honnêtement chaque kopeck... et à présent tu as honte de les avoir gagnés?

– Si on le prend comme ça, dit la Bondareva rassérénée.

Quand elle rendit visite à Minajev, elle lui apporta

une soupe aux choux plus riche en eau qu'en légumes.

Minajev renifla le pot, y trempa un doigt, le lécha et, désemparé, considéra Rosalia :

– Je n'ai pas de porcelet à élever, dit-il.

Quelle imprudence!

La Bondareva rugit qu'elle était retournée à la misère. Qu'elle avait été nourrie de semblables soupes pendant vingt ans et en vivait encore! A présent, devenue bolchevik, elle ne mangeait plus que la nourriture habituelle du pauvre peuple. Enfin, elle plongea la tête de Minajev dans la soupière et le força à tout avaler.

Le pauvre vieux fut tellement anéanti après ce repas populaire qu'il resta effondré sur son sofa dans l'arrière-boutique sans arriver à retrouver son souffle. Rosalia le couvrit de son drapeau rouge et cria, le poing levé :

– La classe des travailleurs vaincra!

Là-dessus elle quitta Minajev qui resta la bouche ouverte à rouler des yeux blancs.

Quatre semaines plus tard, il était mort.

Le médecin diagnostiqua une rupture d'anévrisme. La Bondareva le fit enterrer comme un grand seigneur dans un cercueil de bois ouvragé, véhiculé par une voiture noire et deux chevaux également noirs. Un pope fit l'éloge funèbre du défunt qu'il qualifia de « grande âme », ce qui lui valut une fondation de deux cent cinquante roubles pour son église.

Ainsi s'enfuyait le temps.

Matilda dansa non seulement à Saint-Pétersbourg comme *prima ballerina assoluta*, mais aussi dans tout l'univers. Adorée des hommes, jalousée des femmes, détestée de ses collègues à cause de ses succès, submergée de fleurs et de cadeaux partout où elle dansait.

Chamitja Maximovitch Aronov, l'imprésario, devenait chaque jour plus morose. Les pourcentages qu'il retirait de ces contrats fabuleux l'enrichissaient considérablement. Mais il n'en devenait pas moins hargneux. Même à Monte-Carlo, la malédiction l'accompagna : il gagnait toujours!

Les liens entre Matilda et le tsar étaient rompus. Aucun messager ne venait plus porter de billets ou de nouvelles, pas de corbeilles de fleurs, pas de cartons avec des cadeaux. On ne se voyait plus qu'au théâtre...

Nicolas II, dans la loge impériale, sérieux, introverti, fermé, de plus en plus étranger à son entourage... Matilda Felixovna sur la scène, rayonnante de beauté aérienne lorsqu'elle dansait, entourée de cris d'admiration, l'étoile la plus lumineuse du ciel de Saint-Pétersbourg.

Elle dansait sous la direction du célèbre Petipa tous les grands rôles : *Coppélia, Giselle, Raymonda, La Belle au bois dormant, La Bayadère, Le Corsaire, La Sylphide* (1) et toujours... *Le Lac des cygnes.*

A travers l'espace qui séparait la scène et les loges, ils se regardaient lorsque éclataient les applaudissements. Alors le tsar se tenait contre la balustrade et applaudissait, ayant à côté de lui la jolie tsarine, et Matilda s'inclinait très bas ainsi qu'il convenait en face du couple impérial. Quelquefois, Matilda pensait : Niki n'a pas l'air heureux. Tu devrais pourtant rayonner de bonheur, car tu as à présent trois filles : Olga, Tatiana et Maria, et la tsarine est de nouveau enceinte. Pourquoi me regardes-tu si mélancoliquement avec tes yeux de faon?

(1) En français dans le texte.*(N.d.T.)*

Je sais bien que tu aimes Alexandra! Penses-tu au passé? Le tsarévitch et sa petite danseuse? Quelle merveilleuse époque! Le conte de fées de Saint-Pétersbourg.

Lorsque naquit la quatrième fille du tsar qui reçut le nom d'Anastasia, c'en fut fait du nain Urasalin. Il vint au palais Stroïtsky, s'assit à sa place favorite, sur le sofa du salon des dames, et balança ses jambes dans le vide. Rosalia, devenue très mince et toujours en lutte avec son « estomac nerveux », le regarda d'un air interrogateur.

– Qu'y a-t-il? (Sa voix tonnante et redoutée avait faibli, elle aussi. Elle résonnait plus lasse, plus affectueuse, comme émanant d'un gouffre béant :) Dois-je te préparer des pirojki à la viande?

– Je suis libre! (Mustin regardait le mur en face de lui, tendu de damas, évitant ainsi le regard de Rosalia.) On n'a plus besoin de moi, le tsar m'a gracieusement donné congé. Il y a tant de fous stupides qu'on se passe facilement d'un fou clairvoyant. D'ailleurs, la tsarine le désire. Je la dégoûte. Elle prétend que ses filles rêvent de moi et gémissent dans leur sommeil. Je terrifie les petites grandes-duchesses. Ma vue leur est insupportable. Je dois m'en aller! Alors le tsar m'a serré dans ses bras et m'a renvoyé.

Mustin le nain s'adossa, appuya sa nuque contre les coussins, considéra le plafond de stuc et pleura. C'était un spectacle indescriptible : l'homme le plus laid qui soit dont le visage frémissant ruisselait de larmes.

L'ingratitude, qui est souvent un défaut des grands, était ignorée de Nicolas II. Il fut, il est vrai, obligé par la répulsion de la tsarine de se séparer de son nain Urasalin, mais il lui fit un don royal.

La famille Stroïtsky se désintéressait de son

palais de Saint-Pétersbourg. Ses membres préféraient vivre sur leurs terres, loin de la politique, loin des regards, comme de petits monarques dans leur royaume forestier parsemé de champs, de marécages, de sauneries. A l'instar des Stroganov, ils entretenaient une petite armée privée prête au combat, des soldats qu'ils avaient camouflés en paysans. Nul ne songeait à les déranger.

Même le percepteur des impôts arrivait la tête découverte avec force courbettes jusqu'à leur château et avait l'honneur de festoyer toute une soirée avec les Stroïtsky en buvant plus que de raison. Le lendemain matin, il s'en allait content, et, bien sûr, sans avoir vérifié s'il avait encaissé des redevances exactes.

Le tsar Nicolas II acheta alors le palais Stroïtsky à Saint-Pétersbourg et l'offrit à Mustin le nain en dédommagement de son départ et pour le remercier de sa fidélité.

– Tu l'as mérité, dit-il à Mustin en lui faisant ses adieux. Administre bien cette maison. As-tu des héritiers?

– Je la léguerai probablement à Rosalia Antonovna Bondareva, si elle me laisse le temps de faire mon testament et, après elle, ce sera Matilda Felixovna qui en héritera.

Le tsar eut un petit signe de tête satisfait.

C'est ce que tu voulais entendre! pensa le nain subtil. Par moi, ce cadeau s'en ira là où il devrait atterrir tout de suite! Mais cela peut aussi s'effectuer de la sorte. Que ferait un vilain nain solitaire d'un tel palais?

Il baisa la main du tsar, ce que celui-ci permettait, malgré sa répugnance pour ce geste de soumission qui lui faisait toujours honte.

Mustin courut aussitôt chez la Bondareva et se

planta les poings sur les hanches dans l'embrasure de la porte.

– Dehors! cria-t-il, sévère. Rosalia Antonovna, faites vos paquets! Le tsar vient de me donner ce palais. Le nouveau propriétaire, c'est moi. Le palais sera nettoyé de votre présence! Sortez de ces capitonnages d'oisifs, et songez à remplir vos malles!

Rosalia, impavide, resta assise. Elle regarda Mustin aimablement, but une gorgée de thé à la menthe pour calmer son estomac et dit avec bonté :

– Bouc boiteux et puant! Que deviendrais-tu si je partais vraiment?

– Enfin un homme heureux!

– Un sac à soupirs! Viens donc boire ton vin! Le tsar lui offre le palais Stroïtsky! Quelle mauvaise conscience doit avoir cet homme pour en arriver là! Naturellement, tu lui as baisé la main. Tu aurais dû la lui mordre, c'est ce qu'il méritait, car il chasse son fidèle ami et saupoudre sa blessure de sucre comme si cela pouvait la guérir. Mais si tu as le palais, as-tu les moyens de l'entretenir?

– Le tsar paie les domestiques et m'accorde une pension de six mille roubles d'or par an.

– C'est généreux.

La Bondareva balançait la tête, qui avait elle aussi rapetissé comme le visage ridé. Elle avait de la peine à se nourrir et son estomac devenait toujours plus pesant et douloureux.

Le médecin prescrivait des pilules et des gouttes, mais à Mustin il déclara :

– Elle a une nature de cheval, tout autre aurait déjà été tué par ce cancer.

– Où est Matilda à présent? demanda la Bondareva.

– A San Francisco, je crois.

– Que de choses elle voit! A-t-elle écrit?

– Borja a envoyé un télégramme. L'Amérique est un pays grandiose. Il est enthousiaste. Les maisons sont si hautes qu'il faut rejeter la tête en arrière pour apercevoir leur toit! Ce sont de nouvelles tours de Babel! Il rapportera des photographies...

– Alors il faut qu'il se dépêche! dit la Bondareva toujours bienveillante.

Mustin se sentit soudain glacé et comprit : elle sait! Elle n'ignore rien de son mal, et elle s'observe avec calme! Quelle femme!

Et puis cela se produisit brusquement, le 20 juin 1904, le matin à 9 h 30.

Rosalia Antonovna gémit sourdement, n'eut plus la force de presser la sonnette et sombra dans l'inconscience.

Lorsque Mustin et le maître d'hôtel pénétrèrent dans sa chambre à coucher, inquiets qu'elle n'ait pas donné signe de vie, elle était étendue en travers de son lit, le visage jaune comme de la cire, et râlait. Le médecin qui arriva une demi-heure plus tard n'ouvrit pas sa sacoche de secours. Il s'assit auprès de Rosalia, prit sa main dans la sienne et attendit.

A midi, c'était fini. Le cœur s'était arrêté. Le nain s'agenouilla contre le lit pour prier, le front posé sur la main froide de Rosalia.

– A-t-elle souffert, hier? demanda le médecin.

Mustin secoua la tête.

– Je ne sais qu'une chose : hier soir, elle a mangé un rôti de porc...

– Juste ciel!

– Elle avait une telle faim... ensuite elle a bu trois vodkas! « Je me sens comme un chien débarrassé de ses puces! » m'a-t-elle dit. Pour la première fois depuis des semaines, elle a mangé de la viande et à présent je me réjouis qu'elle l'ait pu... jamais je ne l'ai vue plus joyeuse.

On enterra Rosalia dans une fosse du cimetière du couvent Alexandre Nevski. Mustin avait obtenu qu'elle repose parmi les célébrités de la Russie, non loin de Tchaïkovski et de Moussorgski, tout près d'Alexandre Borodine. Ce fut un enterrement discret.

Matilda et Borja étaient à La Nouvelle-Orléans. Même s'ils avaient interrompu leur tournée, ils seraient arrivés trop tard pour cette dernière cérémonie.

Aussi on porta à l'enterrement une grande couronne derrière le cercueil qui devait symboliser la présence de Matilda. Sur le ruban noir était imprimé en lettres d'or :

MÈRE! MÈRE IMMORTELLE!

Le tsar aussi envoya des fleurs, une corbeille de roses rouges. Elle ne portait pas le moindre indice de sa provenance, mais tout le monde comprit d'où elle venait.

Six semaines plus tard, Matilda et Boris étaient de retour.

– Elle est partie comme sur un roulement de tambour! leur dit Mustin lorsque, après une visite à la tombe de Rosalia, ils retournaient tous trois par une longue allée vers l'entrée du cimetière. Les dernières paroles qu'elle m'a adressées furent : « Ça va mieux, tête de bois! Demain je me rôtirai une oie! » (Mustin se moucha :) Ne pleurons pas, elle ne l'aurait pas permis. Ce qu'elle préférerait, c'est que nous buvions du champagne à son bonheur céleste!

Ils le burent dans un de ces endroits distingués

où l'on ne peut entrer que si l'on connaît le portier.

C'est là qu'ils rencontrèrent par hasard Marius Petipa, qui ignorait que Matilda fût de retour d'Amérique.

– C'est un prodige! s'exclama-t-il. La nuit dernière, j'ai rêvé de toi, tu dansais Giselle et te voilà en chair et en os! Tu seras ma prochaine Giselle!

Il l'embrassa, ne remarqua pas ses vêtements de deuil et bavarda sans interruption... de théâtre.

Où d'ailleurs les morts n'ont d'importance que sur la scène...

17

La fuite rapide du temps se mesurait aux tournées triomphales de la grande Felixovna.

Elle voyageait par le monde, toujours accompagnée de Boris Davidovitch et de Chamitja Maximovitch, d'une cameriste, d'un coiffeur et d'une secrétaire. Chamitja avait institué pour elle cet accompagnement dispendieux et digne d'une princesse :

– Si tu arrives seule où que ce soit, chacun se dira : Tiens! la pauvre souris! Qu'on lui laisse quelques croûtes de fromage et elle fera « la belle », dressée sur son arrière-train! Mais si tu parais en grand équipage comme une reine et qu'un esclave annonce : Matilda Felixovna sera là dans un instant! alors ils se plieront en deux et, de surexcitation, ils en auront des démangeaisons partout!

Matilda consentit de mauvaise grâce à ce déploiement d'opulence, mais Chamitja connaissait son affaire. Dans chaque capitale, les attendait l'accueil réservé aux chefs d'Etat. La reine de la danse a droit aux honneurs.

Le 1er août 1914, la guerre les surprit à Londres. L'ambassadeur de Russie remit à Boris Davidovitch une lettre du ministère de la Guerre, laquelle lui donnait l'ordre de regagner aussitôt Saint-Pétersbourg, afin de prendre le commandement d'un régiment, la Russie ayant besoin de tous ses officiers.

La lettre datait de deux semaines, mais entretemps elle était devenue d'une actualité brûlante. Dans leurs communiqués, les journaux annonçaient que l'Allemagne, par l'intermédiaire de son ambassadeur Pourtalès, avait remis au ministre russe des Affaires étrangères la déclaration de guerre de son gouvernement. Ce qui depuis des semaines et des mois planait comme une nuée chargée d'électricité au-dessus de l'Europe avait éclaté enfin : le monde s'embrasait.

Les peuples se ruèrent au combat.

La Mort inaugura son règne.

Il débuta par des cris de joie, des marches militaires, des messes d'intercession, des guirlandes de fleurs.

– Il sont tous devenus fous! s'écria Chamitja en s'arrachant les cheveux. La guerre! Et ils chantent leur joie! N'y a-t-il donc que des idiots? On comprend ça de la part des Allemands, toujours enthousiastes lorsqu'il s'agit de mourir... Mais les Russes? Qu'arrive-t-il à l'humanité? Il en tombera des centaines de mille... pourquoi? Pour cet archiduc que l'on a assassiné à Sarajevo? Un homme vaut-il la mort de millions de soldats?

– Que vas-tu faire, Borja? demanda Matilda en relisant la lettre envoyée de Saint-Pétersbourg.

L'ordre était clair : revenir! Prendre le commandement d'un régiment.

– Je ne sais pas... Ici, à l'étranger, personne ne peut m'y obliger, mais je suis officier, j'ai mon honneur à sauver...

– Ou ta vie! (Chamitja Maximovitch marchait en tous sens dans la pièce.) Nous allons nous tirer de cet imbroglio! Nous irons là où il n'y aura pas de guerre! Sur une île de la mer des Caraïbes, et nous attendrons que toutes ces têtes folles se soient entrechoquées jusqu'à se mettre en pièces! Je vais me renseigner, trouver le moyen le plus rapide pour sortir d'Europe!

Ce qu'ils trouvèrent, ce fut un navire sur lequel ils embarquèrent, bien que Chamitja jurât très fort, au nom de tous les saints, qu'il n'était pas idiot.

Le bateau mit le cap vers la direction opposée à la volonté d'Aronov : de Londres à Christiania (1), de cette capitale, ils devaient aller en train à Stockholm, puis à Helsinki et, de Finlande, toujours en train, à Saint-Pétersbourg.

Par une chaude soirée, ils atteignirent la Neva. Des régiments en marche, de longues colonnes de camions, des trains sans fin remplis de soldats, de canons, les avaient croisés. Toute la Russie sur le pied de guerre se mettait en marche vers le front de l'Ouest, se préparait à abattre l'Allemagne et l'Autriche.

Qu'avait dit le tsar Nicolas II dans sa proclamation? « Nous combattrons le glaive à la main et la croix sur le cœur! »

Lorsque le tsar, après cet appel, avait paru sur le balcon du palais d'Hiver, les Russes par milliers qui attendaient sur la place étaient tombés à genoux en entonnant l'hymne national. L'éternelle Russie réapparaissait soudain... Que ce soit au Moyen Age ou dans les temps modernes, un peuple s'agenouille devant le tsar.

Et la tsarine pleurait d'émotion.

Tandis que Matilda se remettait au palais Stroïtsky des fatigues de son long voyage et que

(1) Actuellement Oslo. *(N.d.T.)*

Mustin reprochait à Chamitja d'avoir ramené Matilda de l'étranger au lieu de l'y laisser, Boris se faisait annoncer chez le commandant en chef des forces armées russes, le grand-duc Nicolas Nicolaïevitch, l'oncle du tsar, un géant de deux mètres.

Il ne put le voir en personne. La première offensive de vaste envergure était commencée, et le grand quartier général restait en alerte jour et nuit. En revanche, un général qu'il connaissait l'étreignit et l'embrassa sur les deux joues en disant :

– Borja, que tu sois venu prouve que tu es russe, même si tu t'appelles Soerenberg! Tu pars dans quatre jours pour le front! Nous t'avons désigné pour l'armée du Narev, commandée par le général Samsonov. Tu seras un des héros qui chasseront les Allemands de la Prusse-Orientale! Nous les prendrons en tenailles! Au Narev, l'armée Samsonov; au Niémen l'armée Rennenkampff. Pas d'évasion possible pour eux! Jetez les Allemands dans la Baltique! Notre adversaire est faible. La huitième armée allemande est commandée par Hindenburg : qui connaît von Hindenburg? Le général en chef est un certain von Ludendorff, absolument insignifiant! Ce sera pour vous une promenade!

De cette promenade, Boris Davidovitch von Soerenberg ne revint pas. L'éclat d'un obus allemand lui arracha le bras gauche, le 29 août 1914, au cours de la bataille de Tannenberg, alors que les armées russes étaient déjà battues et que les rescapés tentaient de fuir la captivité en refluant à travers les frontières de la Prusse-Orientale. Sans aucun secours, assis au bord d'une route, la main droite appuyée sur son bras déchiqueté, il se vida de son sang.

Il souffrait à peine. Comme d'habitude, son cerveau était d'une parfaite lucidité et il ne pensa, jusqu'à ce que la grande lassitude de l'éternité s'empare de lui, qu'à Matilda et à ses dernières paroles.

Elle les lui avait criées lorsque le wagon qui l'emportait hors de la gare des marchandises de Saint-Pétersbourg s'était mis à rouler et qu'elle courait sur le quai en lui adressant des gestes d'adieu avec le bouquet qu'elle tenait à la main :

– Quand tu reviendras, Borja, nous nous marierons ! Sois prudent ! Nous nous marierons sûrement, Borja, quand les Allemands seront vaincus...

– Quand...

Et puis le train avait roulé plus vite, elle était restée en arrière, les autres wagons bourrés de soldats qui chantaient étaient passés devant elle en ferraillant... et lui-même, penché à sa portière, lui avait adressé des gestes, des gestes d'adieu jusqu'à ce qu'elle disparût dans les vapeurs du brouillard matinal et la fumée de la locomotive. Mince silhouette qui était la raison même de sa vie.

La retraite des troupes russes s'effectua avec une telle précipitation que l'on ne put emmener ni même enterrer le colonel Soerenberg. Par la suite, les soldats allemands du génie rassemblèrent les cadavres russes pour les déposer dans une fosse commune. Les officiers, et bien sûr Borja entre autres, eurent chacun leur tombe, mais on ignorait son nom – les Russes avaient emporté ses papiers – et on inscrivit sur sa modeste croix en bois de bouleau : « Un colonel russe inconnu ».

Matilda accueillit la nouvelle de sa mort d'un visage impassible. Le général, aide de camp du tsar, vint en personne lui en faire part et lui remettre une lettre.

Nicolas II disait à Matilda :

« J'éprouve ton chagrin aussi dans mon cœur. C'est effroyable ce que mon peuple doit souffrir et a souffert dès les premières semaines de cette guerre que je n'ai pas voulue. Dieu m'est témoin que l'on m'a entraîné dans ce conflit. Pardonne-moi, Matilda. Niki. »

Victoires et défaites se succédaient, et l'on s'habituait en Russie à ce que chaque ennemi mort correspondît à dix Russes sacrifiés. On ne manquait pas d'hommes, et la stratégie se résumait en cette formule : le « rouleau compresseur russe », cet apport démentiel de vies humaines, ces attaques par dix, douze, quinze vagues successives les unes derrière les autres, dans l'espoir trompeur que l'adversaire ne pourrait tirer aussi rapidement que les masses humaines se ruaient sur lui.

A Saint-Pétersbourg cependant, la haute société continuait à aller à l'Opéra, aux ballets, au concert.

Matilda Felixovna dansa non seulement devant le tsar, mais aussi devant les blessés dans les hôpitaux aux armées. Presque chaque jour, elle donnait une représentation, dansant des scènes de ses célèbres ballets, ou bien elle se joignait aux danses folkloriques des diverses populations russes, dansées par des paysans.

Les blessés applaudissaient, enthousiastes, mais que pensaient-ils vraiment?... Une fois, à Pavlovsk, un jeune capitaine dans une ambulance le lui dit franchement :

– Nous sommes très heureux que vous dansiez pour nous, mais nous aurions préféré un wagon rempli de pain, de marmelade et de légumes. Quant à un morceau de viande... n'en parlons pas. Mais un morceau de pain, c'eût été encore plus beau que le plus beau *Lac des cygnes...*

Le tsar, Matilda ne le voyait plus que de loin en loin.

Après qu'il eut ôté à son oncle Nicolas Nicolaïevitch le haut commandement des troupes russes et qu'il se fut placé lui-même à la tête des armées, tout lien entre eux se trouva rompu.

Nicolas II ne vécut plus dès lors que dans son quartier général de Mohilev. Cela non plus, il ne l'avait jamais voulu, mais la tsarine l'y contraignit. Elle voyait en Niki le chef de guerre génial qui sauverait la Russie.

L'influence du moine miraculeux Raspoutine devenait, par ailleurs, de plus en plus forte. La tsarine ne pouvait plus vivre sans lui depuis qu'il avait réussi, par l'imposition des mains, à sauver de la mort le petit tsarévitch. Le legs fatal de la reine Victoria se manifestait de nouveau chez l'héritier du trône : il était hémophile.

Matilda vivait retirée au palais Stroïtsky. Le nain Mustin était devenu très silencieux depuis la mort de Rosalia. Il restait souvent assis pendant des heures devant sa tombe sur un banc de bois blanc et commençait la rédaction de ses Mémoires : *Vus d'en bas, souvenirs d'un nain,* et sous ce titre il ajouta : « A Rosalia Antonovna, la seule personne peut-être qui m'ait compris. »

Après les batailles désastreuses de Tannenberg et des lacs de Mazurie, Chamitja Maximovitch Aronov disparut subitement de Saint-Pétersbourg. Il laissa pour Matilda une courte lettre :

« La Russie est en train de mourir lentement mais sûrement. N'oublie pas ce que je te dis : dans peu de temps les bolcheviks prendront le pouvoir et anéantiront tout ce qui ressemblera à toi ou à moi! L'eau purificatrice de la révolution, c'est toujours du sang. Autrement, un grand nettoyage ne serait pas possible. Mais dois-je me laisser tuer, parce que toute ma vie j'ai travaillé et fait des économies? Je vais tenter d'atteindre Tanger. J'ai là-bas un ami, le cheikh Omar Abduman Ibn-Rahndan. Je resterai près de lui jusqu'à la fin de la guerre. Ensuite, je vivrai à Paris. Crois-moi, Matildouchka : en dehors de la Russie, un Russe ne peut vivre qu'à Paris! Pourquoi? Je l'ignore. On sent cela, c'est une question d'affinités, sans doute. Dieu daigne nous réunir à Paris. »

– Cette guerre met en pièces le monde ancien, dit aussi Mustin lorsque Matilda apprit par de bons amis du quartier général que Nicolas II se sentait malheureux comme commandant en chef de ses troupes et se considérait lui-même comme la victime expiatoire de la Russie. Et les temps nouveaux frappent à la porte. Ils débuteront par la terreur. Ne veux-tu pas quitter la Russie?

– Non! Le tsar la quitte-t-il?

– Ce serait impensable!

– Et tu peux *penser* que moi je m'en irais? N'en parlons plus.

Plus la guerre durait, plus on mourait sur le front, et plus les blessés et les agonisants emplissaient les hôpitaux et les ambulances. Déjà, on évacuait les écoles pour loger les blessés. Matilda Felixovna était en perpétuel déplacement.

La *prima ballerina assoluta* dansait presque exclusivement pour les blessés.

De temps à autre pourtant, une représentation avait lieu à Saint-Pétersbourg. Alors on croyait rêver en voyant à quel point la noblesse et la société fortunée ignoraient tout de la guerre.

Alors étincelaient encore les diamants et les pierres précieuses, alors froufroutaient encore les robes de soie des dames, et brillaient les uniformes chamarrés d'or et de décorations.

Tous semblaient saisis par une ultime ivresse, le désir de déployer une dernière fois la fantastique magnificence de l'empire des tsars avant que tout ne s'écroule inexorablement.

Et puis – attendu de tous secrètement – l'ouragan se mit à souffler. Au matin du 23 février 1917, une longue file de manifestants traversa Saint-Pétersbourg en scandant ces phrases : « Donnez-nous du pain! », « A bas la guerre! », « La paix! La paix! »

Les cordons de police qui protégeaient le palais d'Hiver furent submergés.

L'hiver, cette année-là, fut particulièrement rigoureux. A Saint-Pétersbourg, on releva 40 degrés au-dessous de zéro. On manquait de bois et de charbon; le ravitaillement en comestibles fut interrompu parce que les trains qui les transportaient se trouvaient bloqués dans d'effrayantes tourmentes de neige. La moitié des produits de boulangerie, la viande et le lait étaient réquisitionnés; les prix montèrent à des hauteurs vertigineuses, le marché noir fleurissait. La nuit, des affamés pillaient les boutiques et tuaient pour un morceau de pain. Finalement, certains chiffres furent connus du public, des chiffres qui donnaient froid au cœur : la Russie avait perdu en morts, disparus, blessés et prisonniers, trois millions huit cent mille soldats!

Les munitions s'épuisaient, la production industrielle ne pouvait les livrer en quantités suffisantes, le ravitaillement s'essoufflait. Mais ce qui ne manquait toujours pas, c'étaient... les hommes!

Le blocus allemand de la mer Baltique et de la mer Noire coupait presque entièrement la Russie de ses alliés et de leurs livraisons. Ce gigantesque empire était devenu une île sur laquelle des millions d'êtres humains voyaient venir à eux une mort inéluctable.

Après la marche des femmes, la déception et le désespoir du peuple explosèrent. Quatre-vingt mille travailleurs des fabriques se mirent en grève, et leurs masses se déversèrent dans la ville pour se joindre à la manifestation.

Le gouvernement ne sut y répondre que par la force. Trente-cinq mille policiers étaient prêts au combat, mais leur appui principal était représenté par les cent cinquante mille hommes de la garnison, les bataillons de réserve des régiments de la garde, le détachement de cosaques et la marine.

Quelle erreur!

Le 25 février – personne ne travaillait plus à Saint-Pétersbourg – des manifestants par centaines de mille déferlèrent dans les rues, brandissant des drapeaux rouges, le brassard rouge au bras, et leurs chœurs parlés scandaient à travers la Venise de la Baltique : A bas la guerre! Donnez-nous du pain!

Et une phrase toute nouvelle surgit : « A bas la tsarine allemande! »

Le commandant de la place, le général Chabalov, fit donner les cosaques. Mais au lieu d'écraser les manifestants des sabots de leurs montures en les fouettant de leurs nagaïkas (1), ceux-ci étreignirent affectueusement hommes et femmes, s'emparèrent des drapeaux rouges et poursuivirent avec eux la traversée de la ville.

(1) Knouts aux lanières terminées par des griffes de fer.

Sur la perspective Nevski, cette avenue somptueuse de Saint-Pétersbourg, la police tira pour la première fois sur le peuple. La capitale de l'empire russe vit alors le règne de la Camarde. Le cœur de la Russie saigna de toutes ses blessures.

Le 27 février, les garnisons se mutinèrent : ces troupes qui devaient soutenir le tsar et la monarchie. Ce furent d'abord les régiments de la garde... Sur le front de son régiment de Volhynie, le commandant en chef se brûla la cervelle, donnant ainsi libre cours à la révolte. Les soldats se mêlèrent au peuple.

Les gardes lituaniens et, l'un après l'autre, tous les régiments quittèrent leurs casernes pour défiler avec le flot des manifestants : A bas la guerre! A bas le tsar! Donnez-nous du pain!

Les prisons furent ouvertes, le tribunal incendié flamba jusqu'à la dernière poutre, les commissariats de police furent attaqués et détruits. Des soldats brandissant des drapeaux rouges prirent d'assaut des camions militaires, s'emparèrent du bâtiment central de l'Okhrana, police secrète, du palais de justice, des palais de plusieurs ministres et ils assommèrent, tuèrent, pillèrent, incendièrent, firent exploser...

Ce qui avait été projeté comme une révolution libératrice se terminait en chaos. Les paroles de Chamitja devinrent de terribles vérités. L'eau purificatrice de la révolution, c'était le sang! Le président de la Douma ou Parlement, le malheureux Rodzianko, télégraphia au tsar :

« Dans les rues on tire au hasard de tous côtés. Il est de toute urgence qu'une personnalité qui a la confiance du pays constitue un nouveau gouvernement. Impossible d'attendre davantage! Toute hésitation serait mortelle! Je supplie Dieu qu'en un tel état de choses, cette responsabilité n'incombe pas à l'Empereur! »

Le tsar, qui n'était parti que le 24 février de Tsarskoïe Selo pour son quartier général, ne croyait pas au soulèvement de ses soldats. Il lut la dépêche de Rodzianko et la rejeta avec dégoût.

– Encore des bêtises de ce gros Rodzianko! dit-il.

Mais il envoya au général Chabalov l'ordre de mettre fin immédiatement à tout désordre. Par quelque moyen que ce fût.

Trop tard!

A Saint-Pétersbourg, le peuple et l'armée marchaient à travers la ville bras dessus, bras dessous, sous les drapeaux rouges. L'anarchie régnait. Il n'y avait plus d'ordre, plus de force dirigeante, plus de raison capable de freiner cette démence.

Il n'y avait plus que le soulèvement de la rue, l'éruption d'un volcan de faim, de misère, de peur et de lassitude provoquées par la guerre.

Presque quatre millions de pertes en hommes, et ni pain, ni lait, ni viande, ni légumes, ni blé. Dieu! tu abandonnes la Russie!

A présent, nous nous sauverons nous-mêmes!

– Nous y voilà! dit Mustin à Matilda.

Ils se trouvaient dans un salon du palais Stroïtsky. Au-delà de l'avenue, le long du canal Iekaterinsky, s'écoulait depuis des heures le flot des manifestants, les slogans résonnaient, tandis qu'on tirait quelque part de temps en temps et que le ciel d'hiver froid et gris rougeoyait.

Pour le moment, ils n'avaient pas à redouter un assaut des rouges contre leur palais.

Le maître d'hôtel avec lequel Rosalia avait jadis

poursuivi un combat qui était leur raison de vivre à tous deux parut au matin du 24 février dans le petit salon où il servit le petit déjeuner comme d'habitude : thé, marmelade, miel. La seule nouveauté était son brassard rouge. Il dit, comme toujours, avec dignité :

– Ne vous inquiétez pas, Matilda Felixovna, il ne vous arrivera rien. La maison est placée sous la protection du comité exécutif révolutionnaire.

Et pour le prouver à tous, on planta au-dessus du portail d'entrée un drapeau rouge.

La cuisinière manifesta dans l'après-midi avec le peuple après avoir servi le repas et promis d'être de retour à temps pour le dîner.

– Si notre Rosalia avait vu ça! dit tristement Mustin. Elle aurait défilé en première ligne avec un drapeau rouge. J'irai demain sur sa tombe tout lui raconter.

Le 28 février 1917 parut, au palais Stroïtsky, en civil, un aide de camp de l'empereur.

D'abord, on ne voulut pas le laisser entrer, mais lorsqu'il montra ses papiers et que le maître d'hôtel révolutionnaire se fut convaincu qu'il n'était pas un espion des bolcheviks, il lui fut possible de voir Matilda. C'était un jeune commandant qui comptait parmi les quelques fidèles restés à l'empereur et qui veillait sur le palais d'Hiver.

Il apportait une dépêche de Nicolas II adressée à Matilda :

« Des événements graves se préparent. Tu dois quitter la Russie sans tarder. N'emporte que le nécessaire. A l'aube, une calèche attendra devant ta maison. Va maintenant! Je te l'ordonne! Niki. »

– A présent, je m'en vais, dit Matilda en tendant le télégramme à Mustin. S'il l'ordonne, j'obéis. Il ne m'a encore jamais dit : Je te l'ordonne! Mustin, fais emballer nos affaires.

– Je reste, répondit Urasalin. Que ferait un nain, à Paris? Un vieux nain très laid? Je garderai ta maison, Matildouchka. Lorsque tu reviendras à Saint-Pétersbourg, ou... quelque nom que prenne la ville par la suite... tu trouveras tout dans l'état où tu l'as laissé. Notre temps nous apprend à vivre vite. Les changements se font à la vitesse des trains express. Tu reviendras bientôt dans une Russie nouvelle. Matilda Felixovna est hors du temps comme la musique sur laquelle elle danse. Ceux qui gouverneront alors la Russie reconnaîtront toujours la Felixovna comme reine de la danse. J'attendrai ici, ma colombe, je le dois aussi à Rosalia. Je veillerai ici à ta place.

Toute la nuit se passa à faire des valises et à les défaire. On ne pouvait emporter que peu de chose. Matilda abandonna tout, sauf un portrait de sa mère dans son cadre d'argent, une photo de Boris, la lettre dans laquelle quatre ans auparavant il lui disait : « Je t'aimerai éternellement au-delà de la mort! » et le dernier télégramme du tsar. Elle y ajouta un peu de linge pour ce long voyage... La maison de San Remo sur la Riviera était entièrement installée : elle n'emporterait de Russie que le mal du pays...

Dans le lointain Mohilev, à des centaines de kilomètres de là, Nicolas II ne comprenait que lentement la portée immense de la révolution. La tsarine lui écrivait par le courrier ordinaire de la poste :

« Nous sommes importunés par les mouvements de la canaille, des galopins des rues et de sottes filles qui essaient d'augmenter l'inquiétude en criant qu'ils n'ont pas de pain. Tu as si souvent montré ta bonté, le temps est venu de leur faire sentir ta poigne. Les Russes en ont besoin! »

Et Nicolas répondit immédiatement par télégramme :

« Tu as tout à fait raison, mais il n'est absolument pas nécessaire de montrer à chaque instant les dents à droite ou à gauche. »

Le tragique de sa vie fut qu'il crut toujours à son peuple, à ses soldats, à ses paysans, à ses ouvriers, à des êtres dont il ne voulait que le bien. Il ne comprit pas que ses ministres agissaient dans le sens absolument contraire. Et quand toute la faute en retomba sur lui, le tsar Nicolas II le comprit moins encore.

A l'aube grise du 1er mars 1917, Matilda Felixovna quitta Saint-Pétersbourg dans une calèche d'aspect anonyme. Un vieux cocher du tsar conduisait l'attelage. Mustin, le nain, s'était recroquevillé au fond du palais afin d'éviter les adieux. Matilda le fit chercher pendant une demi-heure, puis se vit obligée de partir. C'est seulement lorsque la calèche fut sortie de la cour d'honneur que Mustin rampa hors de son coin au fond de la cave et la suivit du regard, caché derrière les rideaux du salon. Il la bénit d'un signe de croix en disant : « Dieu! ne la quitte pas des yeux! »

Matilda se rendit à la frontière finlandaise. Là, elle resta dans un petit village et y lut les jours suivants l'abdication du tsar.

Le 28 février, Nicolas II était parti dans son train spécial de son quartier général de Mohilev pour se rendre à Tsarskoïe Selo, mais il n'arriva jamais à destination. A la station de Liouban, la voie se trouva occupée par deux compagnies de soldats mutinés. Ils arrêtèrent le train impérial avec des canons et des mitrailleuses. C'eût été peut-être l'occasion d'un retour en arrière salvateur... On roula jusqu'à la petite gare de Dno, nom qui, en russe, signifie précipice. Là, on prit une voie secondaire menant à Pskov, sur le lac Peïpous – ce fut le terminus.

Le terminus du tsar, de la monarchie, de l'empire russe.

Le chemin de Saint-Pétersbourg était coupé. Le dernier monarque absolu d'Europe fut obligé de se plier à la volonté d'un comité de soldats. Le peuple, sorti en foule des quartiers pauvres des cités pour promouvoir les temps nouveaux, prenait en main le destin de la Russie.

Lorsque le 2 mars une délégation de la Douma parut pour recueillir l'abdication du tsar et sa signature au bas du document qui devait en faire foi, elle rencontra un tsar parfaitement résigné. Il entra dans son wagon-salon, très droit, toujours aussi aimable et peu loquace. Il s'assit à la table, lut le texte qui lui était présenté et le signa avec un simple porte-plume de bois noir que lui tendit l'envoyé de la Douma, Goutchkov.

Il n'y avait plus de tsar.

Après un dîner silencieux dans son wagon-salon, le soir même, comme en proie à un pressentiment, il dit au général Rousski, un vieillard qui commandait le front nord :

– A présent, il faut nous en remettre à la grâce des vainqueurs.

Les vainqueurs, c'étaient les travailleurs, les paysans, les soldats qui, à présent, submergeaient les rues, chassaient les politiciens tsaristes comme des lapins, pillaient les palais, emprisonnaient les nobles et les riches qui n'avaient pas encore fui, et, en fait de régime nouveau, instituaient « le soviet des députés nommés par les travailleurs ».

La vieille Russie s'écroula. Le début de la nouvelle Russie était encore noyé dans le chaos. Il ne restait plus que ce cri : La paix! la liberté! du pain!

Matilda s'en fut de Finlande en Suède. A Stockholm, elle attendit dans une petite villa la fin de la révolution. Malgré des propositions alléchantes, elle refusa de danser... Elle suivait à distance la destinée du tsar.

– Plus tard, dit-elle au directeur de l'Opéra royal de Stockholm. Comment pourrais-je danser alors que ma Russie saigne? Laissez-moi le temps...

Dans la nuit du 16 au 17 juillet 1918, le tsar, la tsarine, leurs quatre filles, le tsarévitch, le médecin de l'empereur, le Dr Botkine, trois domestiques et un petit chien furent abattus à coups de fusil dans la cave de la maison Ipatiev à Iekaterinbourg.

Un commando de bolcheviks sous les ordres du commissaire Jourovski fit feu sur le groupe plaqué contre le mur de la cave jusqu'à ce que plus rien ne bouge. Alors on emporta les cadavres jusqu'à une mine lointaine, dite des « Quatre frères », on les hacha en pièces, on les arrosa d'acide sulfurique, et l'on brûla les restes sur un bûcher.

Rien, plus rien, ne devait subsister des Romanov. Jourovski voulait leur extermination totale. C'était aussi le triomphe d'une vengeance personnelle : lui, l'aide-brancardier d'ambulance, né dans une prison sibérienne d'une mère morte lamentablement en exil, avait le dernier mot.

Matilda s'enferma pendant trois jours lorsque fut connu l'assassinat de la famille impériale.

Le cinquième jour, elle dansa *Giselle* à l'Opéra de Stockholm et Chamitja Maximovitch télégraphia de Paris :

« Viens me retrouver! Paris t'attend! Qui avait raison? Tu vis et le monde sera à tes pieds! Ouvre-toi enfin aux temps nouveaux... »

En vain, Matilda fit rechercher à Petrograd (1) le nain Mustin. On l'avait vu pour la dernière fois le 26 octobre. Un commando de bolcheviks vint le chercher pour un « interrogatoire ». Mustin ne reparut jamais, mais le palais Stroïtsky fut pillé et ravagé.

– Jamais plus je ne retournerai en Russie, dit Matilda lors de son voyage de Stockholm à Paris, au cours d'une interview que beaucoup de journaux publièrent. Si la révolution ne doit être que peur et épouvante, alors, que le reste du monde prenne garde. La peste est une maladie contagieuse.

Sa haine était inexorable. Il n'y avait pas de pardon pour Matilda. On avait abattu son Niki au fusil... Comment oublier cela?

A Paris, Chamitja vint la chercher à la gare; il pleurait et lui confia dans le taxi qui les emmenait au Ritz :

– Je n'ai jamais voulu le croire, Matildouchka! Mais comme je sais à présent que je ne reverrai plus la Russie, le mal du pays me déchire.

(1) Nom donné à Saint-Pétersbourg au début de la révolution et qui fut remplacé par Leningrad.

ÉPILOGUE

Le 2 mai 1971 mourait à Meudon, près de Paris, une vieillarde toute ratatinée qui, jusqu'alors, avait vécu seule dans une maison ancienne entourée d'un jardinet.

Cette femme avait trois chats et un chien bâtard que l'on trouva assis près de son lit montrant les crocs et ne permettant à personne d'approcher de la morte. La police dut s'en emparer avec un nœud coulant.

– Elle a atteint l'âge de quatre-vingt-seize ans! dit un voisin. Nous nous sommes toujours étonnés qu'elle puisse vivre encore. Elle ne sortait jamais, restait assise dans son jardin et vivait pour ainsi dire du produit de son potager qu'elle cultivait elle-même. Elle avait acheté cette maison tout de suite après la guerre, en 1945. Elle n'a jamais parlé avec aucun de nous... pendant toutes ces années... Elle a dû être jolie. Est-il exact qu'elle était russe?

Un avocat dont on trouva l'adresse dans les papiers de la défunte se révéla être son exécuteur testamentaire.

– C'était une très célèbre danseuse; Matilda Felixovna, tel était son nom, déclara-t-il à la police. Aujourd'hui, il n'en reste plus rien, mais jadis... Elle ne laisse pas grand-chose derrière elle, car elle a dû tout vendre après un accident d'automobile, en 1928 je crois, où elle eut les deux jambes brisées. Elle n'a jamais pu remonter sur scène. Seule, cette maison de Meudon lui appartient encore. Elle sera vendue, et la somme que l'on en retirera – telles sont ses dernières volontés – doit être employée à lui donner une belle tombe, tandis que les chats et le chien seront accueillis à Paris dans la meilleure maison de retraite pour animaux. Oui... Et puis il y a encore une clause étrange dans son testament : on devra acheter une grande voile rouge pour envelopper son cercueil. Nostalgie de vieille dame sans doute! Mais elle l'exige dans son testament : il faut lui obéir.

Par un jour ensoleillé de mai, Matilda Felixovna Bondarev fut enterrée à Paris. Derrière le cercueil, deux hommes : un prêtre et l'avocat. Mais le cercueil était enveloppé d'une voile d'un rouge sanglant. Il n'avait pas été facile de se la procurer en un délai aussi court.

Lorsque le cercueil glissa dans la fosse et que le soleil de mai éclaira vivement la voile rouge, le prêtre dit :

– C'était une Russe! Pourquoi aimait-elle autant le drapeau rouge? A-t-elle été autrefois une révolutionnaire célèbre?

– Je l'ignore, répondit l'avocat. En tout cas, ce fut une célèbre danseuse, je le sais de source sûre. Possible qu'elle ait été aussi une bolchevik, mais, pour se faire inhumer dans cette voile rouge, ce n'était certainement pas une fidèle du tsar...

Ce ne fut que bien plus tard, lorsqu'on déménagea le mobilier de Meudon, que l'on découvrit dans un joli coffret de laque quelques lettres jaunies et un télégramme.

Parmi ces vestiges d'une vie, une lettre de quelques mots :

« La destinée nous force à agir autrement que nous ne le voudrions. Mais quoi qu'il arrive, souviens-toi toujours que tu es le centre de mon cœur. Niki. »

Mais sait-on encore aujourd'hui qui était Niki?

Romans extrait du catalogue *Dos blancs ou rouges*

AKÉ LOBA
Kocoumbo, l'étudiant noir (1511★★★)
L'exil d'un jeune Africain au Quartier Latin.

ALLEY Robert
La mort aux enchères (1461★★)
Un psychiatre soupçonne de crime la cliente dont il est épris.

AMADOU Jean
Les yeux au fond de la France (1815★★★)
Ce bêtisier est une entreprise de salubrité publique. *(juin 85)*

ANDREWS Virginia C.
Fleurs captives (1165★★★★)
Quatre enfants séquestrés par leur mère...
Pétales au vent (1237★★★★)
Libres, ils doivent apprendre le monde...
Bouquet d'épines (1350★★★★)
Mais les fantômes du passé menacent.
Ma douce Audrina (1578★★★★)
Elle voulait ressembler à sa sœur morte.
Les racines du passé (1818★★★★)
La fin de la terrifiante saga commencée avec Fleurs captives. *(juin 85)*

APOLLINAIRE Guillaume
Les onze mille verges (704★)
Une œuvre scandaleuse et libertine écrite par un grand poète.
Les exploits d'un jeune Don Juan (875★)
Aucune femme, aucune fille ne lui résiste.

AUEL Jean M.
Ayla, l'enfant de la terre (1383★★★★)
A l'époque préhistorique, une petite fille douée d'intelligence est élevée au sein d'une tribu moins évoluée.
La vallée des chevaux (1655★★★★★)
Ayla découvre le feu et l'amour

AVRIL Nicole
Monsieur de Lyon (1049★★★)
Ce séduisant « monstre à visage de femme » n'est-il qu'un être de mort ?
La disgrâce (1344★★★)
A treize ans, Isabelle découvre qu'elle est laide ; pour elle, le monde bascule.

BACH Richard
Jonathan Livingston le goéland (1562★)
Une leçon d'art de vivre. Illustré.

BARBER Noël
Tanamera (1804★★★★ et 1805★★★★)
Au début du siècle, l'amour interdit d'un Anglais pour une beauté chinoise dans la fabuleuse Singapour. *(mai 85)*

BARCLAY et ZEFFIRELLI
Jésus de Nazareth (1002★★★)
Récit fidèle de la vie et de la passion du Christ, avec les photos du film.

BARNARD Christian
Les saisons de la nuit (1033★★★)
Un médecin doit-il révéler à une femme qu'il a aimée qu'elle est atteinte d'une maladie incurable ?

BAUM Frank L.
Le magicien d'Oz (The Wiz) (1652★★)
Dorothée et ses amis traversent un pays enchanté. Illustré.

BENCHLEY Peter
Dans les grands fonds (833★★★)
Pourquoi veut-on les empêcher de visiter une épave sombrée en 1943 ?
L'île sanglante (1201★★★)
Un cauchemar situé dans le fameux Triangle des Bermudes.

BESSON et THOMPSON
La boum (1504★★)
A treize ans, puis à quinze, l'éveil de Vic à l'amour.

BINCHY Maeve
C'était pourtant l'été (1727★★★★★)
Deux jeunes femmes, tendres, passionnées, modernes.

BLIER Bertrand
Beau père (1333★★)
Il reste seul avec une belle-fille de quatorze ans, amoureuse de lui.

BONTE Pierre
Histoires de mon village (1774★★)
Des histoires de clocher, mais des histoires vraies, proches de nous.
(mars 85)

BORY Jean-Louis
Mon village à l'heure allemande (81★★★)
Malgré l'Occupation, le rire garde ses droits.

BRISKIN Jacqueline
Paloverde (1259★★★★ et 1260★★★★)
En Californie, dans l'aventure du pétrole et les débuts d'Hollywood, deux femmes inoubliables.
Les sentiers de l'aube (1399 ★★★★ et 1400 ★★★★)
Où l'on retrouve les descendants des héros de Paloverde.

BROCHIER Jean-Jacques
Odette Genonceau (1111★)
Elle déchiquette à coups de bec ceux qui vivent autour d'elle.
Villa Marguerite (1556★★)
L'Occupation, la bouffe, les petits-bourgeois : une satire impitoyable.

BUCK Pearl
Une certaine étoile (891★★★)
De par le monde, en chacun, brille l'espoir.

BURON Nicole de
Vas-y maman (1031★★)
Après quinze ans d'une vie transparente, elle décide de se mettre à vivre.
Dix-jours-de-rêve (1481★★★)
Les îles paradisiaques ne sont plus ce qu'elles étaient.

CALDWELL Erskine
Le bâtard (1757★★)
Premier roman de Caldwell, Le bâtard *annonce déjà* La route du tabac.

CARS Guy des
La brute (47★★★)
Aveugle, sourd, muet, ... et meurtrier ?
Le château de la juive (97★★★★)
Une ambition implacable.
La tricheuse (125★★★)
Elle triche avec l'amour et avec la mort.
L'impure (173★★★★)
La tragédie de la lèpre.
La corruptrice (229★★★)
La hantise du cancer.
La demoiselle d'opéra (246★★★)
L'art et la luxure.

Les filles de joie (265★★★)
La rédemption par l'amour.
La dame du cirque (295★★)
La folie chez les gens du voyage.
Cette étrange tendresse (303★★★)
Celle qui hésite à dire son nom.
La cathédrale de haine (322★★★)
La création aux prises avec les appétits matériels.
L'officier sans nom (331★★)
L'humilité dans le devoir.
Les sept femmes (347★★★★)
Pour l'amour et la fortune, accepteriez-vous de perdre une année de votre jeunesse ?
La maudite (361★★★)
L'effroyable secret de la dualité sexuelle.
L'habitude d'amour (376★★)
La passion d'un Européen et d'une Orientale, amoureuse née.
Sang d'Afrique (399★★et 400★★)
Jacques, l'étudiant noir, ramène dans son pays natal la blonde Yolande.
Le Grand Monde
(447★★★★et 448★★★★)
Agent secret français, Jacques découvre à Saïgon l'amour de Maï, la taxi-girl chinoise.
La révoltée (492★★★★)
Jeune et comblée, pourquoi a-t-elle abattu son père et tenté de tuer sa mère ?
Amour de ma vie (516★★★)
L'amour et la haine dans le monde du cinéma.
Le faussaire (548★★★★)
Le drame de ce grand peintre est d'être un faussaire de génie.
La vipère (615★★★★)
Il retrouve à Paris celle qui, en Indochine, a fait assassiner son meilleur ami.
L'entremetteuse (639★★★★)
Elle tient la première maison de rendez-vous de Paris, mais elle n'aime qu'un seul homme.
Une certaine dame (696★★★★)
Cette femme, belle, riche, adulée, est-elle une erreur de la nature ?
L'insolence de sa beauté (736★★★)
Une femme laide et intelligente a recours à la chirurgie esthétique. Conservera-t-elle sa séduction ?
L'amour s'en va-t-en guerre (765★★)
Trois femmes, trois générations, trois amours pleins de panache et d'élégance.
Le donneur (809★★)
Des milliers de femmes ont eu des enfants de lui, et pourtant il n'aime qu'Adrienne.
J'ose (858★★)
Un père parle à son fils, à cœur ouvert.
De cape et de plume
(926★★★ et 927★★★)
Le roman d'une existence prodigieuse de vitalité, riche en rencontres étonnantes.
Le mage et le pendule (990★)
Grâce à son pendule, le mage sait voir à travers les âmes.
L'envoûteuse (1039★★★ et 1040★★★)
Elle change aussi facilement d'identité que de visage et possède le pouvoir d'envoûter, même à distance.
Le mage et les lignes de la main
... et la bonne aventure
... et la graphologie (1094★★★★)
Les mystères du cœur féminin.
La justicière (1163★★)
Deux mères s'affrontent : celle d'un enfant assassiné et celle de l'assassin.
La vie secrète de Dorothée Gindt
(1236★★)
Une femme caméléon à la vie prodigieuse.

La femme qui en savait trop (1293★★)
Nadia la voyante fera tout pour gagner celui qu'elle aime.
Le château du clown (1357★★★★)
Plouf, le clown, aime Carla, l'écuyère ; pour elle il veut acquérir le plus beau château du monde.
La femme sans frontières (1518★★★)
L'amour transforme une jeune bourgeoise en terroriste.
Le boulevard des illusions (1710★★★)
Des personnages fabuleux qui stupéfient les foules.
Les reines de cœur (1783★★★)
Le destin de quatre reines exceptionnelles de Roumanie. J'ai Lu l'histoire. (mars 85)

CARS Jean des

Sleeping Story (832★★★★)
Orient-Express, Transsibérien, Train bleu : grande et petite histoire des wagons-lits.
Haussmann, la gloire du Second Empire (1055★★★★)
La prodigieuse aventure de l'homme qui a transformé Paris.
Louis II de Bavière (1633★★★)
Une biographie passionnante de ce prince fou, génial et pervers. J'ai Lu l'histoire.
Elisabeth d'Autriche (1692★★★★)
Le destin extraordinaire de Sissi. J'ai Lu l'histoire.

CESBRON Gilbert

Chiens perdus sans collier (6★★)
Le drame de l'enfance abandonnée.
C'est Mozart qu'on assassine (379★★★)
Le divorce de ses parents plonge Martin dans l'univers sordide des adultes. En sortira-t-il intact ?
La ville couronnée d'épines (979★★)
Amoureux de la banlieue, l'auteur recrée sa beauté passée.
Huit paroles pour l'éternité (1377★★★★)
Comment appliquer aujourd'hui les paroles du Christ.

CHOUCHON Lionel

Le papanoïaque (1540★★)
Sa fille de quinze ans le rend fou de jalousie.

CHOW CHING LIE

Le palanquin des larmes (859★★★)
La révolution chinoise vécue par une jeune fille de l'ancienne bourgeoisie.
Concerto du fleuve Jaune (1202★★★)
Un autoportrait où le pittoresque alterne avec le pathétique.

CLANCIER Georges-Emmanuel

Le pain noir :
1 - Le pain noir (651★★★)
2 - La fabrique du roi (652★★★)
3 - Les drapeaux de la ville (653★★★★)
4 - La dernière saison (654★★★)
De 1875 à la Seconde Guerre mondiale, la chronique d'une famille pauvre à l'heure des premiers grands conflits du travail.
L'éternité plus un jour (810 ★★★★ et 811★★★★)
C'est ce qu'il faudrait à Henri pour vivre son amour avec Elisabeth.
La halte dans l'été (1149★★)
Un grand-père à l'écoute de la jeunesse.

Achevé d'imprimer sur les presses de l'imprimerie Brodard et Taupin
58, rue Jean Bleuzen, Vanves. Usine de La Flèche,
le 15 janvier 1985
1409-5 Dépôt légal janvier 1985. ISBN : 2 - 277 - 21758 - 1
Imprimé en France

1758
★★★★

Editions J'ai Lu
27, rue Cassette, 75006 Paris
diffusion France et étranger : Flammarion